Das Buch
Seit 30 Jahren erfindet der Fotograf Peter Bloom immer neue Geschichten, warum Astrid verschwunden ist, verfasst Theorien, wie es gewesen sein könnte, und lebt mit der Vorstellung, dass dieses Mädchen seine große Liebe war.

Ohne ein Wort, ohne Ankündigung. Sie war einfach fort. Astrid war Peters erste Freundin, bis sie plötzlich verschwand. Nach monatelanger, vergeblicher Suche haut Peter einfach ab. Raus aus der bedrückenden Kleinstadt an der deutsch-deutschen Grenze, fort von seiner spießigen Familie, weg nach Amerika, wo er sich Bloom nennt. Erst als sein Vater im Sterben liegt, kehrt er nach mehr als 30 Jahren widerwillig zurück. Aber da ist auch diese alberne Hoffnung. Ob er Astrid finden wird?

Beunruhigend liest sich der erste Roman von Jochen Rausch. Der Autor erzählt von einer ersten großen Liebe, die nicht aufhörte, weil sie ein zu abruptes Ende fand. Eine Geschichte von vergangenen Sehnsüchten und Träumen, ein Roman über Menschen, die fortgegangen sind, und über jene, die sie zurückließen.

Der Autor
Jochen Rausch wurde in Wuppertal geboren und arbeitete als Reporter für Zeitungen und Zeitschriften, den Hörfunk und das Fernsehen. Als Musiker produzierte er mehrere Schallplatten und CDs. Zuletzt vertonte er mit seiner Band »LEBENdIGITAL« Gedichte von Jörg Fauser (»Fausertracks«). Er arbeitet als Programmmacher in Köln. »Restlicht« ist sein erster Roman.
www.jochenrausch.com

JOCHEN RAUSCH

Restlicht

Roman

Kiepenheuer & Witsch

Danke

meiner Frau Birgit, die mich immer unterstützt hat, diese Geschichte aufzuschreiben. Und meiner Lektorin Birgit Schmitz für ihr Engagement und jegliche Ermutigung. Dank auch an Heiner Heller fürs Mitlesen und Mitdenken. Und Dank an Astrid. Wo auch immer Du bist.

1. Auflage 2008

© 2008 by Verlag Kiepenheuer & Witsch, Köln
Alle Rechte vorbehalten. Kein Teil des Werkes darf in irgendeiner Form (durch Fotografie, Mikrofilm oder ein anderes Verfahren) ohne schriftliche Genehmigung des Verlages reproduziert oder unter Verwendung elektronischer Systeme verarbeitet, vervielfältigt oder verbreitet werden.
Umschlaggestaltung: Barbara Thoben, Köln
Umschlagmotiv: © plainpicture/Isabel Engelhardt –
aus der plainpicture Kollektion Rauschen
Gesetzt aus der Dante und Syntax
Satz: Pinkuin Satz und Datentechnik, Berlin
Druck und Bindung: CPI – Clausen & Bosse, Leck
ISBN 978-3-462-04029-6

*Meinem Vater Heinz und
meinen Söhnen Tim und Mats*

Erster Tag **1**

Gott pisst auf uns, würde Larry sagen. Und danach lachen, einen flüchtigen Blick auf den Vorplatz der Tankstelle werfen, mir zuprosten und einen Schluck aus der Bierdose nehmen. So wie immer. *Gott pisst auf uns,* der Lacher, das Bier, der Blick. Ein ewiger Refrain, immer wieder, für Tage wie diesen, an denen der Regen nicht eine einzige Sekunde aussetzt.

Larrys Spruch gehörte zu den Wolkenbrüchen, dem Schneeregen und den Stürmen, die im Frühjahr und im Herbst über diese Gegend fegten. Wobei der Regensturm, der an diesem Abend über dem Kennebec niederging, mir heftiger erschien als alle Stürme je zuvor. Schneller zu fahren als Schritttempo war nicht möglich. Schwarzgraue Wolken türmten sich bis nach Hermit Island auf. Es goss, als sollte all der Unrat aus dem Werftenviertel unten am Fluss hinweggespült werden.

Hinter dem Wafflehouse stieg der Kennebec über die Ufer, schwappte brackiges Wasser über die Mauer, flutete die Hafenanlage, die Fundamente der verrosteten Turmkräne und die verwaisten Parkplätze.

An der Western Ave trotzte die Corliss Baptist Church dem Unwetter. Eine aus den Scharnieren gerissene Laterne warf ein schwaches, unstetes Licht auf die Schautafel, die für ein Musical warb: Tommy, aufgeführt von der Theatergruppe der Milton Highschool. Der Sturm hatte das Y aus der Halterung gefegt.

Jake hatte einen phlegmatischen Vater gespielt. Wobei Jakes Schauspielerei katastrophal war. Gesten, Mimik, die Sprache, alles übertrieben, alles falsch. Außerdem war Jake gerade erst vierzehn Jahre alt geworden und viel zu jung für einen Familienvater.

Er hatte es mir zeigen wollen. *Sieh her, das bist du!* Ein Eigenbrötler, ein Spinner, ein enttäuschter Kerl um die Fünfzig, der die Haare in die Stirn fallen lässt, um die kahlen Stellen zu kaschieren.

Ein miserabler Vater! Der sich in einen Schuppen hinter der Garage verkrochen hat, mit seinen Büchern, seinen Fotografien, seinen Schallplatten. Ein Vater, der nicht ein einziges Mal mit seinem Sohn bei den Red Sox in Boston gewesen war, nicht zum Angeln am White Lake, nicht einmal zum Baden am Popham Beach.

Ich wäre Jake gerne ein besserer Vater gewesen, aber er stand nun mal auf der Seite von Kathleen. Mit allem, was er tat, sagte und dachte, wollte er seiner Mutter gefallen.

Kathleen hatte während der Aufführung von Tommy meine Hand gehalten. In Gesellschaft gaben wir trotz allem das gut situierte, stolze Elternpaar. In dieser Rolle waren wir mit den Jahren immer besser geworden, beinahe perfekt, überzeugender jedenfalls als die Laienschauspieler auf der Bühne.

Nach dem letzten Vorhang hatte Kathleen mich mit Tränen verhangenen Augen angesehen, mit einem zaghaften Lächeln. *So stolze Eltern.* Dann hatte sie ein Tuch aus ihrer Tasche gefingert, um ein paar Tränen wegzutupfen, während sie tapfer gegen die Rührung anlächelnd sich dem Publikum zuwandte. Für diesen Auftritt hätte Kathleen einen Applaus verdient gehabt.

An der Kreuzung zur Middle Street schimmerte die rosafarbene Leuchtreklame von Liza's Laundry. Zum ersten Mal war ich Liza ein paar Tage nach Jakes viertem Geburtstag begegnet. Das war nach einem Streit mit Kathleen gewesen.

»Deinen Dreck kannst du selber wegmachen!«, hatte sie geschrien und mir die Wäsche vor die Füße geworfen, während Jake *Böser Papa! Böser Papa!* kreischte. Von da an brachte ich meine Sachen jeden Freitag zu Liza. Irgendwann, an einem dieser Freitage, sagte sie: *Sie haben jungenhafte Augen!*

Sie zog mich ins Lager, und wir liebten uns zwischen Säcken mit schmutziger Wäsche, den ratternden Waschmaschinen und den heulenden Trocknern.

Schon nach ein paar Wochen hörten wir auf, miteinander zu schlafen. Weil es nicht wichtig war. Wir trafen uns weiter; heimlich, als hätten wir eine Affäre. Wir redeten über das Leben, über Bücher, Musik oder Filme. An den Geburtstagen und zu Weihnachten schenkten wir uns Kleinigkeiten.

Nach der Aufführung von Tommy in der Corliss Baptist Church hatte ich Liza zuletzt gesehen. Lorena, ihre Tochter, hatte auch eine kleine Rolle in dem Musical gespielt.

Wie immer fuhr Liza bei der Begrüßung mit ihrem Zeigefinger über meinen Handrücken. Einmal herauf, einmal herunter. Unser Code. Liza würde ich vermissen.

Vor der Brücke an der Court Street lenkte ich den Volvo auf das Gelände der Exxon. Sie hatten die Tankstelle zwischen die Betonstelzen des Highway gebaut und sich so das Dach für die Zapfanlagen gespart. Aber die Brücke war zu hoch, der Sturm trieb den Regen über den Hof. Ich stemmte die

Fahrertür auf, zwängte mich hinaus, sofort fegte der Wind die Tür wieder ins Schloss.

Larry knurrte nur zur Begrüßung. Er thronte hinter der Ladentheke, in seinem ausgewaschenen Baumwollhemd, der kahl rasierte Schädel halslos auf dem Oberkörper.

Larrys Augen waren auf den Fernseher gerichtet, Baseball, Red Sox gegen die Blue Jays. Die Theke zugestellt mit Süßigkeiten, Zeitungen und billigem Spielzeug, das Familienväter beim Tankstopp kauften, um ihren Kindern zu Hause ein Lächeln zu entlocken.

Das automatische Gewehr war nicht zu sehen. Aber es lauerte zwischen den Schokoriegeln, zwischen Zero und Smores. Die Mündung der Waffe war auch dem Jungen nicht aufgefallen. Er war mit einer Kanone im Anschlag in die Tankstelle gestürmt und hatte geschrien: *Gib dein beschissenes Geld her, oder ich knall dich ab!*

Ohne zu zögern, hatte Larry den Abzug mehrmals durchgezogen. So, als habe er all die Jahre hinter den Schokoriegeln und den grellblonden Plastikpüppchen nur auf eine solche Gelegenheit gewartet. Die erste Kugel hatte den Jungen gegen das Regal mit den Bierdosen geschleudert.

Ich hatte Elche und Gasthäuser am White Lake fotografiert und war auf dem Rückweg gewesen, als ich die Tankstelle betrat:

Hey, Knipser, hier kannst du ein paar scharfe Fotos machen!, grinste Larry. Und dann hatte er auf den blutüberströmten Körper gezeigt.

Ich war auf Landschaften und Porträts spezialisiert. Hunderte von lächelnden Kindern, darunter viele Schüler von Kathleen, hatte ich abgelichtet. Kinder, aus denen Jahre später nach irgendeiner rätselhaften Gesetzmäßigkeit Verkäuferinnen, ein schwuler Priester, ein paar mäßig erfolgreiche Autoverkäufer, ein Basketballprofi und eben ein toter Tankstellenräuber geworden waren.

Ich hatte Jeff Myers sofort erkannt. Ein ehemaliger Schüler von Kathleen, der sich hin und wieder bei uns mit Gartenarbeiten ein paar Dollar verdiente. Ich fotografierte den Toten zwischen den Bierdosen, fotografierte die Blutspritzer an den Wänden, die zerbrochene, blutverschmierte Sonnenbrille, Larry im Rollstuhl, das Gewehr im Anschlag, mit diesem Gesichtsausdruck aus Überraschung und Genugtuung.

Schließlich fotografierte ich auch noch die eintreffenden Polizisten, die Sanitäter und die Neugierigen, bis mir ein Cop die Canon abnahm und mich zur Vernehmung auf die Wache an der Court Street brachte.

Zu Hause hatte Kathleen mich angeschrien, ob ich dem Jungen wenigstens den Puls gefühlt hatte. *Als er da in seinem Blut lag!* Was sollte ich sagen? Dass ich nicht daran gedacht hatte, weil ich mit dem Fotografieren beschäftigt war?

Kathleen hatte gar nicht mehr aufgehört, mich zu beschimpfen. Ob der Junge vielleicht erst gestorben sei, während ich ihn schon fotografierte? Und ob ich mir Gedanken darüber gemacht hätte, was den Jungen zu dem Überfall getrieben haben könnte? *Er ist ein Waisenkind, sein Vater hat sich totgesoffen!* Und was es für Jeffs arme Mutter bedeutete, die Fotos ihres toten Jungen in den Illustrierten zu sehen. *Du gefühlloses deutsches Schwein!*

Tatsächlich hatten einige Zeitungen meine Bilder gedruckt. Das Foto mit dem verlegen grinsenden Larry Morotta, Vietnamveteran im Rollstuhl, der soeben einen siebzehnjährigen Halbwaisen erschossen hatte, war sogar von den »Camera«-Lesern zum »Polizeifoto des Jahres« gewählt worden. Den Preis holte ich mir nie ab. Die Abzüge schenkte ich Larry.

Später bestellte er einen Anstreicher, der die Blutspritzer übertünchte. Alle, bis auf einen. Den hatte Larry samt Schokoeckchen rahmen lassen. Daneben, in einem zweiten Bilderrahmen, ein Bericht aus dem »Chronicle« über den Überfall. Und in einem dritten Rahmen Larrys Purple Heart. Er war als Marine in Vietnam gewesen, wo er mit einem Jeep auf eine Mine gefahren war.

Larry klebte die Fotos von dem toten Jungen in ein Album, um es den Kunden zu zeigen, die nach dem getrockneten Blut im Bilderrahmen fragten.

Die Werbepause kam und Larry sagte endlich:

»Gott pisst auf uns!«

Er lachte kurz auf, grinste, weil er mich so lange hatte zappeln lassen. Er nahm einen Schluck Bier.

»Du willst abhauen, stimmt's?«

Er sah mich mit seinem »Du kannst mir nichts vormachen«-Blick an.

»Sag doch, ich sehe es dir an.«

Larry war mir eine Art Freund geworden. Vielleicht nur, weil wir uns an all die Treffen in seiner Tankstelle gewöhnt hatten. Mehr nicht. Genau genommen war Larry der Einzige, mit dem ich mich regelmäßig traf. Was nicht gerade viel war, nach dreißig Jahren an einem Ort.

»Ja, kann sein«, sagte ich.

»Na also!«

Larry wollte gleichgültig wirken, aber seine Augen flackerten. Dann straffte sich sein Gesicht, und er sagte:

»Deine Frau ist es nicht wert, dass du wegen ihr abhaust, Peter!«

»Es ist nicht wegen Kathleen.«

Larry schüttelte kaum merklich den Kopf:

»Und? Wo willst du hin?«

»Meinem Vater geht es schlecht. Ich will ihn noch mal sehen. Und dann? Weiß nicht!«

Lange geschah nichts, dann nickte Larry, als habe er verstanden. Sein Blick ging noch einmal zu den Red Sox und den Blue Jays.

»Vielleicht läuft sie dir ja da über den Weg. Und dann kannst du es ja noch mal mit ihr versuchen!«

Ich wollte das nicht hören. Nicht mal von Larry.

»Sie ist verschwunden, das weißt du doch!«, sagte ich.

»Ist ja gut«, beschwichtigte er mich, »aber es könnte doch sein!«

Und wie immer, wenn Larry nicht weiterwusste, schob er sich einen Schokoriegel in den Mund.

Nie hatte ich mit irgendjemandem über Astrid gesprochen, nicht mal mit Kathleen. Nur mit Larry. Vielleicht, weil er nichts von der Liebe verstand, weil er ein maulfauler Kerl war, der stundenlang auf den Fernseher starrte, enttäuscht, ein Krüppel zu sein. Ein Kerl, der nicht mal bei den einfachen Mädchen, die im Supermarkt bedienten, landen konnte.

Nur wenn ich von Deutschland erzählte, von Astrid, von diesem Sommer 1975, von der Grenze, von den SM70-Todesautomaten, dann horchte Larry auf, wie ein Kind, das vor dem Einschlafen gerne unheimliche Geschichten hörte.

Seit dem Überfall hatte ich Larry beinahe jeden Abend besucht. Mein Platz war neben der Registrierkasse, wo ich immer ein paar Becher Kaffee trank, während wir redeten und rauchten.

Irgendwann hatte Larry mich gefragt, ob ich ihn nach Rumford fahren könnte. Die Frau nannte sich Rose und machte es angeblich nur mit ehemaligen Marines. Auf dem Weg zu ihr war Larry immer aufgekratzt gewesen, hatte ununterbrochen geredet und gelacht. Wenn wir zurückfuhren, schwiegen wir meistens und hörten die Oldies auf KUK69.

Die letzte Fahrt nach Rumford lag schon ein paar Monate zurück. Irgendetwas musste Larry passiert sein bei Rose. Auf der Rückfahrt hatte er zuerst nur geschwiegen, wie immer. Dann schaltete er das Radio aus, sah aus dem Fenster und fing an zu weinen. Über Rose hatte Larry danach nie wieder gesprochen.

»Werde wahrscheinlich auch nicht mehr lange hier sein«, sagte er, nachdem er den Schokoriegel verschlungen hatte, »irgendwann wird mich der Scheißregen noch mit der verdammten Tankstelle in den Kennebec spülen!«

Bevor ich etwas erwidern konnte, packte Larry meine Hand und drückte mir die Finger zusammen, als wollte er die Knochen aus ihnen herausquetschen.

»Danke wegen Rose«, sagte Larry, »und nimm dich vor den beschissenen Minen in Acht!«

»Da, wo ich hingehe, gibt es keine Minen mehr!«

»Trotzdem«, sagte Larry.

Ich ließ die Tür hinter mir ins Schloss fallen, und es kam mir vor, als triebe der Sturm den Regen noch heftiger über den Vorhof. Ich duckte mich, drehte mich noch einmal um. Aber Larry starrte auf den Fernseher, als habe er nur darauf gewartet, dass ich endlich verschwände.

Samstag,
26. April 1975

Sie lehnte in der Tür zum Schlafzimmer meiner Eltern. Ich konnte sie nur erahnen. Zu wenig Licht. Ob sie lächelte, als ich sie fotografierte, oder ob ihre Augen geschlossen waren, hatte ich nicht erkennen können. Sie stand nur da. Eine Schulter gegen einen Türpfosten gelehnt und sagte »Hi!«, wie es neuerdings manche taten. Es sollte amerikanisch klingen.

Meine Schwester, die zwei Jahre jünger war als ich, feierte ihren Geburtstag. Monika hatte die Lampen in farbiges Papier gehüllt und Kerzen aufgestellt. In der Luft schwebte der Duft der Räucherstäbchen, ein Gemisch aus Eukalyptus und Weihrauch. Monika hatte ihren Plattenspieler in den Flur geschoben und beschallte das Haus mit Schrottmusik von David Cassidy oder den Osmonds.

»Bitte, bitte, Peter, kannst du meine Gäste fotografieren?«

Das alberne Gerede von Monika. Ich hatte trotzdem Ja gesagt, wollte aber verschwinden, sobald ich fertig war.

Deshalb ging ich rasch weiter, als sich das Mädchen in dem Türrahmen von mir wegdrehte. Ich fotografierte Monikas Freunde in Gruppen, allein oder wie sie mir mit einem Glas Pfirsichbowle zuprosteten. Manche gingen auch in Deckung, wenn ich mich ihnen mit der Kamera näherte.

Eine todlangweilige Party. Ich blieb, weil es zu spät war, noch auszugehen. Wie immer bei solchen Partys standen alle nur in der Küche herum, oder sie hockten mit verschränkten Beinen auf dem Teppich, tranken Rotwein oder griffen nach den Holzspießchen mit den bunten Papierflaggen. Den ganzen Nachmittag hatte Monika damit verbracht, Käse in Würfel zu schneiden und dann mit den Gurkenscheibchen und den Mandarinenstückchen aufzuspießen.

Kessler wühlte die Schallplattensammlung unserer Eltern durch und zog »Das goldene Schlagerkarussell 1974« hervor.

»Wie wäre es denn damit?«, brüllte er, und alle lachten.

Kesslers Vater gehörte »Die Hi-Fi-Truhe« unten am Markt. Nachmittags, nach der Schule, half Kessler dort aus. Sie verkauften Stereoanlagen, Fernseher, Waschmaschinen und Staubsauger. Es gab auch eine Schallplattenabteilung, allerdings führten sie nur deutschen Schlager und die Top Twenty der Hitparade. Kessler war ein furchtbarer Angeber, der dauernd um meine Schwester herumschlich. Auch wenn es mich nichts anging, aber ich wollte nicht, dass ausgerechnet einer wie Kessler meiner Schwester zu nahekam.

Später klimperte Schubeck auf der Gitarre, und die Mädchen sangen »Give peace a chance«. Danach diskutierten sie über Vietnam. Bis Britta Czernay in einer »Bravo« blätterte und sich alle lieber über Petting und Onanieren lustig machten.

Ab zwölf wurde getanzt. Niemand hatte Lust, Platten aufzulegen. Wieder bettelte meine Schwester mich an, und als dazu auch noch alle in die Hände klatschten und »Peter,

Peter« riefen, gab ich nach und stellte mich hinter den Plattenspieler.

Ich spielte die schlechtesten Singles, die ich in Monikas Sammelalbum finden konnte. Die Jungs schüttelten sich ungelenk im Rhythmus der Musik, während die Mädchen sich mit geübten Schritten bewegten, immer wieder die Haare zurückwarfen, als versetzte die Musik sie augenblicklich in Trance. Immer schon hatte ich die Mädchen im Verdacht, dass sie das Tanzen heimlich zu Hause vor dem Spiegel übten. Meine Schwester hatte ich jedenfalls schon ein paar Mal dabei beobachtet.

Die Schönheit des Mädchens erkannte ich erst am nächsten Tag in der Dunkelkammer. Die Entwicklerflüssigkeit machte zuerst einen Türrahmen, dann den schmalbeinigen italienischen Stuhl und zuletzt das Mädchen sichtbar. Es war kein sonderlich gutes Foto. Zu dunkel, zu grobkörnig. Ich hätte Licht setzen müssen. Das Gesicht blieb unscharf.

Der Blick war nicht auf die Kamera gerichtet, sondern das Mädchen hatte an mir vorbei in den Flur gesehen. Die Haltung abweisend, angespannt, als habe es sich zum Besuch der Party überreden lassen und sähe nun, dass es noch schlimmer war als befürchtet.

Das Kleid war aus einer feinen, haarigen Wolle. Die Vorderseite mit Perlmuttknöpfen übersät. Die Knöpfe reflektierten das Blitzlicht. Es sah aus, als leuchtete das Kleid von innen. Ich war sicher, dass es solche Kleider nur in Hamburg gab. Es war das einzige Mädchen auf der Party meiner Schwester, das ein Kleid anhatte. Alle anderen trugen Jeans, karierte Hemden oder Shirts mit Namen von Universitäten.

Ich lief nach draußen, um das Foto bei Tageslicht anzusehen. Mir war, als hätte ich soeben den Code einer geheimen Botschaft entschlüsselt.

Obwohl ich wusste, dass auf den Negativen keine weiteren Aufnahmen sein würden, sah ich noch einmal alle Bilder durch und entwickelte in der Dunkelkammer fünf weitere Abzüge von dem Mädchen in dem leuchtenden Kleid.

»Hier, für deine Freunde«, sagte ich und legte Monika die Fotos von ihrer Party auf den Tisch.

»Danke!«

»Wer ist die da?«

»Gefällt sie dir?«, sagte Monika und sah mich an.

»Ich frage nur wegen der Abzüge«, antwortete ich so gleichgültig wie möglich.

»Mache ich schon, war ja meine Party!«

Meine Schwester packte den Stapel, sah die Fotos durch, lachte einige Male, weil Partygäste Grimassen zogen.

»Die Bilder sind toll geworden«, sagte sie.

»Mmh.«

»Sie heißt übrigens Astrid ter Möhlen. Sie ist in der Zwölf. Kennst du sie nicht? Alle Typen schleichen doch um sie herum. Wenn du willst, kann ich ihr sagen –«

Ich ließ die Tür ins Schloss fallen. Astrid ter Möhlen! Ter Möhlen gehörte die Fabrik, in der mein Vater arbeitete. Sie hatten sogar schon einen Platz nach ter Möhlen benannt, obwohl er noch gar nicht tot war. Ter-Möhlen-Platz. Die ganze Stadt zitterte vor dem Alten. Vermutlich war das Mädchen die Enkelin.

Ich trug das Foto ein paar Tage in einem Briefumschlag mit mir herum. Hin und wieder warf ich einen Blick darauf. Auf dem Schulhof beobachtete ich Astrid ter Möhlen und kam mir dabei vor wie ein Idiot. Ich hätte sie nur ansprechen müssen, aber ich hatte Angst, es zu vermasseln, und nie fielen mir die richtigen Worte ein.

Dann stand ich plötzlich im Gedränge nach der Pausenklingel vor ihr und hielt ihr das Foto hin.

»Ah, das habe ich schon«, sagte sie und lachte, »von deiner Schwester.«

»Dann habe ich was falsch verstanden«, sagte ich.

»Du kannst sehr gut fotografieren. Mein Vater will es rahmen lassen.«

»Dabei ist es nicht mal richtig scharf.«

Ich wollte dableiben und weglaufen, schon weil ich rot anlief. Dagegen war nichts auszurichten. Ich zeigte Astrid ter Möhlen die Unschärfe des Fotos. Sie beugte sich über den Abzug, dabei streifte ihr Haar mein Gesicht. Es kitzelte auf meiner Wange.

»Dann ist es eben ein bisschen unscharf«, sagte sie und lachte noch einmal.

Ich bekam einen Stoß und stolperte nach vorn. Ich brauchte nur irgendeinen Satz, mit dem es weiterging, der sie davon abhalten könnte, zu gehen, während um uns herum die Schüler in die Klassen drängten.

»Ich muss los«, sagte sie.

»Ich«, sagte ich. Ohne eine Ahnung zu haben, was nach dem *Ich* kommen sollte.

»Wenn du Zeit hast, kannst du mich ja mal fotografieren. Mein Vater würde sich über ein paar Fotos freuen«, sagte sie.

Es war so einfach. Warum war ich nicht selbst darauf gekommen? Sie fotografieren.

»Du musst nicht, wenn du nicht magst!«, sagte sie.

»Nein, nein, das mache ich gerne«, sagte ich schnell.

Ich fuhr mit dem Handrücken über die Stirn und wischte eine Strähne weg, die da gar nicht war. Astrid lächelte und zog die Augen zusammen.

»Deine Schwester hat meine Telefonnummer.«

21

3 Zweiter Tag

Die Maschine setzte auf. Mir schossen die Tränen in die Augen. Ich war so lange nicht hier gewesen. Ein halbes Leben lang.

Der Kerl aus Portland, der beinahe den gesamten Flug im Sitz neben mir verschlafen hatte, wachte auf, rieb sich albern die Augen und sagte:

»Schon da?«

Er hatte es auf einen Lacher abgesehen, aber ich schwieg, zog die Tasche aus der Ablage und beeilte mich, das Flugzeug zu verlassen.

Jeder Ortsname, der Fluss, das Jagdschloss und sogar der Anblick der Bauernhöfe wühlten mich auf. Mir wäre lieber gewesen, für all das unempfindlich zu sein. Aber gegen die verdammte Rührung kam ich einfach nicht an.

Vielleicht läuft sie dir ja da über den Weg. Überall hatte ich nach ihr gesucht. Jede dieser Straßen, die mir auch nach all den Jahren noch vertraut waren, hatte ich nach ihr abgesucht, jedes Stück Wald, jeden Teich, all unsere Plätze, alles. Und die Polizei hatte sogar eine Hundestaffel eingesetzt und mit Holzstangen im Unterholz gestochert.

Ich hielt an, lief ein paar Mal um den Mietwagen herum,

rauchte und machte dann noch ein paar hilflose Kniebeugen. Ich versuchte, mir einzureden, dass ich wegen Vater hier war. *Nicht ihretwegen.* Vor ein paar Wochen hatte Vater am Telefon gesagt:

»Junge, ich bin jetzt vierundachtzig. Vielleicht sehen wir uns ja noch mal!«

Es roch nach Winter. Ein kalter Wind aus Osten verwirbelte den Nieselregen. Erst jetzt fiel mir auf, dass der Gegend etwas abhandengekommen war. Alles sah genauso aus wie damals. Bis auf die Grenze. Sie war verschwunden. Ausradiert. Wegretuschiert. Zurückgeblieben war eine arglose Landschaft mit ein paar Pferdekoppeln, den kräftigen Wäldern, den sanft ansteigenden Hügeln und den ordentlich bestellten Äckern.

Als hätte es die Grenze nie gegeben, nicht die endlosen Mauern und Zäune mit den Lichtrassen und Kolonnenwegen, auch nicht die Hunde in den Laufanlagen, weder die Minenfelder noch die Kfz-Sperren oder die Wachtürme. Als hätte diese endlose Schneise gar nicht existiert, die sich wie eine Wundnaht durch das ganze Land zog, durch die Felder, die Waldungen, auch über die Flüsse, die Straßen und die Wege, sogar mitten durch die Dörfer. Die Grenze, die nachts taghell erleuchtet war, sodass man schon von Weitem wusste, wenn man ihr zu nahe kam.

Ich zündete noch eine Zigarette an, fuhr weiter, und als ich den Fluss erreichte, konnte ich mich nicht mehr an dessen Namen erinnern. Aber durch die Mitte des Stromes war die Grenze verlaufen, und auf dem Grund hatten angeblich Minen gelauert. Die Brücke war damals auf östlicher Seite abgetragen worden. Der westliche Teil hatte danach nur noch sinnlos bis in die Mitte des Flusses geragt.

Mike und ich hatten uns mal gestritten, ob ein Auto bis nach drüben flöge, wenn es nur genügend Anlauf nähme. Die neue Brücke verlief in einem eleganten Bogen über den Fluss und verschwand hinter der Uferböschung auf der östlichen Seite.

An den Straßenbäumen hingen die Schilder mit den Totenköpfen, die im Licht der Scheinwerfer reflektieren. Manche Bäume waren auch mit Blumen und Totenlichtern geschmückt. Immer noch rasten die jungen Leute also an den Wochenenden gegen die Alleebäume, wenn sie nach Braunschweig oder Hannover zum Tanzen wollten.

Vor der Ortseinfahrt hatte eine Leuchtreklame der ter Möhlens gestanden. *ter Möhlen, Fahrzeugbau.* Als sei das der wirkliche Name der Stadt. Jetzt war das Gestrüpp aus dem Wald schon bis auf den Rangierhof vorgedrungen. Die Fabrik lag verlassen da, als seien die Arbeiter vor Jahren vor irgendetwas geflüchtet.

Ich fuhr auf die Rottsieper Straße und dachte daran, wie oft ich diese Straße verflucht hatte. Sie wurde im oberen Drittel beharrlich steiler, und jedes Mal, wenn ich die Steigung mit dem Fahrrad genommen hatte, war mir schon auf halber Höhe die Luft weggeblieben, ein einziges Keuchen und Schlingern. Auf dem letzten, noch einmal ansteigenden Stück war es dann nur noch ein Spucken und Stoßatmen.

Tekwers Kiosk am oberen Ende der Rottsieper Straße war die Erlösung, das Ziel. Wir belohnten uns für den Aufstieg mit Süßigkeiten und Fußballsammelbildern, später kauften wir bei dem alten Tekwer die ersten Zigaretten und ab und zu sogar ein Herrenmagazin.

Jetzt war der Kiosk mit groben Brettern zugenagelt. Auf den Bohlen in mehreren Schichten Plakate, die für einen Computermarkt aus dem letzten Jahr warben.

Von der Rottsieper bog ich ab in die Straße zum Haus

meiner Eltern. Mir fielen Namen von Nachbarn ein, an die ich seit über dreißig Jahren nicht mehr gedacht hatte. Ein Paar schlurfte über den Gehweg. Die Alten blieben stehen, drehten sich nach mir um. Nachbarn. Frank Petzolds Eltern. Die versuchten, sich an mich zu erinnern.

Die Gartenbeleuchtung war eingeschaltet. Auch alle Zimmer waren hell erleuchtet. Das Messingschild an der Haustür hatte Patina angesetzt, aber es war immer noch das alte Schild. Ebenso die Klingel, deren Knopf schräg aus der Schelle ragte.

Eine Frau öffnete. Anscheinend hatte sie gerade geweint. Es dauerte, bis ich begriff, dass meine Schwester vor mir stand. Sie trug die Haare kurz, eine Mischung aus Grau und Blond, eng am Kopf anliegend, wie ein Helm.

»Papa ist schlecht dran, er ist im Krankenhaus«, sagte sie.

In unserem Haus hatte es damals anders gerochen. Nicht so modrig, sondern jünger. Lebendiger. Im Flur klebten neue Tapeten, tellergroße Blumen. Mutter saß zusammengesunken auf der linken Seite des Sofas. Immer hatte Mutter auf dieser Seite gesessen. Vaters Sessel, vom Sofa weg und zum Fernseher gedreht, war leer.

»Junge!«, rief Mutter und schluchzte auf.

Später tranken wir Kaffee. Monika hatte Schnittchen gemacht, den Geschmack von Graubrot mit Cervelatwurst hatte ich vergessen. Mutter redete von Vater, wie er sich plötzlich ans Herz gefasst hatte.

»Er hat noch Mutter gerufen, dann hat er schon die Augen verdreht und ist vom Sessel gerutscht.«

Sie weinte, und dann sagte sie:

»Dabei konnte er es gar nicht erwarten, dich zu sehen.«

Monika löste ihr eine Tablette auf, dann brachte sie Mutter zu Bett.

In der Küche fand ich das alte Geschirr noch an seinem Platz. Rosa Rosen auf dunkelgrünen Zweigen, das Rosenservice. Das immer auf den Tisch kam, wenn wir Besuch hatten. Im Besteckkasten der Dosenöffner, mit dem ich mir eine Fingerkuppe abgetrennt hatte, als ich zwölf war. Ich hielt den Öffner gegen die Kuppe. Er passte.

»Was willst du hier?«

Ich hatte Monika nicht kommen gehört und zuckte zusammen, was mich ärgerte.

»Wie meinst du das?«, sagte ich, obwohl ich wusste, wie sie es meinte.

»Wie meinst du das?«, äffte meine Schwester mich nach. Sie versuchte sogar, meinen Akzent zu treffen.

»Warum bist du so wütend?«

»Warum bist du so wütend?«, wiederholte sie. »Warum wohl? Vielleicht, weil du einfach abgehauen bist. Du hast dir sogar einen anderen Namen gegeben, Blum war dir wohl nicht gut genug, oder? Ja, ich bin wütend. Während der Herr Sohn fotografierte.«

»Ich weiß nicht, was das soll, Monika!«

»Durfte ich hier schuften und Mutters Launen ertragen. Ich habe gekocht, gewaschen, geputzt. Während der feine Herr Sohn seinen tollen Bildband geschickt hat: Wunderschöner Indian Summer. Damit die Eltern auch stolz auf ihn sein können!«

Über Monikas Hals liefen rote Streifen, ihre Augen flackerten, sie schwitzte.

»Tut mir leid«, sagte ich, »aber ich lebe nun mal in Amerika!«

Monika sah mich einen Augenblick schweigend an, mit offenem Mund, als habe sie es satt, überhaupt noch mit mir zu reden. Dann sagte sie leise:

»Ja, du lebst in Amerika. Weil du weggerannt bist. Wegen

26

der feinen Astrid ter Möhlen. Haust ab wegen eines Mädchens, das noch nicht mal verliebt in dich war, du –«

»Hör auf!«, sagte ich und versuchte, dabei nicht laut zu sprechen. »Hör verdammt noch mal auf damit!«

»Kinder, warum streitet ihr?«, rief Mutter aus ihrem Schlafzimmer, »ich mache mir solche Sorgen wegen Papa, ich –«

»Ist schon gut, Mama«, sagte Monika, »schlaf jetzt!«

Die Haustür fiel hinter meiner Schwester ins Schloss, und sie stapfte durch den Garten zur Straße. Dass Monika wütend war, hätte ich mir denken können. Wenn ich mir die Mühe gemacht hätte, darüber nachzudenken.

Ich hatte einige Male mit ihr geredet, aber immer nur zufällig, wenn sie gerade mal am Telefon gewesen war. Und immer nur belangloses Zeug. Vater hatte Monika stets gedrängt, schnell den Hörer an ihn abzugeben. Ich hatte keine Ahnung, was aus ihr geworden war.

»Bei Monika läuft es auch nicht rund«, hatte mein Vater einmal gesagt. Aber ich war nicht darauf eingegangen, und danach hatte er immer nur Grüße ausgerichtet, die sie ihm vermutlich gar nicht aufgetragen hatte.

Ich war hellwach und müde zugleich. Es war noch zu früh, sich schlafen zu legen. Ich nahm den Wagen und fuhr in die Stadt, lief ziellos umher. Die Tür zu Mazzolas Restaurant war frisch gestrichen, in den italienischen Farben.

Ich wunderte mich, dass es den Laden noch gab, und obwohl ich nicht hungrig war, ging ich hinein. Es waren nur wenige Tische besetzt. Sie hatten andere Möbel, bis auf den Tresen und den Spiegel in dem Goldrahmen, vor dem die Schnäpse und die Liköre aufgereiht waren. Und immer noch hing in der Luft der Geruch von gebratenem Olivenöl und Oregano. Anscheinend hatten sie nicht mal die Kassette in der Stereoanlage gewechselt, italienische Schlager, immer einen Tick zu laut.

Mazzola saß auf einem Barhocker neben dem Espressoautomat. Er blätterte in einer Sportzeitung, und als er mich sah, glitt er vom Stuhl und kam mit ausgebreiteten Armen auf mich zu.

»Dottore«, rief er, was er zu jedem sagte und was wir damals für italienische Lebensart hielten, »ich dachte schon, es schmeckt dir nicht mehr bei mir!«

Er lachte und stieß seinen Triller aus. Wie ein Vogel. Sein Markenzeichen. Es machte mich verlegen, dass sich alle Gäste nach uns umdrehten, und dann rief Mazzola auch noch seine Frau aus der Küche. Sein Sohn kam auch mit und fiel mir ebenfalls um den Hals. Damals hatte er immer neben der Küche gesessen und Fußballbilder sortiert.

Wir wechselten ein paar Worte, dann kamen ein paar junge Leute rein, und Mazzola und sein Sohn mussten sich um die Gäste kümmern.

»Wie immer?«, rief Mazzola, als er hinter der Theke stand.

Ich nickte. Er lachte mit diesem Vogeltriller. Ich wusste nicht, was *wie immer* sein sollte. Aber als Mazzola den grünen Salat mit Thunfisch und Zwiebelringen, die Maccaroni al Forno und ein Glas Cola ohne Zitrone, aber mit Eis brachte, dachte ich, gar nicht allzu lange weg gewesen zu sein.

28

Zweiter Tag, **4**
nachts

Als ich zurückkam, war es im Haus vollkommen still. Bis auf das Ticken einer Wanduhr. An eine Wanduhr konnte ich mich nicht erinnern. Ich goss mir ein Glas Wasser ein und fand unter der Spüle die alten Zeitungen. Erst wenn der Stapel gegen das Abflussrohr drückte, wurde das Altpapier weggebracht.

Ich schlich über die Stiege zum Dachboden. Das Bett war frisch bezogen. Nirgendwo auch nur ein Flöckchen Staub. Jemand hatte die Fotorahmen von den Wänden genommen. Vielleicht hatte Mutter befürchtet, sie könnten von den Nägeln rutschen und zerspringen. Die Rahmen lagen auf dem Schreibtisch.

Die ersten Fotos zeigten Musiker mit langen, bis über die Schultern reichenden Haaren, die mit verzerrten Gesichtern auf ihre Gitarren oder das Schlagzeug einschlugen. Sie hielten ihre Körper seltsam verrenkt, während ihnen der Schweiß über die Gesichter rann. Die Fotos hatte ich für den »Kurier« gemacht.

Damals waren mir die meisten Musiker, die ich fotografierte, wüst und verdorben vorgekommen. Vielleicht, weil sie ein paar Jahre älter waren als ich und Marihuana rauchten. Jetzt sah ich auf diesen Bildern, die in all den Jahren kaum verblasst waren, nur ein paar harmlose Jungs mit langen Haaren.

Das Foto von Crest war sogar auf der Titelseite des »Kurier« erschienen. *Das erzählt eine Geschichte*, hatte der Chefredakteur gesagt und mir zwanzig Mark extra gegeben.

Ich hatte die Band an der Grenze fotografiert. Im Hintergrund bauten Soldaten an einem Wachturm. Gerrit saß aufrecht im Gras, hielt eine Zigarette im Mundwinkel und blickte trotzig durch seine Haare in die Kamera, während Knud kniete und anscheinend Mühe hatte, überhaupt die Augen offenzuhalten. Mike lag auf dem Rücken und schaute in den Himmel. Sein Oberkörper war nackt unter einer filzigen Lammfellweste.

Hinter den Jungs, nur durch einen provisorischen Metallzaun getrennt, standen zwei Grenzsoldaten. Sie waren sicher nicht älter als Knud, Gerrit und Mike, aber in ihren Uniformen wirkten sie doppelt so alt. Standen da mit geschulterten Maschinenpistolen und machten Gesichter, als schössen sie uns gerne sofort über den Haufen.

In dem letzten Bilderrahmen steckte ein Foto von Astrid und mir. Damals war ich neunzehn Jahre alt gewesen. Den Lederblouson hatten mir später ein paar Junkies in Atlanta abgenommen. Ich nahm den Rahmen in die Hand, hielt das Foto gegen das Licht und war bestürzt von der Unschuld in meinem eigenen neunzehnjährigen Gesicht.

Ich sah stolz aus, stolz auf meine schöne Freundin. Astrid hatte ihren Kopf an meine Schulter gelegt und lächelte nur so aus der Schräge, als habe sie es faustdick hinter den Ohren.

Ich hängte das Foto an einen der Nägel und dachte daran, wie oft ich mit Astrid in diesem Zimmer gewesen war. Wie oft hatten wir auf dem Bett gelegen? Nur so oder um Schallplatten zu hören, eingehüllt in die süßlichen Wolken der Räucherstäbchen. Und hatten uns im Arm gehalten.

Ich zog die Reisetasche auf und nahm ein paar Sachen für die Nacht heraus. Ich hatte fast alles in unserem Haus in Bath zurückgelassen, hatte nur die alte Spiegelreflex und die Blechbüchse mit den Fotos eingesteckt. Oben auf das allererste Foto, schwarz-weiß, unscharf, indirekt geblitzt, Astrid in dem Kleid mit den reflektierenden Knöpfen. Das erste von dreihundertzweiundsiebzig Bildern. Dreihundertzweiundsiebzig Bilder in vier Monaten, das waren drei Bilder pro Tag.

Ich öffnete die Dachluke, sah hinaus in die Nacht und stellte mir vor, sie sei nur einmal kurz hinausgegangen und kehrte jeden Augenblick zurück.

Ich rauchte, ließ mich auf das Bett fallen, sank tief ein in die Kissen. Ich betrachtete das Muster der Tapete, ein Labyrinth aus verblichenen gelben, grünen und roten Streifen. Oft hatte ich einen Weg durch dieses Labyrinth gesucht, ohne je irgendwo anzukommen. Ich nahm mir eine der grünen Linien vor, aber schon am zweiten Knotenpunkt verlor ich den Anschluss.

In diesem Zimmer, in diesem Bett, fühlte ich mich wie damals, als neunzehnjähriger verliebter Junge. Ich dachte an Vater. Dass er sich in dem Krankenhaus vielleicht auch so fühlte. Gar nicht wie vierundachtzig, sondern vielleicht erst wie zwanzig. Und dass er sich fragte, weshalb er dann schon sterben sollte, so jung?

Ich schloss die Augen, um ein wenig zu schlafen, aber es ging nicht. Ich machte Licht und nahm eine der alten Zeitungen. Sie schrieben nur belangloses Zeug, und ich hatte beinahe schon umgeblättert, als mir eine Notiz am unteren

Rand der Lokalseite auffiel. *Noch immer nichts Neues von dem Skelett.*

Es waren nur ein paar Zeilen, die sich auf ein Ereignis bezogen, das offenbar Wochen zurücklag. Ich wühlte in den älteren Ausgaben des »Kurier«, bis ich endlich den Bericht fand. Über eine ganze Seite ausgebreitet. *Mysteriöser Knochenfund! Skelett vermutlich schon seit Jahrzehnten in Wasserrohr.*

Dazu hatten sie ein Foto gedruckt, das einen Polizisten in einem weißen Overall zeigte, der etwas mit einer Greifzange in einen Beutel schob. Der Hund eines Rentners habe sich losgerissen, sei in das Kanalrohr gekrochen und mit einem menschlichen Knochen zurückgekommen, schrieben sie.

Ein paar Ausgaben später hieß es, es handelte sich um die Knochen einer jungen Frau, die zum Zeitpunkt ihres Todes nicht älter als zwanzig war. Das hätten die kriminaltechnischen Untersuchungen ergeben.

Die Leiche sei vermutlich im Sommer 1975 in dem Kanalrohr abgelegt worden. Die Polizei habe bei dem Skelett eine Quittung gefunden. Mit Datum vom 15. August 1975. Außerdem Reste von Zigaretten, die nur bis 1978 hergestellt wurden, sowie ein Stück von einer Fahrradkette und Kerzenwachs.

Ich hörte Mutter husten. Ich verfolgte ihre Schritte bis zum Badezimmer, dann das Rauschen der Wasserspülung. Auf dem Rückweg blieb sie einen Moment stehen. Dann endlich glitt die Tür zu ihrem Schlafzimmers ins Schloss.

Es passte alles zusammen. Das Rohr. Die Leiche. Sommer 1975. Bei dem Gedanken, dass irgendein Kläffer Astrids Knochen apportiert hatte, wurde mir übel.

Donnerstag, 5
14. September 1972

Wir fuhren immer nur bei Regen dorthin. Nie, wenn die Sonne schien. Der Eingang zu dem Kanalrohr befand sich kaum erkennbar an einer dicht verwachsenen Böschung. Wir waren sicher, dass der Durchschlupf sogar für die Grenzer drüben nicht zu sehen war.

Der Bachlauf, der auf einer Länge von vielleicht achtzig Metern durch den Kanal geleitet wurde, führte meist nur wenig Wasser. Nur nach schweren Regenfällen schwoll er an. Oder im März, wenn der Schnee schmolz.

Der Bach kam aus dem Osten. *Trinkt bloß nicht das Zeug da*, hatte Petzold mal gesagt, *die Kommunisten kippen da Gift rein!*

Überall gab es Schilder: *Achtung, Lebensgefahr! Wirkungsbereich sowjetzonaler Minen!* Und hinter den Schildern die Zäune. Und die Lichtmasten, der eckig aufragende Bunker, die Soldaten, die Wachhunde.

Mike und ich waren schon als Siebenjährige in das Rohr geklettert, hatten uns damals nur ein wenig bücken müssen. Jetzt, mit sechzehn, mussten wir auf allen vieren durch die enge Röhre kriechen, um bis ins Innere zu gelangen. Dort gab es eine Empore, einen etwa drei Meter hohen Raum, in dem zwei Bäche zusammenliefen und sich aus weiteren schmaleren Rohren das Wasser sammelte und dann abgeleitet wurde.

Früher hatten wir Papierschiffchen aufs Wasser gesetzt und zugeschaut, wie sie herumgewirbelt wurden. Später rauchten wir dort Zigaretten oder sahen uns die Herrenmagazine aus Tekwers Kiosk an.

Manchmal vertrauten Mike und ich uns auch Geheimnisse an. Vielleicht, weil wir dachten, dass sie nie aus diesem Rohr herauskämen. Dort unten hatte Mike mir auch erzählt, dass seine Eltern sich manchmal prügelten. *Meine Mutter hat im Krankenhaus gesagt, sie ist die Kellertreppe heruntergefallen.* Dann hatte Mike gelacht wegen der raffinierten Ausrede.

Meine Eltern lebten so teilnahmslos nebeneinander, dass ich mir nicht vorstellen konnte, wie daraus eine Schlägerei entstehen sollte. Vielleicht würde Vater irgendwann verschwinden, das schon. Vielleicht sogar mit der fremden Frau.

Wir kannten uns so lange, trotzdem nannte ich Mike nie meinen Freund. Er wohnte eben näher bei mir als alle anderen Jungs, von denen ich einige sogar mehr mochte als ihn. Mike interessierte sich nicht für meine Sachen. Und ich interessierte mich nicht für seine Sachen.

Aber wir liefen gerne zusammen zur Grenze. Sie zog uns an, vielleicht, weil dort immer etwas los war. Die Soldaten, die Wachtürme, all das hatte etwas Furchterregendes, Monströses. Und gleichzeitig war die Grenze uns vertraut, gehörte zu der Landschaft wie die Wiesen und die Wälder.

In den Ferien waren wir einmal mit den Fahrrädern an der Grenze entlanggefahren, weil wir wissen wollten, wie weit die Zäune, die Wachtürme und die Minenfelder reichten.

Aber es hatte einfach nicht aufgehört, und dann war es auch noch dunkel geworden, und wir mussten umkehren.

Sie haben ihr ganzes beschissenes Land eingezäunt, hatte Mike gesagt.

Die Sonne brannte von einem strahlend blauen Himmel, als wir zum letzten Mal zu dem Rohr fuhren.

»Was sollen wir da?«, hatte ich gesagt. »Es regnet doch nicht!«

»Ach, nur so«, hatte Mike geantwortet.

Der Bach war nach der wochenlangen Dürre nur noch ein Rinnsal, das kaum hörbar durch das Rohr tröpfelte. Die Vögel zwitscherten, und es liefen Leute im Wald herum, Kinder, Wanderer.

Das Rohr war durch ein Gitter gesichert. So sah es zumindest aus. Allerdings hatten wir irgendwann einmal die Schrauben gelöst. Endlich zockelten die Wanderer davon, und Mike schob das Gitter zur Seite. Wir robbten hinein, es roch modrig.

Im Inneren entdeckte ich im Schein der Taschenlampe ein Stück von einer Fahrradkette, eine abgebrannte Kerze, Zigarettenkippen.

»Warst du ohne mich hier?«, sagte ich.

»Spinnst du?«

»Dachte nur, weil das Zeug da liegt!«

»Ist nicht von mir.«

»Ist scheiße, wenn hier andere rumkriechen«, sagte ich.

Wir warfen die Sachen weiter in den Ableger des Tunnels hinein, und ich zündete eine Zigarette an und nahm ein paar von den Magazinen aus dem Geheimfach. Mike pinkelte plätschernd in das Rinnsal.

»Mach mal Platz«, sagte er.

Ich hielt das Heft in die Nähe der Kerze. Mike setzte sich nah zu mir. Ich spürte seinen Atem, seinen Oberschenkel. Ich starrte weiter in das Magazin, aber aus den Augenwin-

keln sah ich, dass Mike seine Jeans bis auf die Knie herunter-
schob. Er grinste. Ich tat so, als bemerkte ich nichts davon.
Auch nicht, dass seine Bewegungen heftiger wurden.

»Nimm ihn mal in die Hand«, sagte er.

Ich stellte mich taub, blätterte um und hoffte, dass er es
dabei bewenden ließe.

»Nur mal kurz, mach schon!«, sagte er ungeduldig.

»Ich haue ab«, hörte ich mich krächzen.

»Es bleibt unser Geheimnis!«

In Mikes Stimme schwang dieser weiche Ton mit, mit dem
er mich schon oft zu irgendwas überredet hatte. Aber es waren immer nur harmlose Sachen gewesen. Nicht so etwas.

Plötzlich fasste er nach meinem Handgelenk, gleichzeitig packte er mich mit der anderen Hand am Kragen. Ich
ekelte mich vor ihm, vor seiner Stimme, seiner Haut, seinem
fischigen Atem, und ich stemmte mich mit aller Kraft gegen
ihn, riss mich los, stieß ihn zurück.

Ich rutschte ab, stürzte von der Empore, schlitterte auf
den Knien ins Wasser, rappelte mich auf. Mike lachte, laut
und hysterisch, das Rohr ließ seine Stimme nachhallen, aber
da war ich schon ein Stück entfernt.

»Du blöder Arsch«, rief er mit einer Stimme, die in das
Rohr hallte und ein Echo bekam. *Du blöder Arsch.*

Ich kroch durch die Röhre, es ging mir viel zu langsam,
immer wieder glitschten meine Füße an den bemoosten
Kacheln ab.

Nach der Dunkelheit in dem Rohr stach mir draußen
die Sonne in die Augen. Ich ließ das Fahrrad stehen, weil
ich fürchtete, dass Mike mich auf dem Weg einholte, und
rannte lieber, bis ich kaum noch Luft bekam, quer durch den
Wald. Zuletzt sprang ich einen Abhang hinunter, stolperte
über einen Ast, knallte mit dem Gesicht auf den Boden, ein
Zweig peitschte mir über die Wange.

Ich sah ihn am nächsten Morgen auf dem Pausenhof. Mike stand da mit ein paar älteren Jungs. Sie spielten Luftgitarre. Ich tat, als sähe ich ihn gar nicht. Plötzlich drehte Mike sich zu mir, riss den Mund auf, machte kauende Bewegungen und schüttelte sich wie ein Schimpanse. Die Jungs lachten, und ich lief rüber zu den Toiletten.

Ich ließ ein paar Tage verstreichen, erst dann ging ich raus zum Rohr. Mein Fahrrad lehnte noch an dem Baum, wo ich es abgestellt hatte.

Ich schob das Gitter vor dem Eingang zu dem Rohr zur Seite. Ohne Mike war es mir hier unheimlich. Aber ich wollte sichergehen. Hatte sogar nachts wach gelegen wegen der Fotos. Ich musste sie holen, damit Mike sie nicht in die Finger bekäme. Wenn er sie nicht sogar schon hatte.

Ich horchte in die dunkle Röhre. Außer dem gleichmäßigen Gluckern des Wassers – nichts. Erst als ich die Kreuzung der Rohre erreichte, schaltete ich die Taschenlampe ein. Die Magazine lagen auf den Kacheln. Ich trieb den Kreuzschlitz in den Spalt, rückte den Stein zur Seite, langte in die Höhlung. Ich hatte Angst, ins Leere zu greifen. Aber dann bekam ich die Dose zu fassen.

Ich betrachtete das Feuerzeug, das Kartenspiel mit den nackten Mädchen, eine leere Packung Overstolz, die restlichen Magazine und die Negative und Abzüge von Vater und dieser Frau.

In diesem Moment glaubte ich, etwas Gutes für meine Familie zu tun, sie vor etwas Bösem zu bewahren, vor einem tiefen Abgrund. Für einen seltsam sentimentalen Moment war ich glücklich, zu dieser Familie zu gehören. Sollten sich doch Mikes Eltern verprügeln, in meiner Familie war alles in Ordnung.

Ich nahm die Fotos aus der Schatulle, schob das andere Zeug zurück. Dann kroch ich nach draußen.

Mit aller Kraft trat ich in die Pedale, legte in der Nähe der Wassermühle den Negativfilm und die Fotos mit ein paar trockenen Hölzern zusammen. Die Fotos wanden sich in den Flammen, verglühten in Sekundenschnelle.

Ich wartete, bis das Feuer heruntergebrannt war, dann trat ich die Glut aus. Von der Liebschaft meines Vaters blieb nur noch eine Handvoll schwarz glänzender Asche.

Dritter Tag, 6
mittags

Der Regen hatte den Boden aufgeweicht, es roch nach nassem Laub und modrigem Holz. Irgendwo kläfften Hunde. Für ein paar Sekunden tauchte am Himmel ein Flugzeug auf, flog lautlos dahin, bevor es wieder in den Wolkengebirgen verschwand.

Ich war nicht sicher, ob ich richtig war. Es war so lange her. Damals hatte die Grenze hinter einer schmalen, unbenutzten Straße begonnen, abgetrennt durch eine rot-weiß lackierte Schranke. *Attention, 50 Meters to border.* Mike und ich hatten uns immer gefragt, warum man das auf Englisch schrieb, wo doch in dieser Gegend nur Deutsche lebten.

Die Straße war verschwunden, das vormalige Grenzgelände überwachsen von Unkraut und Gestrüpp. Dazwischen ein paar Dutzend Bäume, wahrscheinlich erst vor ein paar Jahren neu angepflanzt. Von einem der Bunker war nur noch der von Moos und Buschwerk überwachsene Sockel aus Beton geblieben.

Endlich fand ich den Eingang zu dem Schacht. Ein Gitter lag verbogen und verrostet im Wasser. Daneben Reste eines Absperrbandes. Ich beugte mich vor, sah in die Röhre hinein. Die Dunkelheit beunruhigte mich. Es roch nach nassem Holz, verrottetem Wasser, modrigem Laub.

Das Rohr fiel steiler ab, als ich es in Erinnerung hatte. Es war viel zu eng für einen ausgewachsenen Menschen. Ich erschak, als ich in etwas Bewässertes, Weiches, Feuchtes fasste!

Die Enge des Rohres nahm mir die Luft. Umkehren war unmöglich, dazu hätte ich rückwärts kriechen müssen. Wenigstens hatten sich meine Augen an die Dunkelheit gewöhnt. Das Rauschen eines zweiten, stärkeren Bachlaufs kam näher. An der Kreuzung der beiden Bäche tauchte die Empore auf. Keuchend kletterte ich hinauf, rollte mich auf die Seite, schaltete die Taschenlampe ein.

Im Lichtkegel sah ich Spuren von Kreide, Zahlen und Buchstaben, die erst vor Kurzem auf die Kacheln aufgetragen worden waren.

Ich blieb auf Abstand, blieb an der Stelle, wo ich damals immer mit Mike gesessen hatte, weil ich den Kreidestrichen nicht zu nahe kommen wollte.

Ich zog die Kerze aus der Jacke. Astrid hatte Kerzen gemocht. In ihrem Zimmer waren Dutzende von Kerzen gewesen. Fingergroße, schnell herabbrennende Flackerlichter, Tropfkerzen, schwarze Kerzen aus Italien, die aussahen wie Auberginen, Duftkerzen.

Die Flamme warf ein unstetes Licht. Ich war immer davon überzeugt gewesen, dass selbst das Schreckliche mit der Zeit seinen Schrecken verliert, Tag um Tag etwas weniger schrecklich erscheint. Aber das war ein Irrtum. Denn jetzt war das Unerträgliche wieder da, genauso böse und genauso hässlich wie an diesem verfluchten 25. August 1975. Dem Tag, an dem Astrid verschwand.

Die Kacheln waren kalt und nass, als ich darauf kniete. Schon einmal hatte ich für Astrid gebetet. Dass sie noch lebte. Obwohl ich sonst nie betete.

Jetzt betete ich für sie, weil sie tot war. *Tot!* All die Gedanken, dass sie wieder auftauchte, all die Theorien, die ich immer wieder aufs Neue aufgestellt, durchgesponnen und dann später verworfen hatte, alles war sinnlos gewesen. *Tot!* Von Astrid waren nur noch ein paar Kreidestriche geblieben.

Die Trauer würgte mich, quetschte mich so zusammen, dass ich kaum noch atmen konnte. Mir schossen Bilder durch den Kopf wie Blitze. Ihr Gesicht, ihr Lachen, ihre Stimme, alles war wieder da, wie eine längst überwunden geglaubte Krankheit.

Ich stand auf und stieß mit dem Fuß gegen etwas Hartes, das dann polternd, ein zigfaches Echo auslösend von der Empore rutschte. Ich hielt die Luft an, ich spürte den Schweiß auf meiner Stirn, wartete, bis das Poltern endlich aufhörte.

Plötzlich kam es mir lächerlich vor, in dieser modrigen Röhre zu hocken. Nach dieser langen Zeit. Als sei ich zurückgekehrt in meine eigene Vergangenheit und säße fest in einem viel zu klein gewordenen Spielzeug.

Ich war schon ein Stück durch das Rohr gerobbt, als mir das Versteck einfiel. Der vierte Ziegel von unten und der siebente von links. Mein Geburtsdatum.

Ich kehrte um und lockerte mit dem Schweizer Messer den Stein, leuchtete in den Hohlraum. Die Plastikhülle war porös geworden und zerbröselte, als ich sie berührte. Aber die Schatulle hatte die Jahre unbeschadet überstanden. Ich fand darin die leere Zigarettenpackung, das Feuerzeug, das Kartenspiel und die Magazine mit den nackten Frauen.

Ich kam schneller aus dem Rohr heraus, als ich hineingeklettert war. Und ich war erleichtert, mich endlich aufrichten zu können.

»Was treiben Sie da?«

Der Mann trug eine Lederjacke in einem dunklen Violett, dazu Jeans und amerikanische Sportschuhe. Er stand oberhalb des Rohres. Er sah nicht gefährlich aus, eher anmaßend.

41

Ich war erschöpft, wollte verschwinden, so schnell wie möglich. Ich zog mich an einem Ast auf den Gehweg. Der Kerl sprang leichtfüßig von dem Rohr, verstellte mir den Weg.

»Lassen Sie mich vorbei!«, sagte ich.

»Polizei!«, sagte er und klappte seine Dienstmarke auf. »Was haben Sie hier zu suchen?«

Seltsam, dachte ich, dass ich diese Möglichkeit überhaupt nicht in Erwägung gezogen hatte. Dass die Polizei am Fundort einer Leiche darauf wartete, dass dort irgendetwas geschähe.

»Also, was haben Sie hier zu suchen?«, sagte er noch einmal.

»Weiß nicht«, sagte ich.

»Wissen Sie wenigstens, wie Sie heißen?«

»Bloom.«

Donnerstag, 7
15. Mai 1975

Astrid und ich fuhren häufig mit dem Moped zum See, der unmittelbar an der Grenze lag. Manchmal liefen wir auch nur durch den Wald, beobachteten die Rehe, lagen auf Lichtungen, schauten in den Himmel.

Wir hatten das Kofferradio dabei und stellten den englischen Sender ein. Meist hielt ich nur ihre Hand, während Astrid über irgendwelche Leute redete, über die Schule, über ihre Eltern, über ihre Träume.

Sie war so ernsthaft. Nicht traurig, aber auch nicht froh. Ich hielt ihre Stimmung für Melancholie. Und es beunruhigte mich, wenn sie etwas sagte wie *Ich kann keine Garantien für mich abgeben.*

Manchmal kam mir das, was sie sagte, theatralisch vor. Aber nie sagte ich etwas dazu. Lieber versuchte ich, bei einer passenden Gelegenheit das Thema zu wechseln.

Hin und wieder schaffte ich es sogar, Astrid zum Lachen zu bringen. Vor allem mit Geschichten von Leuten, die ich für den »Kurier« fotografierte. Die Neunzigjährige, die ohne Zähne Haselnüsse knacken konnte, oder die Hausfrau, die sich Melanie Martin nannte und im Waschkeller zu den Platten von Schlagersängerinnen sang und als Mikrofon den Griff eines Springseils benutzte.

Astrid und ich kannten uns schon drei Wochen, bevor wir uns zum ersten Mal küssten. Ich konnte gar nicht genug davon bekommen.

Später stolperten wir durch das Unterholz, immer an der Grenze entlang. Ich nahm einen Stock und schleuderte ihn weit über den ersten Zaun. Die Hunde dort erwachten aus ihrem Trott und schlugen an. Ich lachte sie aus und die herbeilaufenden Grenzsoldaten auch, weil es in diesem Augenblick nichts Schöneres gab als Astrid und nichts Dümmeres als diese Grenze.

Ich blieb stehen, wollte meine Belohnung, wollte noch einmal von Astrid geküsst werden.

»Was soll das?«, sagte sie. »Warum wirfst du was rüber?« Sie schüttelte den Kopf und lief ohne mich ein paar Schritte voraus.

Wir saßen noch auf der Terrasse eines Bierlokals. Mit Blick auf die Grenze. Ich hielt Astrids Hand und ging in Gedanken jeden einzelnen Kuss durch, den ich von ihr bekommen hatte. Und wünschte mir, dass es damit heute weitergehe.

Wir tranken Cola und sahen den Touristen zu, die Erinnerungsfotos von der Grenze knipsten und den Soldaten auf der anderen Seite winkten, die mit Ferngläsern in unsere Richtung spähten. Nie wurde zurückgewinkt.

Astrid döste in der Sonne. Ich blätterte eine Illustrierte auf, betrachtete die Bilder mit den Augen des Fotografen. Ob die Fotos den richtigen Augenblick zeigten, den besten Ausschnitt, die optimale Schärfe und Belichtung hatten.

Auf eines der Bilder traf all das nicht zu. Es war verschwommen, sehr unscharf, anscheinend aus weiter Entfernung mit einem Teleobjektiv geschossen. Es zeigte ein geborstenes Gitter und ein Stück aufgeplatzten Asphalts.

In dem Moment, in dem ich Astrid die Illustrierte reichte

und sie auf das Foto aufmerksam machte, war mir schon klar, dass es ein Fehler war.

»Sieh mal!«, hörte ich mich noch sagen.

Neben dem zerborstenen Gitter war auf dem Foto ein nacktes Bein zu sehen, das am Oberschenkel abgetrennt war. Der Fuß steckte in einem Frauenschuh. So, als käme die Besitzerin irgendwann zurück, um ihr Bein abzuholen. *Schrecklich! Das Bein einer jungen Frau, die beim Versuch, die Grenze zu überwinden, auf eine Mine trat* hieß es in der Bildunterschrift.

»Es ist ekelhaft!«

Astrid sah mich zornig an. Schon zum zweiten Mal an diesem Tag, und beide Male war diese Scheißgrenze schuld.

»Tut mir leid«, stammelte ich.

»Bring mich nach Hause«, sagte sie, »mir ist kalt.«

Es war nicht kalt. Es war sogar heiß. Ich hatte es verdorben. Ich traute mich nicht, sie noch einmal zu küssen. Nicht einmal zum Abschied.

»Tschüss«, sagte sie und lief ins Haus, ohne sich noch einmal umzudrehen.

8 Dritter Tag,
später Nachmittag

Auf der Fahrt wechselten der Polizist und ich nicht ein einziges Wort. Ich dachte darüber nach, die Schatulle loszuwerden, die sich unter meiner Jacke befand. Aber mir fiel nicht ein, wie ich das anstellen sollte.

Das Präsidium war ein düsterer Bau aus der Nazizeit, der mir als Kind schon unheimlich gewesen war. Wir gingen in das Treppenhaus, und ich glaubte, Fieber zu haben. Ich geriet außer Atem und schwitzte. An jedem Treppenabsatz wartete der Polizist auf mich, trug im Gesicht einen kleinen Triumph: dass ich schwitzte, auf dieser Treppe, die er, immer eine Stufe überspringend, ohne jede Mühe nahm.

»Alles okay?«, grinste er.

Der zweite Polizist sah kaum auf, als wir das Büro betraten. Er war wesentlich älter als der andere.

»Wieso kriechen Sie in diesem Schacht herum?«, sagte der Jüngere.

Ich sah sie an, länger als nötig, las in ihren Gesichtern, dass sie sich für ausgefuchst hielten. Und dass sie ungeduldig waren.

»Ist das verboten?«, fragte ich irgendwann zurück.

»Sie haben sich am Fundort einer Leiche aufgehalten. Wir

gehen davon aus, dass es eine junge Frau war«, sagte der ältere Polizist, »wir wissen allerdings nicht, wer die Tote ist.«

»Können Sie uns da vielleicht helfen?«, sagte der Jüngere und trug wieder dieses triumphierende Grinsen im Gesicht.

Noch ein Fieberschub. Ich war froh, zu sitzen. Sie wollten also mit mir spielen. Sie wussten doch, wer das tote Mädchen war. Es passte doch alles zusammen.

Das Lächeln in dem Gesicht des Jüngeren erlosch:

»Wollen Sie vielleicht die Jacke ausziehen, Herr Bloom? Sie schwitzen!«

»Sagen Sie doch einfach die Wahrheit«, setzte der Alte nach, »Sie sind nicht der Typ, der das hier lange aushält!«

Sie hatten recht. Ich war nicht der Typ, der das lange aushielt! Sie hatten die besseren Nerven. Es war nur ihr Job, mehr nicht. Abends würden sie nach Hause gehen und ihren Frauen erzählen, es sei nichts Besonderes gewesen bei der Arbeit, das Übliche halt.

»Was haben Sie da unter Ihrer Jacke, Herr Bloom?«, fragte der Alte.

Ich hätte nicht in dieses verdammte Rohr klettern dürfen, dachte ich. *Ein verdammter Fehler!* Ich nahm etwas von dem Wasser, zog die Jacke aus und gab ihnen die Schatulle.

Sie betrachteten das Kartenspiel mit den nackten Frauen, der Jüngere blätterte grinsend eines der Pornohefte durch. Es klopfte. Ein Uniformierter flüsterte dem Alten etwas zu.

»Ich höre gerade«, sagte er dann, »dass Sie da unten in dem Rohr eine Kerze angezündet haben.«

»Ist das auch verboten?«

»Verboten nicht, eher ungewöhnlich. Warum haben Sie das getan?«

Mir fiel darauf keine Antwort ein, die sie verstehen würden. Ich zündete mir eine Zigarette an, sah dem Rauch nach, der zu der leise summenden Neonröhre aufstieg.

»Vielleicht sind Sie ja in das Rohr geklettert, um diese Sachen hier zu holen. Sie sehen ja, was dabei herauskommt. Schon wird man verdächtigt, jemand umgebracht zu haben«, sagte der Jüngere.

»Sie hätten diese Sachen nie gefunden!«, antwortete ich.

»Seien Sie nicht so überheblich.«

»Aber die Sachen gehören Ihnen doch, oder?«, sagte jetzt der Alte.

»Ja.«

Ein Lächeln huschte über das Gesicht des Alten.

»Vielleicht waren Sie ja damals in Eile und haben nicht alle Spuren beseitigen können«, sagte der Jüngere, »soll vorkommen, wenn man gerade eine Leiche versteckt.«

Auch er fühlte sich gut, es war nicht zu übersehen. Er streichelte sich sogar mit beiden Händen über den Hinterkopf.

»Wäre es nicht verrückt, dann in das Rohr zu kriechen und mich verdächtig zu machen?«, sagte ich ohne große Überzeugung.

»Herr Bloom«, antwortete der Ältere und wischte meine Worte mit einem nachsichtigen Kopfnicken weg, »gäbe es keine Verrückten, gäbe es keine Mordkommission!«

»Gut, ich habe das Mädchen gekannt. Sie ist seit dem 25. August 1975 verschwunden«, sagte ich.

»Welches Mädchen?«

Die Frage irritierte mich mehr als alle anderen Fragen, die sie gestellt hatten. *Welches Mädchen?* Es war doch klar, welches Mädchen. Es war doch nur ein einziges Mädchen aus dieser Gegend verschwunden.

»Sie hieß Astrid«, sagte ich, »Astrid ter Möhlen!«

Die Polizisten sahen sich an. Der Junge stieß sogar einen Pfiff aus, während der Alte etwas auf einen Zettel schrieb:

»Sie glauben, dass diese Astrid die Tote ist?«, sagte er.

Ich drückte die Zigarette aus, nahm ein Taschentuch, wischte den Schweiß von der Stirn. Dann erst nickte ich.

»Das heißt, Sie glauben es, aber Sie wissen es nicht. Oder?«

Für mich machte das keinen Unterschied. Aber der Alte hatte recht. Ich wusste es nicht mit letzter Gewissheit. Ich hatte nur keinerlei Zweifel daran, dass in dem Rohr die Leiche von Astrid ter Möhlen gefunden worden war.

»Gut, dann glaube ich es nur!«, sagte ich.

Der Alte machte sich wieder Notizen und sagte:

»Und was wollten Sie in dem Rohr?«

»Mich von ihr verabschieden.«

Es war die Wahrheit. Eine dumme sentimentale Wahrheit, dachte ich, die zu der Rührseligkeit passte, die mich erfasst hatte, seit ich wieder in diesem Land war. Aber mir war klar, dass es nichts war, was diese Polizeihirne als Wahrheit durchgehen ließen.

»Wäre es nicht einfacher gewesen, wenn Sie sich von der Toten auf dem Friedhof verabschiedet hätten?«, sagte der Alte.

»Es wäre nicht dasselbe.«

Der Alte nickte mir zu, mit einem nachsichtigen Lächeln. Wie man einem Verrückten zulächelt.

»Nehmen wir einmal an«, sagte der Jüngere, »Sie sind nicht der Mörder. Wer war es dann?«

»Das würde ich auch gerne wissen!«

»Wer wusste außer Ihnen noch von diesem Rohr?«

»Alle«, sagte ich, »alle wussten davon. Vielleicht sogar die Grenzer von drüben.«

Der Alte zog die Augenbrauen hoch, als fiele ihm erst jetzt ein, dass sich das Rohr an der alten Grenze befand.

»Mehr haben Sie uns nicht zu sagen?«, fragte er.

»Ich habe Ihnen schon alles gesagt!«

49

»Es geht nicht darum, was Sie sagen, Herr Bloom. Es geht darum, was ein Verdächtiger tut. Und Sie waren am Fundort einer Leiche, um Beweismittel zu beseitigen.«

Ein Verdächtiger. Der Alte nahm meine Personalien auf, ich musste meinen Pass abgeben und bekam eine Quittung für die beschlagnahmten Sachen.

Ich trat auf die Straße, es war bereits dunkel geworden. Die Autos fuhren dicht an dicht, und unter den Nieselregen mischten sich ein paar Schneeflocken. *Es geht darum, was ein Verdächtiger tut.*

Dienstag, 9
29. Mai 1975

Den Nachmittag verbrachten wir auf der Terrasse. Dann plötzlich war der Himmel grauschwarz geworden, und mit einem gewaltigen Donnern setzte der Regen ein. Astrids Mutter kam aus dem Haus gelaufen, um eine Jacke ins Trockene zu bringen.

Ich ging mit Astrid auf ihr Zimmer und löste ihre Mathematikaufgaben. Auf dem Plattenteller drehte sich *Tubular Bells*. Kessler hatte mir die Platte für meine Schwester mitgegeben, als ich in der »Hi-Fi-Truhe« war und die Neuerscheinungen durchsah. Die Platte hatte auf einer Seite einen Kratzer und konnte nicht mehr verkauft werden. Ich mochte die Musik nicht sonderlich, schenkte sie aber lieber Astrid als meiner Schwester. Seitdem hörte Astrid jeden Tag *Tubular Bells*.

Sie lag auf einem kleinen Sofa, das aussah wie ein ausgewrungener Liegestuhl. Ihr Vater hatte das Möbel aus Italien mitgebracht.

»Das Sofa ist von Egon Eiermann, ein ganz moderner Designer. Sieht irre aus, oder?«, hatte sie gesagt.

Astrid hielt die Augen geschlossen und lauschte der Musik. Vielleicht schlief sie auch. Draußen schüttete es weiter.

51

Der Regen zerrieb den Kuchen, der noch auf dem Gartentisch stand. Die Straße dampfte. Oft waren meine Schwester und ich als Kinder durch solche Sommerregen gelaufen, in Badehosen, waren kreischend über die triefend nasse Wiese hinter unserem Haus gerannt. Und Vater hatte seine lachenden, fröhlichen Kinder fotografiert.

Ich zuckte zusammen, als ich Astrids Arm auf meiner Schulter spürte. Ich hatte nicht bemerkt, dass sie aufgestanden war, aber ich war sofort bereit. Ihre Haare kitzelten auf meiner Haut, fühlten sich seidig an.

»Woran denkst du?«, sagte sie.

»An nichts.«

»Ich würde gerne unter deine Haut kriechen!«

Ich dachte darüber nach, ob ich mir Hoffnungen machen könnte, auf mehr als ein paar Küsse, da schob sie schon die Hände unter mein Hemd, streichelte Brust und Bauch. Ich hielt die Luft an. Hatte nur noch den Gedanken, dass es bloß nicht aufhören sollte.

Astrids Finger glitten unter meinen Gürtel, erreichten den Streifen Haut darunter. Dann fuhren ihre Finger tiefer. Mit der anderen Hand zog sie den Reißverschluss herunter.

Astrid legte den Kopf an meine Schulter, fuhr mit ihrer Zunge über meinen Hals und mein Ohr, dann schob sie mir die Hose von den Hüften.

»Gefällt dir das?«, flüsterte sie.

»Ja«, krächzte ich.

Durch das Geprassel des Regens hörte ich auf der Straße ein Auto vorfahren. Ich hoffte, dass es kein Grund für Astrid war, mit dem, was sie gerade tat, aufzuhören. Sie hielt nur einen Moment inne, lauschte, aber dann entfernte sich der Wagen, während Astrid das Gewicht verlagerte. Mit einem Aufschrei ließ sie sich rücklings auf das Bett fallen und zog mich mit. Die Wäsche roch nach Vanille.

Ich hielt es nicht lange aus, sank auf ihr zusammen, drückte sie mit meinem Gewicht in die Kissen. Sie streichelte mir über die Haare, über den Rücken, küsste meine Wange, mein Ohr, es kitzelte. Ich wagte nicht, sie anzusehen, vergrub das Gesicht und drehte mich zur Seite, als sie mich sanft von sich schob.

Auf dem Poster neben ihrem Bett saß Peter Fonda auf seiner Harley und blickte über ein sonnendurchflutetes Tal, das sich vor schneebedeckten Bergen ausstreckte und bis zum strahlend blauen Horizont reichte. *Easy Rider*. Ich stellte mir vor, zu sein wie Peter Fonda, so lässig, so ein harter Junge.

»Tut mir leid«, sagte ich.

»Es ist alles okay«, sagte Astrid, und ihre Stimme klang heiter.

»Es ging zu schnell!«

»Unsinn, wir haben Zeit!«

Sie lachte, als sei sie mit den Gedanken längst woanders.

»Ich liebe dich!«, sagte ich.

Ich hörte sie schlucken. Ich erschrak über das, was ich gerade gesagt hatte. Schon oft hatte ich Astrid Komplimente gemacht, hatte ihr gesagt, wie sehr ich sie mochte. Und das sie hübsch sei, sehr hübsch sogar.

Ich lag, mit dem Rücken gegen ihren Bauch gepresst, hörte ihren Atem, ihre Brust hob und senkte sich gleichmäßig. Ich spürte sogar das dunkle Klopfen ihres Herzens. Mein Mund wurde trocken, als sei ich durch eine endlose Wüste gelaufen. Astrid schwieg.

»Liebst du mich auch?«, sagte ich irgendwann, als ich das Schweigen nicht mehr aushielt.

Sie ließ die Luft durch die Nase entweichen, während ich versuchte, mich zu ihr zu drehen. Aber sie hielt mich fest.

»Ja, ich liebe dich auch!«, sagte sie leise.

Es war nicht das, worauf ich gehofft hatte. *Ich liebe dich auch* war keine zweifelsfreie Aussage. Es lag an dem *auch*. Sie hatte nicht gesagt: *Ich liebe dich,* sie hatte lediglich gesagt *Ja, ich liebe dich auch!*

»Astrid«, sagte ich.

»Sag nichts. Es ist besser, wenn ich nicht so viel Verantwortung tragen muss.«

Ihr Atem wurde gleichmäßig. Ich sah ihr beim Schlafen zu. Sie war so zart. Sie war das schönste Mädchen, das ich je gesehen hatte.

Wir haben Zeit, hatte sie gesagt. Dann war es nur der Anfang, dachte ich, und mit einem Mal kam mir dieser Tag großartig vor.

Später stiegen wir über die lang geschwungene Treppe ins Erdgeschoss hinunter. Astrids Vater saß auf einem Hocker an der Bar und las. Er umarmte seine Tochter, drückte sie eng an sich. Ihr Vater gab mir die Hand, während er Astrid im Arm hielt. Er schüchterte mich ein, er war Vaters Chef. Ich wollte nichts Falsches sagen. Wegen Vater. Und wegen Astrid.

»Was macht dein Vater, hab ihn schon seit ein paar Tagen nicht mehr in der Firma gesehen?«, sagte ter Möhlen.

»Er ist in Italien.«

»Ach ja. Fiat. Die wollen unsere Seitenspiegel. Die bauen Spiegel, die knicken um, wenn man schneller als achtzig fährt!«

Er lachte, klopfte mir auf die Schulter. Ich war erleichtert, als er wieder in seine Zeitung sah.

Astrid winkte mit einem Bilderrahmen, den sie von dem Kaminsims genommen hatte. Dort stand auch das Foto, das ich von ihr auf der Geburtstagsparty meiner Schwester gemacht hatte.

»Sieh mal«, lachte sie, »ist erst vier Jahre her. Was für schreckliche Klamotten ich da hatte!«

Die drei ter Möhlens auf der Natursteintreppe im Garten hinter der Villa. Astrid mit streng zurückgekämmten Haaren, seitlich zu einem Zopf geflochten. Ihr Vater vorn in der Mitte des Bildes. Ein selbstsicherer, gut aussehender Mann, wohlhabend, ein Chef, Vater der schönsten Tochter der Welt. Astrids Mutter saß abseits. Als gehörte sie gar nicht dazu. Für den Garten war sie viel zu elegant gekleidet. Sie lächelte geheimnisvoll, betrachtete ihre Schuhe mit den hohen Absätzen, während Astrid und ihr Vater in die Kamera schmunzelten.

Kein sonderlich gutes Foto, dachte ich, der Fotograf hatte nicht den idealen Augenblick erwischt. Schon wegen Astrids Mutter und ihres abwesenden Blickes.

»Schönes Foto«, sagte ich.

Später, an der Haustür, küsste Astrid mich lange und zärtlich.

»Ich würde gerne noch bleiben«, sagte ich.

»Fahr vorsichtig!«, antwortete sie und lachte mich an.

»Ich liebe dich.«

»Ich weiß!«

10 Vierter Tag

Das Krankenhaus war ein nüchterner Bau in zu grellen Farben. Vaters Hand war warm, aber leblos. Sein Scheitel wachsweiß und schnurgerade in die grauen Haare gekerbt. Seine Haut fühlte sich an wie Pergament. Er war dem Tod schon näher als dem Leben.

Ich bekam ein schlechtes Gewissen, weil ich erst jetzt zu ihm gekommen war. Viel zu spät. Und sogar noch einen Tag verstreichen ließ, nur um zuerst in das Rohr zu kriechen.

Ich sprach ihn an, aber Vater reagierte nicht, kein Wort, keine Berührung. Hätte nicht die Beatmungsmaschine leise gefaucht, es wäre in dem Krankenzimmer vollkommen still gewesen.

Ich dachte an die alten Zeiten, wie mich Vater beim Fußball hatte gewinnen lassen, weil ich das Verlieren nicht mochte. Er hatte sich jede Mühe gegeben, es echt aussehen zu lassen, hechtete nach den Bällen und stieß Flüche aus, wenn ich ein Tor geschossen hatte.

»Vater«, sagte ich, »Vater, hörst du mich?«

Sein Mund zog sich zusammen, die Augenbrauen bewegten sich kaum merklich, aber er hielt die Augen geschlossen.

»Vater, ich bin's, Peter!«

Langsam glitten Vaters Lippen wieder in die vormalige Stellung, ruhig, wächsern und friedlich lag er da. Ich bildete mir ein, dass er mich gehört hatte. Dass er nur zu müde war, um etwas zu sagen oder die Augen zu öffnen.

Eine Krankenschwester machte sich an der Maschine zu schaffen, wechselte den Urinbeutel und verschwand, ohne mich zu beachten. Irgendwann, nach einer oder zwei Stunden, fiepte das Beatmungsgerät. Eine andere Schwester wechselte die Infusion, und ich war erleichtert, als sie sagte:
»Sie müssen jetzt gehen.«
»Und?«, sagte Mutter, als ich nach Hause kam.
»Nichts«, sagte ich.

Kathleens Brief lehnte an einer Vase. Sie musste ihn noch an dem Tag abgeschickt haben, an dem ich gegangen war. Er bestand nur aus ein paar kalten, gekränkten Zeilen und berührte mich nicht. Der Brief war nur der Abspann für einen Film, den ich längst vergessen hatte. Ich sollte Larry bitten, meine Platten, meine Fotos und meine Bücher bei Kathleen abzuholen. Alles andere sollte sie behalten. Auch Jake.

Ich ging zum Wagen und sah Mutter am Fenster stehen. Sie schüttelte den Kopf. Daran hatte sich nichts geändert. Immerzu, auch damals schon, hatte Mutter am Fenster gestanden und den Kopf geschüttelt. Niemand hatte es ihr recht machen können. Vater nicht, und ich auch nicht.

Ich fuhr mit dem Wagen herum, ohne Ziel. Fragte mich, ob es hier in dieser Gegend noch Tramper gäbe. Damals waren alle per Anhalter gefahren, zumindest solange sie kein eigenes Auto hatten. Auch Astrid. *Es ist zu gefährlich, so hübsch, wie du bist,* hatte ich einmal zu ihr gesagt. Aber da hatte sie nur gelacht.

Dass es irgendein zufällig vorbeifahrender Fremder getan hatte, das war eine meiner Theorien über Astrids Verschwinden. Dass sie zu ihrem Mörder ins Auto gestiegen war.

Aber diese Theorie war falsch. Da war kein Fremder gewesen. Es hatte einer von hier getan. Einer, der von dem Rohr da draußen an der Grenze wusste.

Sonntag, 11
20. Juni 1975

Der Mondsee war gar kein See, sondern allenfalls ein Tümpel. Wir wateten durch das kniehohe Wasser, dann lagen wir auf einer Badedecke in der Sonne, aßen, lasen, hörten Kassetten. Ein paar Mal spulte Astrid das Band zurück, von den Moody Blues und »Questions« konnte sie nicht genug bekommen.

»Toll, oder?«, sagte sie und bewegte den Kopf im Rhythmus der Musik.

Ich gab ihr recht. Das Lied war es nicht wert, darüber zu streiten. Es war nur eines von diesen scheußlichen Liedern, kitschig, unecht, die andauernd im Radio gespielt wurden.

Dann endlich küssten wir uns. Ich wollte gerne wieder mit ihr schlafen. Ich trieb es vorsichtig voran, behutsam glitten meine Finger unter Astrids Bluse. Aber sie ließ es nicht zu, schob die Hand weg.

Es war noch immer angenehm warm, als wir zurückfuhren. Astrid presste sich gegen meinen Rücken, hielt die Arme um meine Hüften geschlungen, ihr Kopf lehnte an meiner Schulter, der Fahrtwind wehte durch unsere Haare. Vielleicht nähme sie mich ja später noch mit auf ihr Zimmer.

Ich dachte an Peter Fonda und dass es gut wäre, es lässig anzugehen. Ich ließ die Kreidler gemächlich über die Landstraße rollen und stellte mir vor, eine sehr viel schwerere Maschine zu fahren.

Irgendwann fing der Motor an zu stottern, und ich war froh, es noch bis zur Tankstelle zu schaffen. Ein zweigeschossiges Backsteingebäude mit einem Vorbau, in dem sich das Kassenhaus befand. Auf den Regalen standen Dosen mit Motoröl, Ersatzglühbirnen, lagen Landkarten und borstige Schwämme für die toten Mücken auf der Scheibe.

Der alte Keizick saß auf dem Klappstuhl neben dem Gemisch für die Zweitakter, schwitzte in der Abendsonne, mit einer Flasche Bier in der Hand. Unter seinem ölverschmierten Overall wölbte sich ein mächtiger Bauch.

»Volltanken?«, sagte er und lachte. »Na, dann mach ich ja ein richtig gutes Geschäft heute.«

Er rief nach seinem Jungen. Ich vermied es, Knud anzusehen. Alle hatten einen Höllenrespekt vor diesem Typen. Es würde Knud nicht gefallen, mich zu bedienen, dachte ich und wollte ihn nicht auch noch reizen, indem ich ihm dabei zusah.

Er trug eine Tätowierung auf dem Oberarm. Außer Knud Keizick kannte ich niemanden mit einer Tätowierung. Ein blassblauer Adler, der mit ausgebreiteten Schwingen auf fünf Buchstaben hockte: CREST. Und Knud hatte diese seltsame Frisur. Afrolook. Bei der sich die Haare kraus auftürmten und seinen Kopf umschwirrten wie ein Fliegenschwarm.

Knud nickte Astrid und mir nur knapp zu. Dann ließ er das Zweitaktergemisch in den Tank prasseln.

Unvermittelt stieß der Alte einen kurzen, gellenden Pfiff aus. So als riefe er einen Hund. Er gab Knud ein Zeichen mit der Bierflasche, und da erst bemerkte ich Bengt, Knuds debilen Bruder. Bengt war um die sechzehn und trug dieses ewige Lächeln im Gesicht.

60

Bengt stand bei den Garagen, dort, wo Wasser und Luft nachgefüllt wurden. Er hatte einen Ball dabei, hielt ihn drei Jungs entgegen. Die Jungs hatten Bonanzaräder mit lang gezogener Sitzbank und Knüppelschaltung auf der Querstrebe. Einer füllte Luft nach.

Bengt warf einem Schwarzhaarigen den Ball zu, der ihn fing und dann umgehend, mit einem harten Tritt, weit über den Garagenhof jagte. Die Jungs lachten, während Bengt dem davonfliegenden Ball hinterhersah, mit den Armen ruderte und einen Schrei ausstieß.

Bengt bemerkte nicht, dass ihm einer der Jungs den Luftschlauch unter das Hosenbein schob. Die Luft schoss heraus, und Bengts Hose blähte sich auf. Sofort vibrierte und kreischte Bengt, als bekäme er Stromstöße.

Fast wäre ich mit dem Moped umgefallen, als Astrid vom Sozius sprang.

»Lasst ihn sofort in Ruhe«, rief sie, »ihr blöden Idioten!«

Die drei Jungs drehten sich nach ihr um, einer murmelte etwas, die beiden anderen lachten, während Knud sorgfältig den Deckel auf den Tank schraubte, die Zapfpistole an ihren Platz hing. Erst dann ging er langsam, als habe er Wichtigeres zu tun, zu den Jungs mit den Fahrrädern, die immer noch ausgelassen lachten.

Astrid wollte Bengt von den Jungs wegziehen, aber Bengt rührte sich nicht, hielt sich bloß an ihrer Hand fest, starrte wie gebannt mit weit aufgerissenen Augen auf den tanzenden und Luft speienden Schlauch.

Knud schlug ohne Vorwarnung zu, schlug dem, der Bengt den Schlauch in die Hose gehalten hatte, die Faust mitten ins Gesicht. Es knirschte. Der Junge fiel stocksteif zu Boden. Er riss noch die Hände vor das Gesicht, aber da schoss ihm schon das Blut aus der Nase.

Knud schaltete das Gebläse ab, rollte den Schlauch auf,

sah zu Astrid hin, wischte sich mit dem Handrücken über den Mund, dann nahm er seinen Bruder in den Arm, flüsterte mit ihm, strich über Bengts Kopf, führte ihn weg.

Bengt drehte sich noch mal nach Astrid um:

»Vielen lieben herzlichen Dank.« Dann, nach einer kurzen Pause, noch einmal. »Vielen lieben herzlichen Dank.«

»Die halten zusammen, meine Jungs«, sagte der alte Keizick und machte ein Gesicht, als gäbe es nichts Besseres, als einen Verrückten und einen Schläger zum Sohn zu haben, »gib mal zwei Mark, hab heute meinen spendablen Tag.«

Astrid kletterte auf die Kreidler, und der Alte starrte ihr auf die Beine.

»Auf die Kleine da würde ich aufpassen«, sagte er zu mir, als sei sie gar nicht da.

Dabei ließ der Alte seine bleiche Zunge über die Unterlippe streifen. Ich trat den Kickstarter und ließ den Motor im Leerlauf länger aufheulen als nötig. Der Alte nahm einen Schluck aus der Bierflasche und grinste.

Fünfter Tag 12

Vater hatte eine automatische Garagentür einbauen lassen, die mit einem Zischeln nach oben glitt. Auf der Karosserie des Peugeots lag eine fingerdicke Staubschicht.

Unter einer Plastikplane entdeckte ich die rote Kreidler. Alle hatten mich um das Moped beneidet. In meinen Erinnerungen war es größer gewesen, eher so groß wie ein ausgewachsenes Motorrad. Ich hatte sogar Larry von der Kreidler vorgeschwärmt. Tatsächlich war die Kreidler aber eben nur ein Fahrrad mit Motor, dachte ich, als ich die Plane abzog und über die Sitzbank strich, aus der die Polsterung hervorquoll.

Unter dem Motorblock lag der »Kurier« vom 29. Oktober 1975. Das Öl aus dem Motor hatte den unteren Teil der Seite dunkel eingefärbt. Darüber ein Foto: *Peking: Bundeskanzler Schmidt trifft den Kommunistenführer Mao Tse-tung.*

Wie viele Jahre musste Vater gehofft haben, dass ich irgendwann zurückkäme? Ein Jahr, fünf Jahre, zehn Jahre? Aber nie hatte Vater dazu etwas gesagt, wenn wir telefonierten. In all den Jahren nicht ein einziges Wort, kein Vorwurf. Vater hatte nur eine Zeitung unter die Kreidler geschoben und gewartet.

Vaters Wagen sprang an. Ich hatte damit gar nicht gerechnet. Ich ließ den Peugeot auf die Straße rollen, matt schoben die Wischblätter das Regenwasser von der Scheibe.

Sie hatten die Benzinmarke gewechselt, ein polnischer Name. Und eine digitale Anzeigetafel auf einem geschwungenen Mast überragte die Tankstelle wie ein Kirchturm.

Ein Junge mit einem Motorroller machte sich an einer der Zapfsäulen zu schaffen. Damals hatten die Keizicks noch einen Tankwart beschäftigt. Niemand außer ihnen selbst und ihrem Tankwart durfte die Zapfpistolen anfassen.

Die Garagentore auf dem Hof waren mit Graffiti übersät. Die Tür zur Werkstatt stand offen, auf der Hebebühne ein Wagen mit aufgeklappter Motorhaube. Irgendwo dudelte ein Radio.

Das Kassenhaus war vollgestopft mit Zeitungen, Getränken und Snacks. An dem Kassencomputer saß eine junge Frau. Sie sah durch das Schaufenster zu mir hin, ohne mich zu beachten.

Im Obergeschoss hatten die Keizicks ihre Wohnung gehabt, der versoffene Alte und seine beiden Söhne. An eine Mutter konnte ich mich nicht erinnern. Und kein Mensch hatte gewusst, was eigentlich mit Bengt los war. Angeblich hatte er bei der Geburt zu wenig Sauerstoff bekommen.

Alle hatten Bengt den Debilen genannt. Aber nur, wenn sein Bruder nicht in der Nähe war. Und immer hieß es, Bengt werde auf keinen Fall älter als fünfundzwanzig. Dann müsste er längst tot sein.

Ich stand unschlüssig auf dem Vorhof der Tankstelle und sah dem Jungen zu, wie er seinen Motorroller betankte. Dann war da plötzlich ein Geräusch, als falle eine Schraube zu Boden. Bevor ich etwas tun konnte, packten mich zwei Arme, schraubten sich wie Zwingen um meine Brust. Ich wurde nach hinten weggerissen. Ich schlug und trat um mich. Was sinnlos war, denn ich schlug und trat bloß ins Leere.

Die Arme zerrten mich herum, ich sah den Boden auf mich zurasen, ölverschmierten Asphalt, wollte den Aufprall mit den Händen abfangen, aber ich erreichte den Boden gar nicht, wurde abgebremst und im nächsten Augenblick wieder ruckartig nach oben gewuchtet.

»Lass ihn los!«

Nach ein paar Sekunden des Verharrens setzten mich die Arme auf dem Boden ab. Ich ging in die Knie, schnappte nach Luft, fürchtete, dass die Schmerzen in meiner Brust bei der geringsten Bewegung zurückkämen, würgte, hustete, spuckte. Dann hörte ich ein Lachen.

»Blumi!«

»Lass ihn verdammt noch mal in Ruhe!«, sagte eine zweite Stimme.

Meine Beine zitterten. Ich wollte sie still halten, aber es gelang mir nicht. Und die Rippen schmerzten. Ich atmete flach, nur nicht tief Luft holen, nicht noch mehr Schmerzen!

Seltsam, dass Bengt nicht tot war, dachte ich.

»Bengt hat es nicht so gemeint«, sagte Knud.

»Vielen lieben herzlichen Dank«, sagte Bengt.

Langsam richtete ich mich auf. Bengts Kinn schien sich mit den Jahren weiter nach vorne geschoben zu haben, als wüchse es ihm irgendwann aus dem Gesicht heraus. Knuds Krause war verschwunden. Er trug die Haare jetzt kurz. Sein Gesicht wirkte ledern und alt, aber er hatte immer noch diesen mürrischen Blick.

»Lange nicht gesehen«, sagte ich und wunderte mich über meine Stimme, die keine Kraft hatte.

»Mmh.«

»Hat sich nicht viel verändert hier. Bis auf die Grenze.«

»Reicht doch!«

Ich klopfte Bengt auf die Schulter, dann sagte ich:

»Und was macht euer Vater?«

»Tot«, sagte Knud.

»Schon lange?«

»1980.«

Knuds Antwort ging in einem Räuspern unter. Er spuckte, der glibberige Auswurf landete in einer der ölgetränkten Pfützen. Und dann drehte er sich weg, als habe er es plötzlich sehr eilig.

»Tut mir leid«, sagte ich.

»Mir nicht«, antwortete er.

Bengt fletschte die Zähne, dann wurde daraus ein Grinsen.

»Blumi«, sagte er noch einmal und lachte sein hirnverbranntes Lachen, »vielen lieben herzlichen Dank.«

Bengt griff nach einer Öldose, ging in die Hocke, hielt die Dose vors Gesicht und stieß zischende Geräusche aus, als betätigte er den Auslöser einer Kamera.

»Geh ins Haus, Bengt! Gleich kommt deine Sendung«, sagte Knud.

Sofort lief Bengt zu dem Tankstellenhaus. In der Tür drehte er sich noch einmal um:

»Vielen lieben herzlichen Dank!«

»Was willst du?«, sagte Knud.

Ich wies auf den Peugeot. Knud öffnete die Motorhaube, rüttelte an Schläuchen und Verschlüssen, klopfte mit einem Schraubenschlüssel gegen den Kühler, trat gegen die Reifen. Die Federung knarrte.

»Kannst du übermorgen abholen«, sagte er.

Eine einsame Schneeflocke trudelte herab und legte sich auf sein Haar. Dann kamen mehr Schneeflocken, und Knud blickte nach oben, als sei der Schnee schlecht fürs Geschäft.

»Spielst du noch Schlagzeug?«, sagte ich.

»Sehe ich so aus?«

»Weiß nicht.«

Knud wischte sich mit dem Handrücken über die Stirn, hinterließ eine dunkle Spur.

»Manchmal spiele ich noch. Hab eigentlich keine Zeit für so was«, sagte er gedehnt, und dabei schlich der Anflug eines Lächelns über sein Gesicht.

»Musst dich ja auch noch um deinen Bruder kümmern«, sagte ich.

»Also, bis dann«, sagte Knud und drehte sich weg.

»Und was machen die anderen Jungs? Mike und wie hieß euer Gitarrist noch gleich? Gerrit, oder?«

Knud hielt inne. Wie in Zeitlupe drehte er sich zu mir, sah mich zum ersten Mal länger an als unbedingt nötig. Kein guter Blick.

»Alles Mögliche!«, sagte er leise.

Knud schlurfte in seinen schweren Arbeitsschuhen zu der Werkstatt und ließ die Eisentür hinter sich ins Schloss fallen.

13 Mittwoch, 16. Juli 1975

Über den Sportplatz trabten zwei Fußballmannschaften. Vollkommen teilnahmslos, wegen der Hitze. Vierunddreißig Grad. Im Fahrtwind, auf der Kreidler, war es auszuhalten gewesen. Vor der Garage parkte der Triumph ihrer Mutter.

Niemand öffnete, ich ging ums Haus. Auf der Hollywoodschaukel lag ein Buch. Auf dem Servierwagen stand eine Karaffe mit einer dunkelroten Flüssigkeit, in der Eiswürfel und Orangenscheiben schwammen.

»Mein kleiner Engel ist mit seinem Vater nach Hannover!«

Sie lachte, während ich einen Schritt zurückging. Es schien ihr zu gefallen, herumzuschleichen und andere zu erschrecken. Astrids Mutter nippte an einem Sektkelch. Sie hatte mich nie sonderlich beachtet. Ich war mir nicht einmal sicher, ob sie überhaupt meinen Namen kannte. Vielleicht hielt sie mich nicht für standesgemäß. Sie selbst war allerdings unten am Bahnhof in der Eisenbahnersiedlung aufgewachsen. Astrid hatte es mir erzählt. Um die Eisenbahnersiedlung machten alle einen großen Bogen.

Ingrid ter Möhlen trug einen hellblauen Bikini mit silbernen Sternchen, die in der Sonne funkelten. Die Haare hatte sie hochfrisiert. Sie schimmerten feucht.

»Ich war im Pool, die Hitze!«

Wieder das Lachen. Dunkel und rauchig. Ich mochte es nicht, sie so zu sehen, und wich ihrem Blick aus.

»Mein kleiner Engel hat dich doch wohl nicht versetzt!«, sagte sie.

»Nein, nein«, sagte ich, »wir waren gar nicht verabredet. Ich habe ein paar Fotos gemacht und bin früher fertig geworden.«

Astrids Mutter blies eine Strähne aus dem Gesicht. Dann ging sie zum Servierwagen. Ich sah in den Garten.

»Mein Mann sagt: ›Das ist ein talentierter Fotograf, unser kleiner Schwiegersohn!‹«, rief sie, während sie in der Karaffe rührte.

»Dann komme ich später wieder!«, sagte ich.

Sie lachte schon wieder. Sie schob den Servierwagen näher zu mir hin, dann füllte sie zwei Gläser mit dem dunkelroten Zeug aus der Karaffe.

»Kennst du das?«, fragte sie und setzte sich auf die Hollywoodschaukel. »Das ist Sangria. Aus Spanien. Das trinkt man jetzt! Oder darfst du noch keinen Alkohol trinken?«

Sangria. Ich hatte nie davon gehört. Ich leerte das Glas in einem Zug. Das Zeug schmeckte süßlich, beinahe wie Fruchtsaft, und breitete sich schnell und warm in mir aus.

»Ich glaube, du bist ein bisschen schüchtern, oder?«, sagte Astrids Mutter.

Sie gab der Schaukel einen kleinen Stoß, schwebte sanft vor und zurück. Ingrid ter Möhlen zog die Beine an, umarmte ihre Unterschenkel, legte den Kopf auf ihre Knie:

»Ich mag schüchterne Jungs!«

Ich spürte, wie mir die Hitze ins Gesicht stieg.

»Ach, jetzt wirst du auch noch rot. Wie süß!«

»Ich«, stammelte ich, nur um etwas zu sagen, »ich muss dann mal los!«

69

»Du bist sehr verliebt in meinen kleinen Engel, stimmt
es?«

»Ich –«

»Sag nichts, natürlich bist du verliebt. Alle Jungs sind verliebt in sie. Was meinst du, wie oft hier das Telefon klin-
gelt!«

In ihrem Blick war etwas Lauerndes. Vielleicht auch etwas Böses. Ich versuchte, aufzustehen, weil ich nichts hören
wollte von irgendwelchen anderen Jungs.

»Bleib noch. Erzähl mal, was hast du heute fotografiert?«,
sagte sie.

Ich antwortete ausweichend, dann sagte ich wieder:

»Ich muss dann mal los!«

Die Sangria hatte meine Augenlider schwer werden lassen, Arme und Beine, alles fühlte sich träge und ungelenk
an. Bevor ich aufstehen konnte, füllte Ingrid ter Möhlen
mein Glas wieder auf, prostete mir zu.

»Ich bin nur ein einziges Mal fotografiert worden«, sagte
sie leise, »an meinem ersten Schultag. Aber mein Vater hat
den Fotografen rausgeworfen, als er Geld für das Bild ver-
langte.«

»Das tut mir leid«, sagte ich nur so dahin.

Ich versuchte noch einmal, aus dem Sessel hochzukom-
men, aber mir wurde schwindelig, und ich blieb sitzen.

»Jetzt weiß ich endlich, was ich Hans zum Geburtstag
schenke! Bitte! Ein Foto! Das kannst du mir nicht abschla-
gen.«

»Ich muss eigentlich weg, ich –«, stammelte ich.

»Mein Mann wird sich furchtbar freuen.«

Widerwillig kramte ich die Kamera aus meiner Tasche
und legte einen Film ein.

»Bin gleich zurück«, sagte sie.

70

Sie kam nicht zurück. Ich döste ein. Irgendwann tauchte sie doch noch auf, trug einen seidigen Umhang und rosafarbene Pantoffeln mit Plateausohlen. Sie hatte die Haare gelöst, große Locken fielen ihr auf die Schultern.

Sie stellte sich seitlich zu mir, legte die Hände auf die Hüften, sah mich über ihre Schulter an. So wie es manchmal die Modelle in den Modezeitschriften taten. Ich blieb sitzen und drückte ein paar Mal auf den Auslöser.

»Du musst mir sagen, was ich tun soll!«, rief sie.

»Gut, dann etwas mehr lächeln.«

»Lächeln?«, sagte sie. »Warum sollte ich lächeln?«

Ich verstand nicht, was sie damit sagen wollte. Sie lächelte trotzdem. Ich stand auf, obwohl mir gleich wieder schwindelig wurde, und schoss schweigend ein halbes Dutzend Bilder.

»Fertig!«, sagte ich.

»Was? Wir haben doch gerade erst angefangen, gib dir mal ein bisschen Mühe!«

Sie zog die Augen zusammen, wölbte die Lippen auf, ließ eine Strähne über ihr rechtes Auge fallen.

»So ist es gut«, sagte ich leise.

Was sogar stimmte. Es war wirklich gut. Sie war eine richtige Schönheit. Wie Astrid, nur älter.

Ingrid schüttelte den Kopf, ihre Haare wirbelten herum, sie goss uns wieder aus der Karaffe nach, leerte ihr Glas in einem Zug. Ich hatte längst keinen Durst mehr, trotzdem trank ich mein Glas ebenfalls leer. Eine seltsame Gleichgültigkeit und Unbeschwertheit stiegen in mir auf.

»Ich komme mal etwas näher ran«, sagte sie, »es sollen ja keine Landschaftsaufnahmen werden, oder?«

Sie lachte. Ich sah sie durch den Sucher auf mich zukommen. Es war, als kämen auch das Haus, die Bäume und die Hollywoodschaukel näher.

Astrids Mutter blieb vor mir stehen, so nah, dass ich ihr Parfum riechen konnte. Ich ließ die Kamera sinken. Ingrid lachte noch immer, und plötzlich hatte ich das Gefühl, dass sie mich auslachte. Ich wich einen Schritt zurück.

»Du magst mich nicht, oder?«, sagte sie und verzog das Gesicht, als machte sie das traurig.

»Nein, wieso?«, stammelte ich.

Aber sie antwortete nicht, bewegte den Kopf, als tanzte sie zu einer Musik, die nur sie selbst hören konnte.

»Überlegst du immer so lange, bevor du abdrückst?«, sagte sie.

Ich ließ den Motor surren, immer wieder, ohne überhaupt hinzusehen.

Ingrid breitete die Arme aus und drehte sich zu ihrer unhörbaren Musik, während mir die Sangria ein paar Mal sanft durch das Hirn schwappte und dann einen Hagel spitzer Steine auslöste, die sich als Lawine in meinen Kopf ergossen.

Ich wollte ihren Armen ausweichen, stieß gegen den Servierwagen, wollte ihn halten, aber er bewegte sich mit mir weg. Die Karaffe knallte auf die Fliesen. Und meine Kamera. Sie sprang auf, der Film rollte über die Steinplatten und verschwand unter den Rosen. Es kam mir endlos vor, bis ich selbst auf der Terrasse aufschlug.

Ich blieb dort liegen, bis alle Geräusche verstummt waren, bis vollkommene Stille herrschte. Erst dann rappelte ich mich auf, raffte meine Sachen zusammen und lief davon.

»Was bist du doch für ein kleiner dummer Junge!«, hörte ich sie rufen, aber da war ich schon auf der anderen Seite des Gartens.

Ihr hysterisches betrunkenes Lachen verfolgte mich. Es hörte gar nicht mehr auf. Sie lachte in Echos und Schleifen. Ich hörte ihr Lachen noch, als ich längst auf dem Moped saß und davonfuhr.

Sechster Tag **14**

Das Telefon klingelte noch vor sechs, es musste wegen Vater sein. Eine Stationsschwester sagte, Vater sei soeben eingeschlafen.

»Für immer«, sagte sie, als könnte ich es sonst missverstehen.

Ich rief Monika an, und als sie ein paar Minuten später erschien, gaben wir uns wortlos die Hand. Dann sagten wir es Mutter.

Ich hörte Mutter und meine Schwester im Wohnzimmer flüstern, ab und zu schluchzten sie auch, während ich das Familienalbum durchblätterte: Vater, wie er mir das Fahrradfahren beibringt; Vater und ich, wie wir albern mit langstieligen Pinseln fechten, im Hintergrund seine Staffelei; Vater und ich Arm in Arm mit einem spöttischen Grinsen auf der Motorhaube seines weißen Renault 16, wie Playboys.

Nach Astrids Verschwinden hatte ich Vater so zurückgelassen, wie Astrid mich zurückließ. In völliger Ungewissheit. Monatelang ließ ich nichts von mir hören. Das Leben, das ich bis dahin in dem Haus meiner Eltern geführt hatte, sollte zu Ende sein. Für immer. Nichts sollte mich daran erinnern.

Ich rief erst an, als ich schon einen festen Job in den Staaten hatte und ich sicher war, dass meine Eltern mich nicht mehr zurückholen könnten.

Danach telefonierten wir gelegentlich. Aber gesehen hatten wir uns nie wieder. Und vermisst hatte ich meine Familie auch nicht. Seltsam, dass Vater mir jetzt fehlte. Jetzt, wo es zu spät war.

Ich legte die Alben zur Seite und sah hinaus. Der schmale Weg vom Haus durch den Garten führte in einem sanften Bogen zur Straße. Neben der Garage die Skulptur. Wochenlang hatte Vater den Steinklotz mit schweren Hämmern, derben Meißeln, Feilen und Drahtbürsten bearbeitet. Meine Mutter hatte deshalb sogar einmal geweint. *Dieser verrückte Mann.*

Ich hielt es nicht mehr aus, mit den jammernden Frauen im Wohnzimmer, und lief zu Fuß zur Tankstelle. Meine Kleider waren vom Regen durchweicht, als ich dort ankam. Unterwegs hatte ich mich an den Gedanken gewöhnt, dass Vater tot war. Genauso tot wie Astrid.

Zwei Tote in einer Woche. Wieso war ich nicht traurig? Fast schämte ich mich dafür, nicht traurig zu sein. Vielleicht, weil ich den Tod für etwas Endgültiges hielt. Der Tod war ehrlicher als die Ungewissheit und die Hoffnungen, die sich doch nie erfüllt hatten.

Vaters Peugeot war vor den Garagen geparkt. Unter dem Scheibenwischer klemmte die Rechnung in einer Plastikfolie. Die Keizicks hatten den Wagen gewaschen, trotzdem schimmerte der Lack nur matt, als sei er mit Sandpapier geschliffen worden.

Der Hof war verwaist. Die Werkstatt verschlossen. Ein Alter mit schlohweißen Haaren saugte seinen Wagen aus. In dem Kassenhäuschen zählte ein Mann der Frau hinter der Ladentheke Kleingeld in die Hand.

»Ist der Chef nicht da?«, fragte ich, als er gegangen war.

Die Frau sah mich erstaunt an, als hätte sie nicht mit weiterer Kundschaft gerechnet. Oder zumindest nicht mit dieser Frage. Sie war sehr blass. Wäre sie in diesem Augenblick ohnmächtig geworden, es hätte mich nicht überrascht, so blass war sie. Die Frau schob die Rechnung in die Kasse.

»Holt Ersatzteile«, sagte sie leise.

»Wann kommt er zurück?«

»Weiß nicht. Hundertzweiundneunzig Euro und siebzig Cent«.

Ein Akzent. Vielleicht war sie aus Polen oder aus Russland. Sie schien alterslos, hätte achtundzwanzig sein können. Vielleicht aber auch schon vierzig. Sie schob das Scheckkartengerät über die Theke.

»Ich bin ein Freund des Chefs«, sagte ich.

Sie schrieb etwas auf die Rechnung, drückte einen Stempel auf das Papier, setzte ihre Unterschrift darunter.

»Wie heißen Sie?«, sagte ich.

Sie blickte nicht auf, und sie antwortete nicht. Vielleicht hielt sie die Frage nach ihrem Namen für unangemessen. Ich war überrascht, als sie dann doch noch sagte:

»Ich heiße Irina.«

»Arbeiten Sie schon lange hier?«

Sie sah mich an. Ihre Augen hatten ein strahlendes, kräftiges Blau. Ihre Augenlider flackerten nervös, und sie wich meinem Blick aus. Vielleicht hatte Knud ihr verboten, mit mir zu sprechen. Oder ich war ihr einfach nur lästig.

»Sammeln Sie Bonuspunkte?«, sagte sie.

Die Tür flog auf und eine Kundin kam herein, beschwerte sich über den Regen. Die blasse Frau sah ihr entgegen, als könnte sie es gar nicht erwarten, die Tankrechnung in den Computer einzugeben.

»Dann Wiedersehen«, sagte ich.

»Macht dreiunddreißig Euro und neunzehn Cent«, hörte ich sie sagen.

Freitag, 15
18. Juli 1975

Den gebrauchten Renault 4 hatte Vater mir geschenkt. Zum bestandenen Führerschein. Es war meine erste Fahrt mit dem Wagen, und ich wäre lieber allein gefahren, aber Astrid hatte gesagt:

»Bin ich froh, dass wir nicht mehr mit dem Moped fahren müssen!«

Ich geriet ins Schwitzen, weil ich mit der Gangschaltung nicht klarkam. Sie ragte wie ein abgesägtes Heizungsrohr aus dem Armaturenbrett. Vorne hatte der Wagen eine durchgehende Sitzbank, zwischen uns lag Astrids Kassettenrekorder und quäkte eine Hitparadensendung, die sie aus dem Radio aufgenommen hatte.

Das Lied, das sie andauernd zurückspulte, hieß *What about tomorrow?* Ich wunderte mich, dass ihr der Song gefiel. Wir waren seit zwei Monaten zusammen, und ich bildete mir ein, sie schon sehr gut zu kennen. Aber plötzlich überraschte sie mich dann mit irgendwas. Diesmal eben mit Texasrock. Was immer noch besser war als die Moody Blues.

Das Lied kam zum dritten Mal aus dem Rekorder, und da sangen wir schon mit, Astrid legte sogar den Arm um meine Schulter. *You – you're so far away, uhuhuh.* Wir lachten über das seltsame Lied, und über die ausgeschlagene Federung des Renault lachten wir auch. Wenn wir über Unebenheiten fuhren, ächzten die Stoßdämpfer, und das Auto hüpfte über die Straße wie ein Gummiball.

»Am liebsten würde ich bis nach Frankreich fahren!«, brüllte ich gegen *What about tomorrow?* an.

»Mach doch!«, rief sie und sang wieder den Refrain.

Mach doch! Während ich noch darüber nachdachte, warum ich nicht drehte, nicht zur Autobahn fuhr, immer Richtung Süden, und warum so etwas immer nur in Filmen geschah, aber nie im wirklichen Leben, waren wir bereits an der Grenze. Ich ließ den Wagen auf den Parkplatz rollen, dann küsste ich sie.

Ich war überrascht, so gierig erwiderte sie meine Zunge. Astrid fuhr mit ihrer Zunge über meine Zähne, presste sie gegen meinen Gaumen, ließ ihre Zunge mit meiner Zunge kämpfen.

Wir liefen eine halbe Stunde durch den Wald, immer wieder küssten wir uns, und alle Zweifel, die ich hatte, waren mit einem Mal verflogen.

»Mutter hat erzählt, dass du sie nicht fotografieren wolltest«, sagte Astrid.

Sie sagte es beiläufig, als habe es keine besondere Bedeutung für sie, aber mir stieg sofort die Röte ins Gesicht. Ich wandte mich ab, hantierte mit meiner Kamera herum und hörte Astrid sagen:

»Mir ist das egal. Meine Mutter hat andauernd so komische Ideen!«

Aus Verlegenheit fotografierte ich die beiden Wachhunde drüben in der Hundelaufanlage, wie sie träge von der Hitze auf und ab trotteten, an langen Ketten, die über den Boden glitten.

»Das würden die Leute da drüben auch gerne machen«, sagte Astrid und zeigte auf die Vögel, die sich nicht um die Grenze scherten und mit Würmern und Gräsern im Schnabel immer wieder über das Minenfeld, die Wachhunde und die Schießautomaten flogen.

Wir legten uns ins Gras und schreckten gleich wieder hoch, weil es knallte. Vielleicht ein Schuss. Ich kletterte auf einen Baum. Aber es war nichts zu sehen.

Wir liefen weiter. Astrid redete über einen Referendar, der den Mädchen Avancen machte:

»Dabei ist er schon dreißig!«

Ich war mir nicht sicher, ob ihr nicht sogar gefiel, dass ein Dreißigjähriger sie umschmeichelte.

»Ich habe ein Geschenk für dich«, sagte sie.

»Wofür?«

»Nur so. Weil du all diese schönen Fotos von mir machst. Und weil ich dich mag! Du bist so lieb!«

Ich wickelte ein Messer mit einem weißen Kreuz auf einem dunkelroten Schaft aus dem Geschenkpapier.

»Alles drin«, sagte Astrid, »Korkenzieher, Dosenöffner, Pinzette, Zahnstocher, Säge, Nagelfeile, Schraubendreher, Kugelschreiber. Und sogar ein Fischentschupper!«

Sie klappte alle Klingen und Werkzeuge auf und zeigte mir triumphierend den Fischentschupper des Schweizer Messers. An dem Korkenzieher klebte eine Banknote. Noch nie hatte ich einen echten Dollar in Händen gehalten.

»Alles, was man braucht, um zu überleben, ist ein Schweizer Messer und ein Dollar. Sagt mein Vater.«

Ein seltsames Geschenk, aber ich freute mich, weil sie an mich gedacht hatte. Ich küsste sie. In diesem Augenblick krachte es noch einmal. Diesmal lauter und näher als bei dem ersten Schuss.

Wir liefen zurück zu der Lichtung und kletterten auf einen Stapel Schnittholz. Drüben fuhr ein Armeelaster vor. Staub wirbelte auf, vor dem sich die wartenden Soldaten duckten. Ich drückte auf den Auslöser, surrend zog der Motor den Film durch die Kamera. Plötzlich drehten sich zwei Grenzer von dem Armeelaster weg. Sie hatten Ferngläser und beobachteten uns, als einer der beiden das Gewehr von der Schulter nahm und anlegte.

»Nimm die Kamera runter«, zischte Astrid, »die knallen dich ab.«

»Das trauen die sich nicht«, sagte ich.

Aber Astrid schob mich weg, fast wäre mir die Kamera aus der Hand gefallen. Widerwillig sprang ich von dem Holzstapel und lief hinter ihr her.

»Sonst bist du immer so vorsichtig«, schimpfte sie, als wir bei dem Renault waren.

»Ein Fotograf muss bereit sein, für ein gutes Foto sein Leben zu lassen!«, sagte ich lachend.

»Red' nicht solch einen Unsinn!«

Ich ärgerte mich. Schon wieder hatten wir Streit wegen der verfluchten Grenze.

»Die trauen sich doch nicht, auf uns zu schießen!«

»Woher willst du das wissen, dass sie sich nicht trauen?«, erwiderte sie.

Ich versuchte, sie in den Arm zu nehmen. Aber Astrid wich mir aus.

»Hast du Angst um mich?«, sagte ich.

»Ja – mmh, nein. Doch!«, sagte sie leise.

Dann lächelte sie plötzlich, nahm mich in den Arm, zog mich ganz nah an sich heran, küsste mich. *Eine verdammte Liebeserklärung!*

»Versprich mir, dass du so etwas nie wieder machst!«, flüsterte sie.

Alles hätte ich ihr in diesem Augenblick versprochen, alles. Ich hatte es geschafft! Astrid machte sich Sorgen um mich, zum ersten Mal machte sie sich Sorgen um mich!

»Versprochen«, sagte ich.

Ich konnte sie gar nicht mehr loslassen, aber irgendwann wand sie sich aus meiner Umarmung. Sie kam mit nach Esbeck, wo ich für den »Kurier« ein Konzert fotografieren sollte. Crest, die Band von Knud Keizick.

»Was soll das heißen? Crest?«, sagte Astrid.

»Weiß nicht.«

Ich war stolz, Astrid an der Hand zu halten. So betraten wir das Jugendzentrum. Wir waren zu früh dran, die Band probte noch. In der Luft hing der Geruch von abgestandenem Zigarettenqualm und einem Desinfektionsmittel.

Ich wusste, dass Mike bei der Band den Bass spielte. Ich hatte die Jungs schon ein paar Mal fotografiert, einmal sogar an der Grenze. Mike und ich hatten allerdings nie ein Wort gewechselt.

Jetzt zerrten seine Finger an den Basssaiten, und er stampfte mit den Füßen auf. Er drehte sich weg, als er mich hereinkommen sah.

Der Gitarrist hieß Gerrit. Er erinnerte mich an einen Indianer. Er spielte mit nacktem Oberkörper, auf seinem Arm war ein Adler tätowiert, der auf dem Schriftzug CREST saß. Die gleiche Tätowierung, die auch Knud Keizick hatte, der unaufhaltsam auf sein Schlagzeug eindrosch.

Später, vor Publikum, standen Mike und der Gitarrist mit eingeknickten Knien und gespreizten Beinen da. Sie bewegten lediglich die Oberkörper, beugten sich weit nach hinten, bis sie zur Decke des Saals blickten, um dann blitzartig im Rhythmus der Musik nach vorn zu schnellen, als hätten sie genug gesehen vom Himmel und wollten nun einen Blick in die Hölle werfen. Sie spielten so laut, dass der Staub über den Boden flirrte.

Nach einer Viertelstunde hatte ich genug im Kasten und winkte Astrid, dass wir gehen könnten. Ich dachte, dass sie mich vielleicht noch mit auf ihr Zimmer nimmt.

Aber Astrid bemerkte mich nicht. Sie starrte den Gitarristen an, verfolgte jede seiner Bewegungen. Sie lächelte, wenn er sich nach hinten fallen ließ, wenn der Hals seiner Gitarre in die Luft ragte, während seine Haare fast den Boden berührten. Zwischen den Liedern schrie und pfiff sie, um sich dann wieder im Rhythmus der Musik zu bewegen.

Ich schlug mich zu ihr durch und zog sie nach draußen.

»Ich muss die Bilder noch entwickeln!«, sagte ich.

Auch wenn das gar nicht stimmte. Die Fotos hatten noch Zeit. Aber mir gefiel nicht, wie sie den Gitarristen anstarrte.

»Ich mag dich sehr!«, sagte Astrid im Wagen.

Was mich verwirrte. Beinahe hätte ich mich dafür entschuldigt, dass ich eifersüchtig gewesen war. Lächerlich. Auf einen Indianer mit Gitarre eifersüchtig zu sein, dachte ich. Aber ich schwieg, nahm bloß ihre Hand und fuhr sie nach Hause.

Siebenter Tag **16**

Sie ließen mich warten. Länger als eine Stunde. Wollten mir zeigen, dass es in ihrer Macht lag, mich warten zu lassen, dass sie über mich verfügen konnten. *Über den Verdächtigen.*

Irgendwann kamen die Polizisten dann doch noch herein. Nur der Alte grüßte. Der Jüngere fuhr einen Laptop hoch, sah mich an, ohne etwas zu sagen. Ich hielt seinem Blick stand. Der Alte drehte den Laptop zu mir:

»Kann sein, dass Sie die Kerzen für das falsche Mädchen aufgestellt haben. Wir denken, dass es dieses Mädchen war.«

Ich hatte mit neuen Anschuldigungen oder noch absurderen Fragen als beim ersten Verhör gerechnet. Ich dachte darüber nach, ob sie mich in eine Falle lockten, und sah auf das Foto.

Eine perfekte Aufnahme. Schwarz-weiß. Das Foto war bestens ausgeleuchtet, gestochen scharf. Das Mädchen in dem Bildmittelpunkt lächelte scheu. Ein anscheinend von dem Fotografen erzwungenes Lächeln.

»Kannten Sie das Mädchen?«

Mit *Nein* zu antworten, wäre nicht einmal gelogen gewesen. Denn ich kannte das Mädchen nicht. Jedenfalls nicht in dem Sinne, wie sie es meinten. Ich wusste nicht seinen Namen.

Oder etwas über seine Herkunft, das Alter, die Familie, irgendetwas Persönliches.

Um Zeit zu gewinnen, setzte ich die Brille auf, betrachtete das Bild genauer. Das Mädchen hatte die Haare hinter die Ohren gesteckt, wodurch ein Ohrring sichtbar wurde, der die Form eines Halbmondes hatte.

Es lehnte an einem grob gezimmerten Zaun, der ein Holzhaus einfriedete. Neben dem Haus, aufgebockt im Garten, ein Ruderboot. Hinter dem Haus tat sich ein umwaldeter See auf. Kleinere Segelboote kreuzten dort. Ein Sommertag an einem See, vermutlich in Skandinavien, dachte ich. Schon wegen der Bauweise des Hauses.

»Vielleicht sah das Mädchen älter aus als auf diesem Foto. Da war sie erst siebzehn«, sagte der jüngere Polizist.

Ich betrachtete das Mädchen, das unfroh in die Kamera sah und dessen Körper über dreißig Jahre in dem Schacht an der Grenze gelegen hatte und dort vermodert war. Und in diesem Moment wurde mir klar, dass sich nichts geändert hatte.

Die Gewissheit, dass Astrid tot war, schon lange tot in dem Rohr gelegen hatte, währte nur vier Tage. Vier Tage, in denen ich erleichtert gewesen war. Auch wenn Vater in diesen vier Tagen gestorben war, war ich erleichtert gewesen. Endlich war das Ungewisse von mir gewichen wie eine Krankheit, die ich besiegt hatte. Die Trauer um Astrid hatte einen anderen Weg eingeschlagen.

Jetzt war davon nichts mehr. Dieses Foto von diesem Mädchen besagte, dass alles nur ein Irrtum war, dass ich immer noch keine Gewissheit bekam. Nicht darüber, dass Astrid tot war. Aber auch nicht, dass sie noch lebte.

Astrid blieb verschwunden. So, wie sie all die Jahre verschwunden gewesen war.

»Ob Sie das Mädchen kannten?«

Ich erschrak.

»Nein.«

»Sind Sie sicher?«

»Ich bin Fotograf. Ich habe einen Blick für Gesichter!«

Er sah mich an, als glaubte er mir kein Wort. Und er hatte ja sogar recht damit. Aber ich blieb dabei, gab den Fragen nicht nach, und dann sagte er irgendwann:

»Sie hieß Märtha, geboren in Bergen, Norwegen. Sie war in einem Heim, hatte was mit Drogen zu tun. Am 11. August 1975 ist sie von dort verschwunden. Wahrscheinlich Richtung Süden getrampt, dazu passt auch die Quittung, die wir bei dem Skelett gefunden haben. Von einem Rastplatz vor Hamburg.«

»Woher wissen Sie das alles?«, sagte ich.

»Die norwegische Polizei hat einen ziemlich großen Keller mit vielen alten Akten«, erwiderte er.

Der Alte setzte ein triumphierendes Lächeln auf und schob mir die Vergrößerung eines kaum noch lesbaren Kassenbons zu: *Süßwaren 1,30 DM Speisen 0,90 DM.*

»Das waren noch Preise«, murmelte der Alte.

»Wir haben das Skelett an dem Gebiss identifiziert«, fuhr der Jüngere fort, »das Mädchen hatte eine Zahnlücke. Man nennt es Diastema. Wir haben auch diesen Ohrring gesucht, den sie auf dem Foto trägt, aber da war kein Ohrring bei dem Skelett!«

Das norwegische Mädchen wurde in meinen Erinnerungen nach und nach lebendig. *Diastema.* Ich hatte diese Zahnlücke schon einmal gesehen. Durch das Objektiv meiner Kamera.

»Es könnte doch sein, dass Sie beide Mädchen umgebracht
haben. Die Norwegerin haben Sie in dem Rohr verscharrt
und diese Astrid irgendwo anders!«, sagte der junge Polizist.

Vielleicht, weil es so absurd war, so dumm und lediglich
provozierend, vielleicht, weil diese ewige Ungewissheit zu
mir zurückgekehrt war, oder einfach nur, weil ich wütend
war, und obwohl es natürlich lächerlich war, so zu reagieren,
sprang ich auf, trat den Stuhl um und rief:
   »Das muss ich mir nicht anhören!«
   Der Alte sah nicht mal auf. Der Jüngere reagierte hingegen blitzschnell. Er stand so nah vor mir, dass ich seinen
milchigen Atem roch. Dann presste er die Lippen zusammen,
dass sie blutleer wurden. Gerne hätte er mir ins Gesicht geschlagen.
   »Sie werden sich von uns noch einiges anhören müssen«,
sagte der Alte von hinten.
   »Setzen Sie sich«, sagte der Junge, »und nehmen Sie einen
Schluck Wasser. Sonst passiert was!«
   Ich leerte das Glas und zündete mir eine Zigarette an.
   »Wenn die Tote in dem Rohr diese Norwegerin war und
nicht Ihr Mädchen, dann heißt das doch, dass Ihre Astrid
vielleicht sogar noch lebt, oder?«, sagte der Alte.
   »Das ist doch eigentlich ein Grund zur Freude, oder etwa
nicht?«, murmelte der Jüngere.

Ich sagte nichts. Sie glaubten mir ohnehin nicht. Sie fragten mich noch ein paar Mal dasselbe, aber ich wurde nicht
weich.
   Irgendwann, als ich genug von ihrer Fragerei hatte, sagte ich, dass mein Vater gestern gestorben war und dass ich
müde sei. Erst da gaben sie es auf.

Ich war tatsächlich müde. Trotzdem ließ ich den Peugeot stehen, lief durch den Regen. Ich hatte nicht damit gerechnet. Dass Astrid wieder auferstehen würde von den Toten. *Das ist doch ein Grund zur Freude, oder etwa nicht?*

Der Regen wurde zu stark, und ich ging in eine Bar. Ein paar besoffene Spinner standen am Tresen und stritten sich, ob es mit der Zonengrenze besser gewesen war als ohne.

17 Achter Tag

Es wollte nicht hell werden an diesem Tag, nicht mal gegen Mittag. Nur kälter. Mit der Dämmerung ließ wenigstens der Wind nach. Dafür schwebten immer mehr Schneeflocken herab.

Am Gewerkschaftshaus, hoch über der Kreuzung, flimmerte ein Videoscreen. Der amerikanische Präsident redete hinter einem Vorhang aus Schneeflocken tonlos zu den auf Grün wartenden Autos und Bussen. Die Passanten hatten es eilig, bei dem Schneewetter nach Hause zu kommen.

Ich lief unten am Wehr entlang. Ein paar Mal war ich mit Astrid hier spazieren gegangen. Damals, im Sommer.

Zwei junge Frauen, die vom Bahnhof kamen, wichen mir aus. Ich blieb an dem Geländer stehen, sah in das Wasser, auf dem sich eine feine Eisschicht bildete. Ein Paar ging, einander umschlingend, lachend in die Stadt. Dann liefen drei Jungs, die zu dünne Jacken trugen und sich gegen den kalten Wind duckten, in die andere Richtung. Kalt war mir auch.

»Der Goldene Fasan« hatte sich also auch über die Zeit gerettet, das Licht in der Gaststube war gedämpft und die Scheiben beschlagen, fast alle Tische waren besetzt. Die Gäste redeten, rauchten oder spielten Karten. Und die Kellnerin balancierte auf einem Tablett die Bestellungen.

Ich war ein paar Mal mit Astrid im »Goldenen Fasan« gewesen. Aber lieber waren wir zu Mazzola gegangen. Weil wir jung waren und etwas Neues erleben wollten. Und wenn es nur italienisches Essen war.

Als ich die Tür zum »Goldenen Fasan« öffnete und mir der Rauch der Zigaretten, die Wärme des Kachelofens und das Gelächter entgegenwallten, dachte ich, bei einer Familienfeier zu stören, und ließ sie wieder ins Schloss fallen.

Ich lief weiter durch die Fußgängerzone und wollte gerade umkehren, als ich den Laden entdeckte. Die »Hi-Fi-Truhe«. Sie war damals weiter oberhalb des Bahnhofs gewesen, aber das Viertel war abgerissen worden für den neuen Güterbahnhof.

Ich stieß die Tür auf, und eine alberne Computermelodie ertönte. Der Laden war vollgestellt mit Vinylplatten, gebrauchten CDs, Comics, Stapeln aus Musikzeitschriften. In der Luft hing der Geruch von Tabak und altem Papier. Irgendwo dudelte Jazzmusik. Neben dem Eingang befand sich ein Tresen, auf dem eine mechanische Registrierkasse stand. Der Mann hinter dem Tresen sah nicht von dem Bildschirm eines Computers auf.

»Kessler!«, sagte ich.

Erst jetzt drehte er den Kopf zu mir, sah mich an.

»Tag«, sagte er und wandte sich wieder seinem Computer zu.

Ihm fielen die Haare bis auf die Schultern, wie damals. Allerdings waren seine Haare jetzt beinahe weiß.

»Hab dich lange nicht gesehen, Kessler. Über dreißig Jahre nicht«, sagte ich.

89

Ich reichte ihm die Hand, aber er ließ sich nicht darauf ein.

»Also, wenn du was suchst, musst du dich beeilen«, sagte er, »ich mache gleich zu!«

»Und wie geht's so?«, sagte ich. »Meine Schwester hat mir gar nicht gesagt, dass du jetzt den Laden führst.«

»Habe zu tun«, sagte Kessler und tippte etwas in seine Tastatur.

»Kaufst du auch alte Platten an?«, fragte ich.

»Kommt drauf an, was es ist!«, sagte er.

»Tubular Bells hätte ich abzugeben. Von Mike Oldfield.«

Kessler sah mich an. Schüttelte leicht den Kopf.

»Kannst du behalten, das ist Schrott!«

Er griff nach einem Schlüsselbund und schüttelte ihn.

»Machen die Jungs eigentlich noch Musik?«, fragte ich.

»Welche Jungs?«, sagte er, obwohl ich sicher war, dass er wusste, wen ich meinte.

»Crest«, sagte ich, »die Jungs von Crest!«

Kessler schüttelte von Neuem den Schlüsselbund, fuhr sich mit der Zunge über die Lippen und sagte:

»Das hättest du Knud fragen sollen. Hast doch deine Karre bei ihm reparieren lassen!«

»Aber er hat mir keine Antwort gegeben.«

»Woher soll ich es dann wissen?«, sagte Kessler.

Er schloss hinter mir ab. Augenblicklich erlosch die Leuchtreklame der »Hi-Fi-Truhe«.

Freitag, 18
15. August 1975,
mittags

Märtha war seit vier Tagen unterwegs. Sie war an der Stelle über den Zaun gestiegen, wo der Baum lag. Sie und ein anderes Mädchen hatten darüber gelacht, dass ein Baum einfach so umfiel, ohne Sturm, mitten im Sommer.

Märtha hatte noch bis zum Abend gewartet, dann war sie auf die andere Seite geklettert. So leicht hatte sie es sich gar nicht vorgestellt. Kein Alarm, nichts. Hätte sie geahnt, dass es so einfach ging, vielleicht hätte sie es dann schon früher einmal versucht.

Die erste Nacht hatte Märtha im Wald geschlafen. Noch ganz in der Nähe von Aurlandsvangen. Sie hatte sich eine Erkältung geholt. Dann war sie nur noch gelaufen. Immer Richtung Süden.

An der Landstraße bei Stavanger hatte ein Deutscher gehalten. Auf dem Hänger hatte er eine Druckmaschine, die nach Hamburg sollte. Kein übler Kerl. Wolfgang, Mitte vierzig. Er lud sie auf den Raststätten ein und kaufte ihr wegen ihres Schnupfens in Dänemark einen Pullover.

Sie kamen nur langsam voran, der Zugwagen ächzte an jeder Steigung unter der Last der Druckmaschine. Ein paar Mal schlief Märtha in der Koje hinter dem Fahrersitz mit ihm. Aus Mitleid und weil Wolfgang sie in einem

91

Hohlraum unter einer der Walzen der Druckmaschine versteckt hatte, als sie an die Grenze kamen und die deutschen Zöllner mit ihren Taschenlampen gegen die Maschine klopften.

Wenn Wolfgang sie anfasste, war er ungeschickt. Er hatte keine Ahnung von Mädchen. Was Märtha sogar recht war. Sie näherten sich Hamburg, und mit jedem Kilometer, den sie zurücklegten, wurde Wolfgang jämmerlicher. Bis er sie sogar anbettelte, bei ihm zu bleiben. Damit er aufhörte, schrieb sie seine Telefonnummer auf. Nachdem Märtha endlich auf dem Rastplatz ausgestiegen war, warf sie den Zettel weg.

Manchmal hatte es Märtha das Leben leichter gemacht, dass sie den Kerlen zu gefallen wusste. Den Lehrern, den Schnapsverkäufern, den Dealern. Die meisten Männer benahmen sich wie räudige Hunde, wenn man sie nur ein bisschen lockte.

Märtha wusch sich auf der Toilette, zog ihre Jeans an. Sie kaufte auf der Tankstelle Süßigkeiten und eine Brühwurst, schrieb auf den Pappteller, von dem sie die Wurst gegessen hatte, Torremolinos, Spain.

Es vergingen nur ein paar Minuten, bis ein blauer Ford hielt. Ein alter Kerl saß am Steuer, alt genug, ihr Großvater zu sein. Ihre eigenen Großväter hatte Märtha nie kennengelernt. Mutters Vater war schon tot gewesen, als Märtha auf die Welt kam. Und von der Familie ihres Vaters wusste sie nichts. Wie auch. Sie hatte ja gar keinen Vater.

Der Alte in dem Ford war in Zigaretten unterwegs. Er fragte sie nach Torremolinos. Aber sie hatte den Namen nur zufällig auf einem Buch in der Tankstelle gelesen. Torremolinos, das hatte nach Freiheit, nach Meer, nach Sonne geklungen, nach allem, wonach sie sich in Aurlandsvangen gesehnt hatte.

»Mein Vater lebt dort«, sagte Märtha, »er ist Diplomat.«

Der Zigarettenvertreter schenkte ihr eine Stange Lord Extra und redete unaufhörlich auf sie ein. Irgendwelchen Unsinn. So war es immer. Erst redeten die Kerle, und dann wurden sie zudringlich. Märtha tat, als verstünde sie nur ein paar Brocken Englisch. Irgendwann gab der Alte es auf, schaltete das Radio ein, während Märtha aufpasste, nicht einzuschlafen.

Sie hatte damit gerechnet, seit sie in dem Wagen saß, trotzdem erschrak sie dann doch, als der Alte ihr zwischen die Beine griff. Sie machte sich sofort steif, umfasste sein Handgelenk, schob es zurück, schüttelte den Kopf und lächelte. Vielleicht gäbe er sich damit zufrieden.

Aber ein paar Kilometer weiter tat er es wieder. Diesmal fasste sie energischer zu. In dem Heim in Aurlandsvangen wäre sie vor die Hunde gegangen, wenn sie nicht gelernt hätte, zu kratzen, zu treten, zu schlagen.

Sie quetschte seinen Arm so, dass der Zigarettenvertreter rot anlief. Dass er schnaufte, als bekäme er zu wenig Luft. Aber er hatte anscheinend immer noch nicht genug. Eine halbe Stunde später griff der Alte noch einmal nach ihr. Diesmal an ihre Brüste.

Märtha rammte ihm den Ellenbogen in den Bauch. Der Alte stieß ein kurzatmiges Stöhnen aus, verriss das Lenkrad. Der Ford schlingerte auf die Überholspur, irgendwo kreischten Reifen auf dem Asphalt, es wurde gehupt. Märtha war erstaunt, dass der Alte den Wagen überhaupt noch einmal unter Kontrolle bekam. Hechelnd, über das Lenkrad gebeugt, steuerte er den Ford auf den Seitenstreifen und hielt.

Märtha sprang sofort aus dem Wagen. Sie schaffte es sogar noch, den Rucksack mitzunehmen. Sie setzte über die Leitplanke, stürzte eine Böschung hinunter, rappelte sich auf, rannte durch ein lichtes Waldstück. Der Alte war auch ausgestiegen, aber er hatte keine Kraft, ihr zu folgen. Er brüllte irgendetwas, aber sie hörte gar nicht mehr hin.

Märtha stellte sich an die Landstraße und hielt den nächstbesten Wagen an. Ein Abschleppwagen. Der Fahrer nickte ihr nur zu, und als sie losfuhren, sah Märtha den Zigarettenvertreter immer noch an der Autobahn stehen.

Der Fahrer des Abschleppwagens konnte nicht viel älter sein als sie selbst, dachte Märtha. Höchstens zwanzig. Er trug eine gewaltige Krause. Bis dahin hatte sie geglaubt, dass solche Frisuren nur schwarze Amerikaner hätten. Auf dem rechten Oberarm war eine Tätowierung, ein Adler und die Buchstaben CREST. Sie hatte keine Ahnung, was das zu bedeuten hatte.

Schweigend, als würden sie sich schon seit Ewigkeiten kennen und hätten sich bereits alle Geschichten erzählt, hörten sie ein paar harte Gitarrenstücke an, die den Motor des Abschleppwagens und alle Geräusche von der Straße übertönten. Er war überrascht, als sie die Namen der Bands kannte.

»Knud. Bin Drummer«, sagte er und gab ihr erst da die Hand.

»Ein skandinavischer Name!«

»Mmh.«

»Ich heiße Märtha. Bin abgehauen.«

Er sah einfach weiter auf die Straße. Vielleicht hatte er ja nichts anderes von ihr erwartet.

»Kennst du die?«, sagte Knud und schob eine andere Kassette in den Rekorder.

Dann redete er von seiner Band. Crest. Und dass sie abends ein Konzert gäben. Und ob sie nicht mitkommen wollte?

»Gerne«, sagte sie.

»Da sind wir«, sagte Knud und lenkte den Abschleppwagen auf das Gelände einer Tankstelle. Auf einem Klappstuhl saß ein aufgedunsener Kerl und trank Bier.

»Mein Vater!«, sagte Knud und zog die Nase hoch.

Der Alte prostete Märtha zu, als sie mit Knud in die Wohnung ging, die einigermaßen heruntergekommen war. Es roch nach abgestandenem Essen. Und auf einem abgewetzten Ledersofa saß ein kräftiger Kerl und starrte auf den Fernseher.

»Mein Bruder«, sagte Knud, »er heißt Bengt.«

Noch ein skandinavischer Name, dachte Märtha. Bengt sah nicht zu ihr hin. Sein Haar war bereits schütter, obwohl er sicher nicht viel älter als siebzehn war. Hin und wieder schob er die Zunge weit heraus und zog sie schlürfend wieder ein.

Märtha kannte die Serie. Fury. Sie musste lachen, als sie die deutschen Dialoge hörte. Ohne nach ihr zu sehen, zeigte Bengt auf den Fernseher und rief:

»Pferd, Pferd, lauf, Pferd.«

Knud schaltete das Gerät ab. Bengt heulte auf, dann sah er Märtha an und war sofort still.

»Das ist Märtha!«, sagte Knud.

Schwerfällig nur kam Bengt aus dem Sessel, und als er auf sie zuwankte, erinnerte er sie an einen Tanzbären. Tapsig, aber unberechenbar und stark.

Märtha trat einen Schritt zurück. Sie hatte ein Gespür für die Gefahr. Bengt schloss sie in die Arme, drückte sie vorsichtig, als sei sie eine zerbrechliche Puppe. Er roch nach Eukalyptus. So verharrten sie. Märtha wagte nicht, sich zu bewegen.

»Bengt, lass los«, sagte Knud endlich und schob ihn weg.

»Vielen lieben herzlichen Dank«, sagte Bengt, griff nach einer Limonade und ließ sich auf das Sofa fallen, starrte auf den nun toten Fernseher.

Später kam der Alte hoch, und sie aßen etwas. Danach kletterte Märtha mit Knud und Bengt in den Abschleppwagen. Sie fuhren eine halbe Stunde über Land. Sie streiften sogar diese wahnsinnige Grenze, die Märtha nur aus dem Fernsehen kannte. Sie wunderte sich, dass es diese Grenze tatsächlich gab. Jedenfalls war das Land dahinter wesentlich besser gesichert als das Heim für schwer erziehbare Mädchen in Aurlandsvangen.

Die anderen waren schon da, und Knud stellte Märtha seiner Band vor. Aber da war Märtha schon zu nervös und schaffte es nicht mehr, mit den Typen zu reden. Sie brauchte etwas. Die Pillen, die sie auf der Raststätte genommen hatte, wirkten nicht mehr.

Märtha war erleichtert, als der Gitarrist mit den langen Haaren eine Kugel Silberpapier aus der Jacke klaubte. Sie rauchte etwas von dem Zeug, dann verschwand sie auf die Toilette und nahm noch eine von den Pillen.

Sie ging zurück zu den anderen und stieß in der Tür zu der Garderobe mit einem Fotografen zusammen. Er war mit einem Mädchen da. Märtha wunderte sich nicht, dass dieses Mädchen sie feindselig ansah. Alle Frauen wurden eifersüchtig, wenn Märtha irgendwo auftauchte.

Bevor die Band auf die Bühne ging, schoss der Fotograf seine Bilder in der Garderobe. Knuds Freunde wollten lässig sein. Aber in Wirklichkeit waren sie aufgeregt vor ihrem Auftritt. Lampenfieber. Sie liefen unruhig herum und schnitten dem Fotografen alberne Grimassen.

Märtha schüttelte den Kopf, als der Fotograf sie zu den anderen dirigierte. Sie wollte mit diesen Typen nichts zu tun haben. Morgen schon würde sie weiterfahren. Warum sollte sie sich dann mit ihnen fotografieren lassen?

Aber Knud lächelte sie an und nickte ihr aufmunternd zu. Märtha dachte, dass er ihr geholfen hatte. Sie dachte an den Zigarettenvertreter, an die Fahrt in dem Abschleppwagen, an den Joint, und dann stellte sie sich zu den anderen.

19 Neunter Tag

Die Schranktür ächzte also noch immer. Allerdings war der Schrank leer geräumt, bis auf die Aluminiumkiste und die Mottenkugeln, deren Gestank sich rasch ausbreitete. Ich beeilte mich, die Kiste aus dem Schrank zu ziehen.

Mit dem Schweizer Messer brach ich das Schloss auf. Die Batterien des Betrachtungsgerätes waren ausgelaufen. Das Gehäuse war von einer grünlichen pelzigen Schicht überzogen.

In mehreren Schuhkartons lagerten die Abzüge und die Negative. Seltsam unbeschadet. Und gut sortiert. Ich musste nicht lange nach dem Foto suchen.

Knud, Gerrit und Mike dicht beieinander, die Münder und Augen übertrieben weit aufgerissen, als betrachteten sie einen Horrorfilm. Alle lachten. Dahinter noch ein paar Freunde der Band, Kessler, Bellroy, Petzold. Und Bengt. Und Astrid, die glücklich aussah.

Am äußersten Bildrand, das rechte Bein war schon nicht mehr auf dem Foto, stand das Mädchen aus Norwegen. Sie war die einzige Person auf der Fotografie, die nicht lachte oder wenigstens lächelte. Sie stand da, als habe sie jemand dazu überredet.

Das Mädchen hatte den Mund leicht geöffnet, die Lücke zwischen den beiden Schneidezähnen war auch ohne Lupe zu erkennen. *Diastema!* Die Norwegerin trug einen Ohrring, einen kleinen Halbmond. Kein Zweifel. Das Mädchen auf diesem Foto war dasselbe, das mir die Polizei gezeigt hatte.

Die Tinte auf der Rückseite des Bildes war verblasst. Ich war verwundert, meine eigene kindliche Schrift zu lesen: *Crest und Fans, 15. August 1975, Komzet.*

Ich ging noch einmal alle anderen Bilder aus dieser Zeit durch, aber das Mädchen aus Norwegen war auf keinem weiteren Foto zu sehen.

Astrid dafür umso häufiger. Vor der Bühne, wie sie begeistert in die Hände klatschte. Einmal jubelte sie sogar mit ausgestreckten Armen, die Augen geschlossen. Auf einem anderen Foto trug Astrid den mit Aufklebern übersäten Gitarrenkoffer von Gerrit. Sie lachte in die Kamera, stand gebückt da, mit angewinkelten Knien, als bräche sie jeden Moment unter der Last des Koffers zusammen. Ich dachte, dass ich all diese Fotos gemacht hatte, ohne zu verstehen, was sie mir eigentlich sagten.

Ich erschrak, als Mutter nach mir rief. Ob sie für mich kochen sollte? Ich log irgendetwas, nur damit mir ein Abendessen mit Mutter erspart bliebe. Ich ließ noch ein paar Minuten verstreichen, dann lief ich runter in die Stadt.

Der Boden war gefroren. Außer mir ging niemand zu Fuß. Manche Autofahrer sahen mich mitleidig oder triumphierend an, je nachdem.

Mazzola tat beleidigt, als ich ein anderes Gericht als Maccaroni al forno bestellte. Während ich auf das Essen wartete, betrachtete ich noch einmal das Foto. *Diastema.* Und überlegte, es der Polizei zu geben.

Nein!, dachte ich und schob das Foto in meine Jacke. Für die Polizei wäre es der Beweis, dass ich die Norwegerin gekannt hatte. So wie die anderen auch, die mit ihr auf dem Foto zu sehen waren. Von denen allerdings niemand so naiv gewesen war, in das verfluchte Rohr zu kriechen. *Es geht darum, was ein Verdächtiger tut. Nicht um das, was er sagt.*

Als ich beim Espresso war, setzte Mazzola sich mit einer Flasche Grappa zu mir und fragte, was ich eigentlich hier wollte, nach dieser langen Zeit.

Aber ich wich seinen Fragen aus, und dann jammerte er herum, dass er auch gerne nach Amerika gegangen wäre, wie sein Bruder, der habe schon drei Restaurants, alle in Boston, ob ich schon mal zufällig dort gewesen sei? Ich schüttelte den Kopf und sagte:

»Kannst du dich an meine Freundin erinnern?«

Mazzola reichte mir eine Zigarette, wir nahmen beide ein paar Züge. Er ließ einen perfekten Ring aus Zigarettenqualm aufsteigen.

»Eine hübsche Signorina war das«, sagte er endlich, dann kam der unvermeidliche Triller.

»Kennst du eigentlich Knud Keizick und die anderen Jungs von seiner Band?«, fragte ich. »Kommen sie schon mal her?«

Mazzola schüttelte den Kopf. Er nahm den Grappa und verschwand in der Küche.

100

Freitag, 20
15. August 1975,
abends

Märtha stand nahe bei den Lautsprechern. Sie mochte es, wenn die Musik in den Ohren schmerzte, wenn die Bässe die Bauchmuskeln vibrieren ließen. Ein paar Mal lächelte sie Knud an. Es gefiel Märtha, wie er auf das Schlagzeug einschlug.

Das Mädchen des Fotografen stand in der ersten Reihe vor der Bühne. Es folgte jeder Bewegung des Gitarristen, jedem Schütteln seines Kopfes, jeder Verrenkung des Oberkörpers. Und wenn er die Gitarre hielt wie ein Gewehr, breitete das Mädchen die Arme aus, als wollte sie sagen: *Mach schon, erschieß mich mit deiner Gitarre.*

Der Fotograf musste blind sein, lächelte Märtha. *Ein blinder Fotograf.*

Nachher rauchten alle in der Garderobe noch Gras und tranken irgendein bitteres Zeug aus kleinen Flaschen, die aussahen wie Spielzeug. Zurück fuhr Knud durch den Wald, weil er der Polizei ausweichen wollte. Märtha war das recht.

Knud lenkte den Abschleppwagen absichtsvoll durch die tiefsten Schlaglöcher, lachte, als der Laster ächzte, die Passagiere durchschüttelte, bis alle nur noch stöhnten. Bengt kotzte sogar aus dem Seitenfenster, und alle schrien entsetzt auf. Als sie endlich vor die Tankstelle rollten, hörte Märtha in der Ferne Hunde kläffen und eine Glocke schlagen.

Es waren eine Menge Leute in der Wohnung. Aus den Boxen rockten Led Zeppelin. Märtha liebte diese Musik. Whole lotta love. Kurz vor dem Ende des Liedes der Schrei, den alle mitkreischten. Was die Mädchen in dem Heim in Aurlandsvangen genauso getan hatten.

Knuds Vater schleppte Bier heran. Er lachte auch und schrie bei Led Zeppelin, schlug Knud auf die Schulter. Wütend stieß Knud den Alten weg, der sofort nach Bengt griff. Der massige Körper des Alten schwankte, als er seinen verrückten Sohn in die Höhe wuchtete. Bengts Gewicht schien seinem Vater nichts auszumachen, so leicht sah es aus. Sicher könnte der Alte Bengt mit dem Kopf durch die Zimmerdecke rammen, wenn er es nur wollte, dachte Märtha.

Bengt stieß seltsam hohe Laute aus. Alle klatschten in die Hände. Dann plötzlich ließ der Alte los, und Bengt fiel auf das Sofa, das ihn mit einem hölzernen Bersten auffing. Der Tonarm des Plattenspielers sprang außer sich über die Platte, blieb mit einem dunklen, rhythmischen Knirschen in der Auslaufrille hängen. Alle schrien durcheinander, während Knud aufsprang und seinen Vater anbrüllte. Der Alte lachte wieder. Dann nahm er sein Bier und verschwand.

Es schellte, und Märtha wunderte sich nicht, dass es die Freundin des Fotografen war. Der Gitarrist nahm sie in den Arm, schob ihr die Zunge in den Mund. *Der Fotograf musste blind sein.*

Irgendwann wurde die Musik wilder und lauter. Roher Gitarrenrock. In den Songs ging es um Dämonen und Albträume, um Fledermäuse und Dinosaurier. Märtha mochte den dreckigen Sound. Er passte zu der Wohnung, zu den betrunkenen Typen um sie herum, zu ihrer Stimmung.

Sie rauchten und tranken, und irgendwann kamen die harten Drinks. Märtha schwebte durch den Raum, stieß gegen torkelnde und ebenfalls schwebende Körper, alle schwebten, alle torkelten. Sie stolperte über ein nacktes Pärchen, das alles um sich herum vergessen hatte.

Draußen dämmerte bereits der Morgen, aber irgendjemand zog die Vorhänge zu, und die Nacht dauerte an. Der Gitarrist lag mit der Freundin des Fotografen auf dem Sofa. Das Mädchen hielt die Augen geschlossen, den Mund geöffnet. In einer Pause zwischen zwei Musikstücken hörte Märtha das Mädchen leise stöhnen.

Märtha legte sich neben Knud auf den Teppich, bot sich ihm an. Mechanisch erwiderte Knud ihre Zunge. Aber als Bengt auftauchte und nach seinem Bruder rief, sprang Knud sofort auf, erleichtert, sich von ihr abwenden zu können.

Knud ging in die Hocke, brüllte »Bengt!«, und sofort stürmte der auf ihn zu. Knud konnte sich nicht auf den Beinen halten, wankte und fiel um. Die Brüder lagen Arm in Arm auf dem Teppich und lachten. Die anderen waren aufgesprungen, bildeten einen Kreis um Knud und Bengt.

Alle schwankten, schrien und lachten, arglose Mädchen, harmlose betrunkene Jungs, die sich wie Rockstars fühlten oder nur jung und unbeschwert waren und keine Ahnung hatten, wie es war, in einem Gefängnis zu leben, dachte Märtha. Und dann suchte sie sich einen Platz zum Schlafen.

Sie wurde von den Händen geweckt, die sie an ihren Haaren, ihren Brüsten und zwischen ihren Beinen berührten. Im ersten unklaren Erwachen dachte sie an den Zigarettenvertreter. Das Gewicht, das auf ihr lag, schnürte sie ein, machte ihr unversehens Angst.

Märtha wollte den schweren dunklen Körper von sich schieben, ihn bewegen, den Druck mildern, aber sie konnte weder Arme noch Beine drehen. Die Schlafstelle war zu schmal. Märtha war eingepfercht zwischen der Rückenlehne des Sofas und der Wand.

Dann plötzlich waren die nassen Lippen auf ihrem Mund, eine sabbernde Zunge, die ihren Mund, ihre Nase, ihr Kinn leckte und nach Bier stank.

Märtha wollte schreien. Aber der nasse, feuchte Mund war überall, erstickte den Schrei, hatte sich über ihre Lippen gestülpt wie eine Saugglocke. Sie wollte den widerwärtigen anderen Körper mit den Knien wegschieben, aber sie schaffte auch das nicht.

Dann kamen ihr die Tränen. Der Druck auf ihre Brust wurde noch quälender, während der fremde Mund nass und unabänderlich über ihr Gesicht leckte.

Noch nie hatte sie eine solche Furcht verspürt. Die Musik klang jetzt dumpf, breiig, dunkel, aus weiter Ferne. Märtha fragte sich, wo all die anderen geblieben waren. Sie schien allein zu sein mit dem Körper, der auf ihr lag.

Märtha schlug die Zähne, die ihr immer geholfen hatten, als es gegen die Hexen in dem Mädchenschlafsaal gegangen war, in die schwitzende Haut. Aber ihre Zähne hatten keine Wirkung.

Schwer legte sich eine Hand auf ihr Gesicht. Wulstige Finger, eine große fleischige Hand, dann ein stechender Schmerz an ihrem Ohr.

Noch einmal rammte Märtha ihre Zähne in die unnachgiebige Hand. Sie spürte einen Daumen an der weichen Stelle hinter ihrem Kinn. Der Daumen drückte zu.

Es wurde dunkel, finster, in Märthas Unterschenkel flammte ein stechender, krampfender Schmerz auf.

Märtha sammelte alle Kräfte, noch ein allerletztes Mal, sie wollte schreien, aber der Mund, der große wässrige andere

Mund, lag nahtlos, als sei er längst mit ihr verwachsen, auf Lippen und Nase. Die Hände griffen nach Märthas Hals, drückten ihn zu, immer fester, immer enger, immer weniger Luft.

21 Zehnter Tag

Der Wind trieb die Schneeflocken über den Friedhof und ließ die Trauergemeinde frösteln. Der Werkschor der ter Möhlens, der nur noch ein knappes Dutzend Sänger aufbieten konnte, gab Vater das letzte Geleit. Dabei hatte Vater Chorgesang nicht ausstehen können.

Die Totenmesse, die Predigt, die den Toten ehrenden Worte, all das hörte ich nur aus der Ferne. Ich gehörte nicht dazu, nicht zu diesen Trauernden, die mit hängenden Schultern dem Sarg folgten.

Alle hier waren mir fremd, auch Mutter und Monika, die sich andauernd umarmten, als seien sie die letzten Überlebenden einer aussterbenden Sippe. Irgendwo fiepte ein Handy einen Schlager, und es dauerte, bis der Besitzer es ausschaltete.

Ich spürte keinen Schmerz, keine Trauer. Eher Mitleid. Mit dem Toten in dem polierten Eichensarg, der mein Vater gewesen war. Sie hatten ihn als Kind in den Krieg geschickt. Bei Kriegsende, noch auf der Flucht vor den Russen, war er Mutter begegnet. Meine wortkarge Mutter und Vater, der immer aufmerksam gewesen war, immer freundlich, der die Nachbarinnen galant durch Lüften des Hutes grüßte. Was meine Mutter nur noch stiller werden ließ.

Und immer war Vater voller verrückter Ideen gewesen. Er konnte Zaubertricks, warf mit ein paar Strichen einen Comic aufs Papier oder erzählte Monika und mir zum Einschlafen abenteuerliche Geschichten, die er sich für uns ausgedacht hatte.

Jetzt bekam Vater noch nicht mal bei seiner eigenen Beerdigung die Musik, die ihm gefallen hätte.

Der Chor stimmte ein weiteres Lied an. Bei den hohen Tönen zitterten den alten Männern die Stimmen. Dann Stille. Die Träger flüsterten ein Kommando, hoben den Sarg an und ließen ihn sanft in das Grab gleiten. Irgendjemand in der Trauergemeinde schluchzte auf. Mutter ließ einen Strauß in das Loch fallen. Ihre Finger schienen zu kraftlos, die Blumen zu halten.

Die Frau, die als eine der Letzten an das Grab meines Vaters trat, verharrte, betete und verbeugte sich, bevor sie eine weiße Lilie auf den Sarg warf. Ich erkannte sie sofort. Auch wenn ich sie nur ein einziges Mal gesehen hatte. Vor sehr langer Zeit. Mir fiel sogar ihr Name ein, obwohl ich sie in meinen Gedanken immer nur »die Frau« genannt hatte.

»Sie müssen sein Sohn sein«, sagte sie. »Sie sehen Ihrem Vater sehr ähnlich.«

Ich gab ihr die Hand.

»Ihr Vater war ein liebenswerter Mensch«.

»Ja«, sagte ich, »vielen Dank.«

Die Frau beugte sich näher zu mir:

»Ihr Vater wäre so gerne stolz auf seinen Sohn gewesen«, sagte sie leise.

Bevor ich etwas erwidern konnte, wandte die Frau sich meiner Mutter zu:

»Ich war eine Kollegin Ihres Mannes. Mein herzliches Beileid«.

»Mein Mann hatte ja so viele liebe Kollegen«, erwiderte Mutter.

Wir blieben noch für ein paar Minuten allein am Grab zurück, Mutter, Monika und ich.

»Jetzt haben wir nur noch uns«, sagte meine Mutter und hakte sich bei mir und meiner Schwester ein.

Langsam gingen wir dann zurück zu der Friedhofskapelle. Die Frau war schon beim Parkplatz und fuhr eilig davon.

Zehnter Tag, **22**
abends

Wenn er nicht mit ihm befreundet wäre, er hätte nicht angehalten. Nicht für diesen feisten Kerl, der neben der Laterne stand und sich nass regnen ließ, der sich nicht einmal duckte. Als ginge ihn der Regen gar nichts an. Er würde ihm den Sitz versauen, dachte Gerrit, aber da kletterte Mike schon in den Wagen.

»Du bist zu spät«, fluchte Mike, »Knud kann das nicht leiden!«

»Der soll sich nicht so haben!«, sagte Gerrit.

Aber dann fuhr er doch schneller, weil es nicht gleich mit einem Streit beginnen sollte. Es reichte schon, dass er sich in letzter Zeit ein paar Mal mit Knud gestritten hatte. Nichts Besonderes. Aber Knud war immer schnell in Rage, und dann gab es eben Streit. *Ich muss das nicht haben mit euch. Ich kann auch mein Schlagzeug verkaufen.*

Gerrit lächelte, als er daran dachte. Nichts als leere Drohungen waren das. Knud würde sich nie trauen, das Schlagzeug zu verkaufen. Weil die Band doch ihre Familie war.

Sie waren seit 1973 zusammen. Knud, Mike und er. Damals hatte sich in dieser Gegend noch alles um die Grenze gedreht. Und niemand konnte sich vorstellen, dass sie je verschwinden würde. So lange war das schon her.

Ihre Band hatte alles überlebt. Die Grenze, dass die Keizicks ein paar Mal die Benzinmarke wechselten, dass Keith Moon, den Knud immer noch für den besten Drummer der Welt hielt, schon fast so lange tot war, wie ihre Band existierte.

»Und«, sagte Gerrit, »wie läuft es?«

»Normal«, knurrte Mike, »fahr mal schneller!«

Sie waren fast gleichaltrig, aber Mike sah älter aus als er, dachte Gerrit. Aber sosehr sich Gerrit auch dagegen wehrte, gegen das Altwerden würde auch er nicht ankommen. Trotz des Laufens, trotz des Trainings, trotz des Gemüses, das er andauernd aß.

Mike sah heute noch schlechter aus als sonst. Die paar Haare, die er noch hatte, klebten klitschnass an seinem Kopf. Das ewige Holzfällerhemd war über dem Bauch aufgeknöpft, weil Mike zu fett geworden war. Sein Anorak war übersät mit Flecken, und Mikes Haut sah gelblich aus, teigig, irgendwie krank. Und Mike war nervös.

»Hast du irgendwas gehört?«, sagte er.

»Von was?«, sagte Gerrit.

»Von was, von was!«, fauchte Mike. »Von der Norwegerin natürlich. Alle reden darüber. Die Zeitung ist voll davon!«

»Na und?«, sagte Gerrit. »Denk einfach nicht mehr dran.«

Ihn selbst und Knud könnten die Bullen totprügeln, sie würden trotzdem nichts erfahren. Aber Mike müssten sie nur einen Streifenbeamten vorbeischicken, und schon würde er durchdrehen.

»Die Bullen haben keine Ahnung. Also bleib cool!«, sagte Gerrit.

»Und wie haben sie dann rausgefunden, dass es die Norwegerin war?«

110

Das hatte Gerrit sich auch schon gefragt, aber in der Zeitung hatte nur etwas von kriminaltechnischen Untersuchungen gestanden.

»Und was nützt es ihnen?«, sagte Gerrit. »An die Norwegerin kann sich doch kein Mensch hier erinnern. Ich kann mich ja selbst nicht mal mehr an die erinnern!«

»Ich aber!«, sagte Mike mit weinerlicher Stimme.

»Dann vergiss sie!«

Gerrits Stimme war laut geworden. Sofort zuckte Mike zusammen, schnaufte, wollte noch irgendwas sagen, aber Gerrit legte den Finger über die Lippen, und dann sah Mike aus dem Fenster, zündete sich eine Zigarette an, und Gerrit hoffte, dass die Bullen nie auf die Idee kämen, Mike zu vernehmen.

Seit die Ärzte Gudrun das Loch in den Hals gestanzt hatten, seit klar war, dass sie bald sterben würde, seitdem hatte Mike sich aufgegeben. Früher, als sie noch zur Schule gingen, hatten alle vor Mike Respekt gehabt. Dann war es für Mike nur noch abwärtsgegangen: Zuerst war sein Vater abgehauen, nach der Schule hatte Mike nie einen anständigen Job gefunden, und an die Mädchen war er auch nicht herangekommen.

Irgendwann, da war Mike schon fünfundzwanzig gewesen, hatte er drüben in Eisenhüttenstadt Corry kennengelernt. Er hatte sie auf der Stelle geheiratet, der Idiot. Zwei Jahre wartete Mike auf Corry, schrieb Bittbriefe an den Bundeskanzler. Dann wurde sie freigekauft und durfte in den Westen.

Corry hatte es nicht mal eine Woche bei Mike ausgehalten, dann verschwand sie mit einem anderen Kerl. Mike hatte nie wieder von ihr gehört.

Danach war es mit dem Saufen immer schlimmer geworden. Und als es nicht mehr ging, als Mike nicht mal mehr den Bass halten konnte, hatten sie ihn zum Entzug gebracht und seitdem nie mehr aus den Augen gelassen. Wenigstens war er trocken seitdem, trank nur hin und wieder ein Bier.

»Was macht Gudrun?«

»Frag nicht!«, sagte Mike.

Mike hatte Gudrun vor ein paar Jahren erst getroffen, bei einem Arzt, im Wartezimmer. Allmählich hatte Mike wieder saubere Sachen getragen, war mit Gudrun zusammengezogen, und sie hatten sogar ein paar Reisen unternommen. Nichts Aufregendes, dafür fehlte das Geld. Dann war Gudrun krank geworden.

Mike war eigentlich kein übler Typ, dachte Gerrit, auch wenn er ihm jetzt gerade mit den nassen Klamotten den Sitz versaute. Mike hatte einfach kein Glück.

Sie kamen nur ein paar Minuten zu spät, aber Knud war schon wütend. Jedenfalls redete er kein Wort mit ihnen. Wenigstens riss er sich zusammen, wie er sich immer zusammenriss, wenn Bengt in der Nähe war. Der hämmerte auf dem Schlagzeug herum, er schlug hart zu, aber ohne jedes Rhythmusgefühl. Und irgendwann wurde der Lärm selbst Knud zu viel, und er sagte Bengt, dass er nach oben gehen sollte, zu seiner Sendung.

Bengt nahm seinen Bruder, Mike und zuletzt Gerrit in den Arm, dann sagte er:

»Vielen lieben herzlichen Dank!«

Sie traten schon seit Jahren nicht mehr auf, sie brauchten kein Publikum. Die Proben reichten ihnen. Jede Probe war wie eine heilige Messe für sie.

Es begann damit, dass Mike vor seinem Koffer kniete und mit der Hand über das abgeschabte Leder strich. Dann hob

Mike seinen Bass behutsam aus dem Koffer, der mit grünem Samt ausgeschlagen war.

Jetzt dauerte es Knud zu lang, er trommelte nervös mit den Stöcken auf seinen Schenkeln.

Mike steckte das Kabel in den Verstärker, und dann wurde der fordernde, helle, knarzige Basston hörbar, der ihrer Band den besonderen Klang gab. Gerrit kannte keine Band, die so klang wie Crest, so böse, so rau.

Für einen Moment herrschte Stille, bis auf das Brummen der Verstärker. Dann schlug Knud die Stöcke gegeneinander, tock, tock, tock, tock, und sie setzten ein mit einer Wucht, die Gerrit jedes Mal davontrug. Eine gewaltige Lautstärke tat sich zwischen ihnen auf, füllte alles aus, den Raum, ihre Hirne, ihre Körper. Sogar die Tankstelle über ihnen schien zu vibrieren, dachte Gerrit.

Der Lärm berührte und belustigte ihn, beides gleichzeitig. Gerrit musste lachen, allein wegen dieses unglaublichen Krachs, den sie machten. Aber auch, weil Mike mit den Füßen aufstampfte, als wollte er den Betonboden durchtreten, während Knud sogar mit dem Kopf auf die Trommeln einzuschlagen schien.

So spielten sie über eine Stunde, ohne eine einzige Sekunde nachzugeben. Und wie immer, wenn ihre heilige Messe zu Ende ging, kamen Gerrit die Tränen. Sie liefen ihm einfach aus den Augen, weil er glücklich war mit diesem Lärm, der ihnen ganz allein gehörte, ihm, Mike und Knud.

Zuletzt sank Mike auf die Knie, rollte sich auf den Rücken, zerrte weiter an den Basssaiten. Jetzt hielt es auch Gerrit nicht mehr auf den Beinen. Er sank vor seinem Verstärker auf die Knie, der mit schrillen Rückkopplungen antwortete, während Knud noch einmal die Becken scheppern ließ.

Erst wenn Knud genug davon hatte, erst dann legte er den Stromschalter um und erlöste sie von ihrem eigenen Lärm.

Von einem auf den anderen Moment war es still, und sie blieben zurück mit ihrem Lachen, mit ihrem Schnaufen, mit ihrem Geheul.

Später rappelten sie sich auf und ließen sich auf die Sofas fallen. Gierig tranken sie ihr Bier, rauchten und schwiegen. Sie waren eine Familie. Seine Familie. Niemand sollte es wagen, sich mit seiner Familie anzulegen, dachte Gerrit.

Samstag, 23
16. August 1975,
morgens

Astrid erwachte, und Gerrit lag nicht mehr neben ihr. Sie war nackt und sie fror. Das Wohnzimmer war in ein mattes Licht getaucht. Überall leere Flaschen, die zertretene Blumenvase, Gläser, in denen Kippen schwammen, ein zermatschtes Baguette, Plattencover. Jemand hatte den Aschenbecher umgestoßen.

Die Wolldecke kratzte auf Astrids Haut. Ihr wurde schwindelig, als sie sich nach ihren Kleidern bückte. Und sie erschrak, als sie eine Stimme hörte. Sie hatte angenommen, in dem Raum allein zu sein.

»Beeil dich«, flüsterte die Stimme, »schneller, verdammt noch mal!«

»Sie ist zu schwer.«

»Lasst mich mal.«

Astrid traute sich nicht, sich zu bewegen. Sie hörte noch ein leises Keuchen, dann ein Ächzen und schließlich ein Schleifen und das Knirschen einer zertretenen Scherbe, einen unterdrückten Fluch. Ein Stuhl oder ein Tisch wurde verschoben, dann noch ein Stöhnen.

Zögernd richtete Astrid sich auf, sah über die Rückenlehne des Sofas. Genau in diesem Augenblick drehte Gerrit sich um. Und sah sie an, als habe er vollkommen vergessen, dass sie überhaupt da war.

»Schlaf weiter«, sagte er.

»Was ist da?«

»Es ist nichts! Leg dich wieder hin.«

Astrid sprang auf.

»Bleib verdammt noch mal da stehen«, schrie jetzt Knud.

Gerrit kam ihr entgegen, wollte sie aufhalten, aber sie wich ihm mit einer Körpertäuschung aus. Sie trat auf etwas Matschiges, vielleicht ein Sandwich, dann sprang sie auf die Sitzfläche des Sofas. Dahinter war der Körper. Astrid wollte schreien, aber sie konnte nicht schreien.

»Sie schläft. Zu viel gekifft«, sagte Mike. Und in seinem feisten Gesicht flackerte ein falsches Lachen auf.

Noch nie hatte Astrid eine Leiche gesehen. Trotzdem wusste sie, dass Mike log. Das Mädchen aus Norwegen war tot. Märthas Reglosigkeit hatte etwas Unabänderliches, Endgültiges, es war kein Mensch mehr, der da eingeklemmt zwischen der Rückenlehne des Sofas und der Wand auf dem Boden lag. Es war nur noch ein toter Körper.

In dem Gesicht der Norwegerin war nichts Friedliches. Die Haut glänzte wächsern, die Augen weit aufgerissen, erschrocken, der Mund verzerrt, halb offen. Jemand hatte ihr den Pullover hochgeschoben. Unterhalb der linken Brust blutig rote Striemen, auch am Hals dunkle Streifen, vielleicht Blutergüsse. Die rechte Hand des Mädchens lag abgewinkelt auf dem Bauch, als sei sie gebrochen.

Jetzt erst bemerkte Astrid das Blut. Neben Märthas Kopf, der seitlich auf dem Boden ruhte. Sie lag in ihrem Blut, eine bräunliche Lache, schon angetrocknet.

Die drei Jungs starrten Astrid an, wollten nichtssagende

Gesichter machen. Aber es gelang ihnen nicht. Sie waren in Panik, wie sie selbst in Panik war, dachte Astrid. Für einen unendlich langen Augenblick herrschte vollkommene Stille.

Dann schrie sie. Astrid schrie, bis ihr die Tränen in die Augen schossen. Gerrit versuchte wieder, nach ihr zu greifen, wollte sie von dem Sofa ziehen.

»Fass mich nicht an!«, schrie sie.

Astrid rammte ihm das Knie ins Gesicht. Er hatte nicht damit gerechnet, taumelte, prallte gegen eine Vitrine, rappelte sich auf. Dann riss er sie von den Beinen, begrub sie unter sich, hielt ihr den Mund zu.

Sie wollte weiterschreien, gar nicht mehr aufhören, aber sie wollte auch von Gerrit getröstet werden, wollte fliehen oder sich neben Märtha legen, irgendwas.

Gerrit blieb auch bei ihr, als Mike und Knud Märthas Leiche in etwas einwickelten, was sich anhörte wie Plastik. Gerrit hielt Astrids Kopf fest in seinen Armen.

Aus weiter Ferne vernahm sie die Stimmen der Jungs, hohe zittrige Stimmen:

»Wir legen sie an die Autobahn«, wisperte Mike, »sie ist doch getrampt.«

»Bist du verrückt? Das ist viel zu gefährlich«, fauchte Knud mit überkippender Stimme, »wenn uns da jemand sieht.«

»Ich weiß was«, sagte Mike irgendwann, mit einer ganz kalten Stimme, »da findet sie keiner.«

Erst als Mike und Knud mit dem Plastik verschwunden waren, lockerte Gerrit den Griff.

»Wer hat das getan?«, weinte Astrid.

117

»Ich weiß es nicht!«

»Du nicht, oder? War es Knud? Oder sein Vater? Oder Bengt, hast du –«

»Es ist besser, wenn du das alles hier vergisst«, sagte Gerrit. Er strich ihr über den Kopf.

»Sie ist doch. Sie war doch. Ein Mensch. Ihr könnt sie doch nicht. Wegwerfen! Wie Müll.«

Gerrit hörte auf, sie zu streicheln. Und plötzlich schrie er sie an. Das hatte er noch nie getan.

»Es ist gar nicht passiert, verstehst du! Du hast das alles nur geträumt! Ist das klar?«

Gerrit schüttelte sie ab. Es tat furchtbar weh, als er gegen ihre Rippen stieß. Und sein Kopf schien, während er schrie, auf die doppelte Größe angeschwollen zu sein. Bis seine Haut plötzlich aschfahl wurde.

»Ist das klar?«, schrie er noch einmal.

Vor ein paar Stunden waren sie noch zusammen gewesen, dort drüben, auf dem anderen Sofa. Sie hatten sich geliebt. Alles andere war ihr gleichgültig gewesen. Gerrits widerliche Freunde, diese hässliche Wohnung, Knuds ekelhafter Vater, der verrückte Bengt, der Lärm, der Gestank. Alles.

Astrid hatte sich nicht einmal um Monika Blum geschert. Zum Glück war Peters Schwester mit Kessler verschwunden, als sie hereingekommen war. Astrid war sich nicht einmal sicher, ob Monika sie überhaupt bemerkt hatte.

Es war Astrid sogar gleichgültig gewesen, Peter zu betrügen. Sie hatte ihn nach dem Konzert rasch abgewimmelt. Weil sie zu Gerrit wollte. Sonst nichts. Immer nur Gerrit. Sie hatte an nichts anderes mehr denken können. *Gerrit!*

»Tut mir leid«, flüsterte Gerrit, »ich wollte dich nicht anschreien.«

»Ist schon gut«, sagte Astrid, »du hast sie ja nicht umgebracht!«

Sie hatte das gesagt, ohne es zu wissen. Was wusste sie schon?

Ihr wurde übel bei dem Gedanken, dass jemand das norwegische Mädchen erwürgt hatte, hier, unter all diesen Leuten, während die Musik dröhnte und die anderen Mädchen kreischten und lachten, während Gerrit und sie miteinander geschlafen hatten.

Astrid raffte ihre Sachen zusammen.

»Wo willst du hin?«, sagte Gerrit.

»Ich habe Schule.«

»Versprichst du mir was?«

Sie wollte ihm nichts versprechen, aber Gerrit sah sie hilflos und traurig an. In diesem Moment dachte Astrid: *Er kann doch nichts dafür!*

Es war solch ein Durcheinander in ihrem Kopf, dass ihr schon wieder die Tränen über das Gesicht rannen.

»Versprich mir, dass du keinem was sagst! Auch nicht deinem Freund!«, sagte Gerrit leise.

»Ich will nicht, dass du von ihm sprichst.«

»Ich weiß«, sagte Gerrit, »aber ich liebe dich, Kleines!«

Es war nicht logisch, dachte sie, es war nur verwirrend.

»Ich liebe dich mehr als alles andere«, sagte sie. Und so war es auch. Sie liebte Gerrit.

Draußen roch sie zuerst das Benzin, dann den Sommer. So klar und frisch und blumig, als habe ein Sommerregen alle anderen Gerüche weggewaschen. Der alte Keizick winkte ihr zu. Sie beachtete ihn nicht, traute sich nicht, ihn anzusehen.

Astrid kam nur langsam voran, so schwer waren ihre Beine. Wie betäubt. Es schien ewig zu dauern, bis sie an ihrem

Ziel war. Auf dem Schulhof wartete Peter auf sie, er trug trotz der Hitze den Lederblouson. Er sah so unschuldig aus.

Sie strich Peter über die Haare, dann musste sie weinen.

»Was ist mit dir?«, sagte er.

»Nichts«, sagte sie, »nur so!«

»Ist was mit deiner Mutter?«

»Nein. Halt mich, mir ist schlecht.«

Sie fuhren raus an ihren See, die Scheiben des Wachturms funkelten in der Sonne. Sie liefen eine Weile schweigend durch den Forst.

»Willst du mir nicht sagen, was los ist?«, sagte Peter.

»Es ist nichts«, sagte sie, »nur eine Laune!«

Nur eine Laune. Gerrit hatte recht. *Es ist gar nicht passiert, verstehst du! Versprich mir, dass du keinem was sagst. Auch nicht deinem Freund. Ich liebe dich, Kleines.* Dann war das Mädchen aus Norwegen eben tot, dachte Astrid.

»Ich fühle mich nicht wohl«, sagte sie.

Peter hakte sie unter, als könnte sie nicht mehr allein gehen. Immer war er so besorgt um sie. Sie strich ihm über den Arm, gab ihm einen Kuss, den er falsch verstand und viel zu heftig erwiderte.

»Bring mich bitte nach Hause«, sagte Astrid.

Elfter Tag 24

Die Durchgangsstraße war mit Girlanden geschmückt: *Frohe Weihnachten* in Leuchtbuchstaben, in dem *W* brannte kein Licht. Rußschwarze Mietshäuser säumten die Straße. Die Häuser sahen aus, als warteten sie auf bessere Zeiten.

Vor einem einstigen Campingwagen trippelten ein paar Lastwagenfahrer im Schneematsch und aßen Würstchen. Ich lief rüber zur Bäckerei, kaufte eine Schachtel Pralinen.

»Wollen Sie Kaffee?«, fragte die Frau und warf die Pralinenschachtel auf einen Sessel.

Sie ließ mich lange in dem Wohnzimmer warten, das eigentlich ein Museum war. Ein Museum für die Bilder meines Vaters. Landschaften, mit energischem Strich auf die Leinwand geworfen, nur das Wesentliche hervorhebend. Berge, Flüsse, ein Forst, ein Mond, dessen Licht durch ein Wolkengebirge schimmerte.

Oft hatte ich Vater zugesehen, wenn er mit schnellen, bestimmten Strichen die Farben auf die Leinwand auftrug. Dabei hatte er Tschaikowsky gehört, wuchtige Klavierkonzerte, die so kantig und energisch gewesen waren wie Vaters Bilder.

Ich kannte fast alle Gemälde, die in der Wohnung der

Frau hingen. Vater hatte oft Wochen an einem einzigen Bild gemalt. Immer nach Feierabend und an den Wochenenden. Bis jetzt hatte ich geglaubt, dass er seine Bilder verkaufte, jedenfalls hatte er nie eines davon zu Hause aufgehängt.

Zwischen den Gemälden hingen die Fotos. Die Vater mit dieser Frau zeigten. In jüngeren Jahren. Mal saßen sie auf Fahrrädern, mal streichelten sie ein Pferd. Sie saßen Arm in Arm in einem Ruderboot, auf einem Steg an einem See, vor einem Alpenpanorama. Auf einer grobkörnigen schwarz-weißen Aufnahme hielt das Paar die Köpfe aneinander-geschmiegt und blickte lächelnd in die Kamera.

»Sonst nehme ich die Fotos immer ab, wenn ein Fremder kommt«, sagte die Frau, »dann hängen hier Sehenswürdig-keiten aus aller Welt.«

Sie stellte die Kaffeetassen auf den Tisch:

»Ich war eben nur die Geliebte. Da bleibt man lieber un-sichtbar.«

»Es tut mir leid, wenn mein Vater Sie unglücklich gemacht hat«, sagte ich.

Sie schüttelte den Kopf, sah mich an, von unten nach oben, und mir fiel auf, dass ihre Augen ungewöhnlich hell waren.

»Ihr Vater war ein wunderbarer Mann«, sagte sie.

Ich sah noch einmal zu den Fotografien. Nie hatte ich mei-nen Vater verliebt gesehen. Die Frau schenkte Kaffee ein.

»Was meinten Sie damit, dass mein Vater gerne stolz auf mich gewesen wäre?«, sagte ich.

Sie sah aus dem Fenster, als müsste sie sich die Antwort erst noch überlegen. Dann öffnete sie den Vitrinenschrank, dessen Glastüren leise klirrten.

»Das hier meine ich«, sagte die Frau und gab mir den Um-schlag.

Das Foto. Vater mit Geliebter. Im Renault. Vater über die Frau gebeugt, wie er ihren Hals küsste. Die Bluse der Frau stand einen Knopf zu weit offen. Auf der Rückseite des Bildes mein Stempel: *Peter Blum, Fotograf. 13. August 1972.*

Auch wenn ich dieses Datum längst vergessen hatte, an den Tag erinnerte ich mich sofort. *13. August 1972.* Ich war mit der Kamera in dem Forst unterwegs gewesen, was ich häufig getan hatte, einfach nur so, um irgendetwas zu fotografieren.

Und dann hatte ich, von einer Lichtung kommend, den weißen Renault entdeckt. Zuerst war ich erschrocken gewesen, Vater mit einer fremden Frau zu sehen. Ich hatte Angst bekommen, dass er uns verlassen könnte. Mutter, Monika und mich. Was sollte aus uns werden ohne ihn?

Trotzdem hatte ich einen ganzen Film durch die Kamera gezogen. Sechsunddreißig Bilder. Ohne weiter darüber nachzudenken. Es war ein Reflex, der mich fotografieren ließ, wenn ich irgendwo etwas sah, was dort eigentlich nicht sein sollte.

Später hatte ich Mike die Bilder gezeigt, unten in dem Rohr, in unserem Versteck. Und er sagte: *Ganz schön scharf, dein Alter!* Und hatte mir auf die Schulter geklopft. Ich war sogar ein wenig stolz gewesen, dass mein Vater in den Augen von Mike ein Draufgänger war.

»Aber ich habe doch alle Fotos verbrannt«, sagte ich zu der Frau und dachte daran, wie Vater, die Geliebte und der weiße Renault sich im Feuer gewunden hatten, bis nur noch Asche geblieben war.

»Das hier haben Sie vergessen«, sagte die Frau. »Ihr Vater hat es in Ihrer Dunkelkammer gefunden. Unter einem Schrank. Er hat alles auf den Kopf gestellt, weil er wissen wollte, warum sein Sohn weggelaufen war.«

»Ich verstehe das nicht«, sagte ich, obwohl es leicht zu verstehen war. Eines der Fotos, eines von sechsunddreißig, das meinen Vater mit dieser Frau zeigte, war in der Dunkelkammer in unserem Keller unter den Schrank gerutscht. Mehr war da nicht zu verstehen.

»Ihr Vater hat sich furchtbare Vorwürfe gemacht«, sagte die Frau.

»Aber ich bin doch nicht wegen dieser Fotos weggegangen, das war doch viel früher. Es hatte doch einen ganz anderen Grund.«

»Er glaubte aber, dass Sie weg sind, weil Sie sich von allen verraten und verlassen fühlten. Von Ihrem eigenen Vater und dann auch noch von Ihrer Freundin!«

»Aber es hatte doch gar nichts miteinander zu tun«, sagte ich.

»Das habe ich ihm auch gesagt. Aber er war einfach nicht davon abzubringen.«

Ihre Lippen zuckten, sie zog sie eng zusammen, schluckte:

»Ich habe über dreißig Jahre gewartet, dass er zu mir zurückkommt. Jetzt ist er tot.«

»Tut mir leid«, sagte ich.

Der Kaffee war kalt geworden und schmeckte bitter. Vaters Geliebte blickte aus dem Fenster. Aus dem Nieselregen war ein dichter Landregen geworden, der den Schnee von den Dächern wusch.

»Ist Ihr Mädchen eigentlich je wieder aufgetaucht?«, fragte sie.

»Nein.«

»Das tut mir leid.«

124

Zwölfter Tag **25**

Die beiden Polizisten luden mich noch einmal vor und stellten wieder die Fragen, die sie bereits gestellt hatten. Sie wurden unfreundlicher, je länger das Verhör dauerte. Irgendwann gingen die beiden einfach aus dem Zimmer und ließen mich laufen. Trotzdem fuhr ich ein paar Umwege, bis ich sicher war, dass sie mir nicht folgten.

Die Villa der ter Möhlens war das einzige ungepflegte Haus der Straße. Der Garten war verwildert, der Teich verborgen unter dichtem Gestrüpp. Damals hatte ein Gärtner das Anwesen gepflegt. In die Beete hatte er sogar Holztäfelchen mit den lateinischen Namen der Pflanzen gesteckt. Wie in einem botanischen Garten.

Von der Vorderseite des Hauses war der Putz abgeplatzt. Und das Garagentor war auf einer Seite aus der Halterung gefault. Durch den Türspalt sah ich den verrosteten Triumph, der anscheinend seit vielen Jahren nicht mehr gefahren worden war.

Ich rauchte, bevor ich schellte. Mir fiel der Nachmittag auf der Terrasse ein, als ich Fotos von ihr machen sollte. Ingrid ter Möhlen. Der Bikini. Die Hitze. Die Sangria. *Anscheinend bist du ein bisschen schüchtern, oder?*

Ich fragte mich, warum ich ausgerechnet diesen Satz in Erinnerung behalten hatte, während mir Abertausende anderer Sätze entfallen waren.

Ingrid ter Möhlen müsste um die siebzig sein inzwischen. Sicher würde sie keine Bikinis mehr tragen. Ich schnippte die Kippe in den Garten und fragte mich, ob überhaupt jemand in dem Haus war. Weil die Fenster so tot schauten, als dämmerte es nur noch seinem Abriss entgegen.

Der Gong schlug drei Töne an. Stille. Ich sah auf die Uhr, ließ exakt eine Minute verstreichen, dann schellte ich noch einmal. Ich hatte schon nicht mehr damit gerechnet, da kroch ein Krächzen aus dem Lautsprecher.

»Du hast dich verspätet«, sagte sie.

Der strenge Geruch in der Villa nahm mir den Atem. Es roch muffig, aasig, nach kaltem Zigarettenrauch, auch nach Medikamenten und Urin. Nur langsam gewöhnte ich mich an die Dunkelheit. Und an den Gestank. Ich zuckte zusammen, als da unvermittelt ein Schaben und Schleifen war, fluchte, als ich gegen die Garderobe stieß.

»Ich bin hier!«, hörte ich sie mit einer gleichgültigen Stimme sagen.

Scheinbar war noch alles an seinem angestammten Platz. Sogar die Wanduhr, die geformt war wie eine Gitarre und im Sekundentakt pendelte, gab es noch. Das Pendel stand still.

Plötzlich flammte ein Licht auf.

»Du hast dich doch nicht etwa erschrocken«, sagte Ingrid, als ich zusammenzuckte, »ich bin doch nur eine alte Frau!«

Damals hatten die Passanten sich auf der Straße nach ihr umgedreht und hinter ihrem Rücken getuschelt, so elegant und schön war sie gewesen. *Eine mondäne Erscheinung,* hatte meine Mutter einmal gesagt.

Sie so zu sehen, bestürzte mich. Ingrid ter Möhlen lag auf einer Matratze, steckte unter mehreren Decken und Betttüchern und trug einen Morgenmantel, dessen Farben ausgewaschen waren. Das Haar lag ihr eng an, als habe sie gerade erst geschlafen. Ihr Gesicht war aufgedunsen, hatte seine Konturen verloren.

»Du warst lange fort«, sagte sie und langte nach den Zigaretten, »aber ich habe gewusst, dass du irgendwann zurückkommst.«

Ingrid ter Möhlen zündete die Zigarette an, inhalierte.

»Ich sollte das verdammte Rauchen lassen«, fuhr sie fort, »hat dein Vater auch geraucht? Ist er daran gestorben? Ich habe in der Zeitung gelesen, dass er tot ist. Bist du gekommen, ihn zu beerdigen?«

»Ja!«, sagte ich.

Es war das Erste, was ich sagte, und sie sah mich überrascht an. Dann glitt ihr Blick hinüber in etwas Spöttisches, als zweifelte sie an diesem einzigen Wort. *Ja.* Als sei dieses *Ja* gleich schon meine erste Lüge.

»Und was willst du dann von mir?«

»Nur mal Tag sagen.«

Ich sagte es, und da wusste ich schon, wie wenig überzeugend das klang.

Sie drehte mit einem Finger ein Büschel Haare auf, ließ es fallen:

»Und ich dachte schon, du wolltest ein paar Fotos von mir machen! In meinem neuen Bikini. Dann müsste ich aber vorher noch zum Friseur.«

Sie lachte. Sie hatte es also auch nicht vergessen. *Anscheinend bist du ein bisschen schüchtern, oder?*

»Ich werde dir sagen, weshalb du gekommen bist.«

Plötzlich war da eine Bestimmtheit in ihrer Stimme, die ich ihrem verfallenden Körper gar nicht zugetraut hatte.

»Du hast gedacht, sie haben meinen Engel in dem Rohr gefunden! Habe ich recht?«

Ich werde dir sagen, weshalb du gekommen bist. Augenblicklich fühlte ich mich wieder wie neunzehn, mit knallrotem Kopf, sah die Karaffe und die Kamera auf die Fliesen knallen, während Ingrid ter Möhlen gar nicht mehr aufhörte zu lachen. *Was bist du doch für ein kleiner dummer Junge!*

»Mein Engel hat ja allen den Kopf verdreht, nicht nur dir«, sagte sie gedehnt.

»Es stimmt«, gab ich nach, »ich dachte, die Polizei hätte Astrid in dem Rohr gefunden.«

»Aber es waren nur die Knochen eines armen Hippiemädchens aus Norwegen!«, sagte Ingrid.

Ich vermied es, sie anzusehen.

»Du ekelst dich vor mir. Stimmt es?«

»Ich wollte Sie fragen –«

»Falls du fragen wolltest, wo mein kleiner Engel ist. Ich weiß es nicht! Ich weiß auch nicht, ob mein Kind überhaupt noch lebt!«

Ingrids Atem war heftiger geworden, dann flüsterte sie:

»Eckstein, Eckstein, alles muss versteckt sein; hinter mir und vorder mir, da gilt es nicht, ich komme!«

Sie zündete sich eine weitere Zigarette an, während ich vor ihr saß, als sei ich der einzige Zuschauer eines Theaterstücks, geduldig darauf wartend, wie es weiterginge.

»Die dummen Nachbarskinder haben meinen Engel nie beim Versteckspiel gefunden. Meine Kleine war einfach zu schlau.«

»Sie haben also nie wieder etwas von Astrid gehört?«, sagte ich.

»Nein. Warum auch? Sie hat mich doch gehasst. Genauso wie ihr Vater mich gehasst hat.«

»Ich glaube nicht, dass Astrid Sie gehasst hat!«

»Woher willst du das wissen? Ich bin ihre Mutter«, sagte sie, »außerdem habe ich sie ja auch gehasst.«

»Wie kann man seine eigene Tochter hassen?«

Ingrid betrachtete mich. Ausdauernd, nachsichtig, mit einem schiefen Lächeln, als müsste sie ein naives Kind von einem schlimmen Irrtum befreien.

»Weil Astrid meinem Mann gehörte. Aber das verstehst du nicht. Oder hast du selbst ein Kind?«

Ich dachte an Jake. Er hatte immer Kathleen gehört. *Weil Astrid meinem Mann gehörte.*

»Nein«, sagte ich, »ich habe kein Kind!«

Ingrid ter Möhlen drückte auf einen Schalter, der Vorhang glitt mit einem Schnarren zur Seite. Vor dem Fenster hingen die Äste einer Fichte.

»Die Bäume müssten auch mal wieder gestutzt werden«, sagte sie.

Sie hat mich gehasst. Genauso wie ihr Vater mich gehasst hat. Ich dachte an Hans, wie er an der Bar dort saß, an diesem Nachmittag im Sommer 1975. An dem Tag, an dem Astrid zum ersten Mal mit mir geschlafen hatte.

»Sie hatten einen außergewöhnlichen Mann«, sagte ich.

Ingrid stöhnte auf, als habe sie plötzlich starke Schmerzen bekommen, dann atmete sie flach ein und aus.

»Wenigstens wirst du rot dabei. Du bist anscheinend immer noch der kleine dumme Junge, der andauernd rot wird. Wie alt bist du? Schon fünfzig?«, sagte sie.

»Kennen Sie dieses Foto?«

Ich reichte ihr das Bild, ohne ihr näher zu kommen als nötig.

»Ist das Mädchen da die tote Norwegerin? In der Zeitung sah sie jünger aus.«

»Ja«, sagte ich, »das ist Märtha.«

Ingrid schloss die Augen, ihr Kopf wackelte leise.

»Auf diesem Foto kenne ich nur mein eigenes Kind«, sagte sie irgendwann. »Und diesen Gerrit. Den da. Den kenne ich auch.«

»Woher kennen Sie ihn?«

Wieder dieses nachsichtige Erwachsenenlächeln.

»Es wird dir nicht gefallen«, sagte Ingrid endlich, »du hast es immer gut gemeint mit meinem Engel. Aber du warst ein sehr naiver Junge damals. Anscheinend hat sich daran ja nicht viel geändert.«

Sie stieß den Rauch ihrer Zigarette aus wie einen schlechten Gedanken, und ich bekam eine dunkle Vorahnung von dem, was sie sagen würde.

»Mein kleiner Engel hatte zwei Freunde. Du warst der, der all die schönen Fotos von ihr geknipst hat. Und mit diesem Gitarristen hat sie die Nächte verbracht!«

Ich hätte gerne so ausgesehen, als könnten mir ihre Worte nichts anhaben. Deshalb ließ ich mir Zeit, machte auch eine Zigarette an. Ich suchte das Feuerzeug in meinen Taschen, knipste es an, nahm den ersten Zug und begann, mich an den Gedanken zu gewöhnen. *Mein kleiner Engel hatte zwei Freunde.*

Wir schwiegen, und als ich die Kippe in den Aschenbecher drückte, fragte ich mich, was lächerlicher war: Nie darauf gekommen zu sein, dass Astrid auch mit Gerrit zusammen gewesen war, oder dass es mich jetzt noch berührte? Nach über dreißig Jahren.

Mit einem Zischeln flackerte der Fernseher auf. Ein Kerl in einem Trachtenanzug sang zu einem Akkordeon. Ingrid summte leise mit und sah nicht zu mir hin, als ich hinausging.

Ich lief bis zum Fußballplatz, wo ich es nicht mehr zurückhalten konnte. Ein Köter schnüffelte auf mich zu, während ich noch erbrach. Ich trat einen Stein nach ihm, und er trollte sich.

An einem Bachlauf warf ich mir das Wasser ins Gesicht und wartete darauf, dass mir die Vergangenheit gleichgültig würde.

26 Montag, 25. August 1975

Astrid konnte gar nicht aufhören, an Märtha zu denken. Es war schon länger als eine Woche her, aber es verging keine Stunde, in der sie nicht an die tote Norwegerin dachte. Sosehr sie sich auch dagegen sträubte. Sosehr sie auch daran glauben wollte, dass alles wieder gut würde. *Es ist gar nicht passiert, verstehst du!*

Aber das war nur eine Lüge. Eine von Gerrits Lügen. Nichts würde wieder gut werden. Schon wegen der Bilder nicht, die ihr immer wieder durch den Kopf krochen: Märthas aufgerissener Mund, die starren Augen, die abgeknickte Hand, das geronnene Blut.

Merkwürdig, dachte Astrid, dass ein starkes Mädchen wie Märtha, das trampte, das kiffte, Bierflaschen mit den Zähnen öffnete und die Jungs abschüttelte wie lästige Fliegen, seltsam, dass ein solches Mädchen sich nicht hatte wehren können gegen einen, der sie mit bloßen Händen erwürgte.

Der das getan hatte, musste sehr stark gewesen sein. Und Astrid bekam es mit der Angst zu tun, denn sie dachte an Gerrit, an Knud, an dessen Vater, an Bengt. Sie dachte sogar an Mike. Sie alle waren stark, sicher stark genug, auch ein Mädchen wie Märtha zu erwürgen.

Astrid hatte die Norwegerin nur an diesem einen Abend

gesehen. Schon auf den ersten Blick war klar gewesen, dass Märtha Gerrit gefallen könnte. Und so war es ja dann auch gewesen. Gerrit hatte dauernd mit ihr geredet, obwohl er nur dieses miserable Englisch sprach.

Dabei hatte sie nun wirklich keinen Grund gehabt, eifersüchtig zu sein, dachte Astrid. Sie war es doch, die andere betrog. Peter. Er hatte sie doch zu fünf oder sechs Konzerten von Crest gefahren. Obwohl Peter gar keine Lust dazu hatte. »Gut, dann dir zuliebe«, hatte er gesagt, als sie behauptete, dass ihr die Musik so gut gefiel.

Tatsächlich war es ihr nur um Gerrit gegangen. Ihn hatte sie sehen wollen. Sonst nichts. Immer nur Gerrit.

Astrid schaltete den Motor des Springbrunnens ab, weil ihr das Geplätscher auf die Nerven ging. Und legte sich auf die Hollywoodschaukel, die sich unter ihr sanft bewegte.

Vielleicht würde die Erinnerung an Märtha, *das wächserne, tote Gesicht,* nach und nach verblassen. Astrid hoffte das jedenfalls, denn so war es nicht auszuhalten. Mit all diesen furchtbaren Bildern im Kopf.

Ihre Mutter kam über die Terrasse, mit diesem affektierten Gang und auf hohen Absätzen. Astrid sah nicht zu ihr auf. Lieber sah sie zu dem Fußballplatz, wo zwei Jungs um einen Ball rannten.

Ihre Mutter ging weiter in den Garten, wo sie sich vor einem Rosenstrauch kniete, eine vertrocknete Blüte abknipste, dann weiterschlenderte, als habe sie die Bäume und Sträucher, die Wege und den Springbrunnen nie zuvor gesehen.

Ihre verrückte Mutter las sogar einige der Schilder, auf die der Gärtner in Schönschrift die Namen der Bäume und Sträucher geschrieben hatte. *Cytisus scoparius.* Endlich, als es ihr wohl zu langweilig wurde, durch ihren eigenen Garten zu spazieren, verschwand Mutter wieder im Haus.

133

Astrid schloss die Augen und dachte an Gerrit. Er war ein wilder Kerl. An manchen Tagen war sie Luft für ihn. Dann sah er durch sie hindurch, als existierte sie gar nicht. Im nächsten Augenblick schon konnte er ihr Komplimente machen, war zärtlich.

Sie wusste nie genau, wie Gerrit reagierte. Vor zwei Tagen erst, als er ruhig und sanft gewesen war, hatte sie ihn nach Märtha gefragt. *Wer hat sie umgebracht? Sag es mir doch!*

Gerrit hatte ein paar Sekunden verstreichen lassen, die Astrid wie eine Ewigkeit erschienen waren, hatte dagesessen wie versteinert, nur sein Kiefer mahlte, als sei er fassungslos, überhaupt diesen Namen zu hören. *Märtha!* Dann hatte er Astrid geschüttelt. Es hatte ihr wehgetan.

Es ist gar nicht passiert, hatte er geflüstert. *Da war nie ein Mädchen. Alles ist, wie es immer war! Los, sag schon!*

Zuerst hatte sie nur geschwiegen, aber Gerrit hatte den Griff nicht gelockert. *Sag schon!* Und da hatte Astrid sich zum ersten Mal vor ihm gefürchtet.

Es ist gar nicht passiert. Es ist alles wie immer.

Sie hatte es nur sehr leise gesagt, als sei es dann weniger wahr. Gerrit hatte sie umarmt und war so zärtlich gewesen wie zuvor. Aber die Angst war ihr geblieben. Das Schlimmste war sein Flüstern.

Astrid gab der Hollywoodschaukel einen Stoß, schloss die Augen, malte sich aus, auf dem Boden eines Bootes zu liegen und sanft hinausgetrieben zu werden, immer weiter weg von der Küste, bis nur noch das Meer um sie wäre. Sie glaubte sogar, das Schreien von Möwen zu hören. Und sie wünschte sich den Himmel stahlblau, mit ein paar schneeweißen Wolken.

Aber sosehr sie es auch wollte, da war kein Himmel. Dort, wo er sein sollte, sah sie nur eine vom Zigarettenqualm vergilbte Tapete. Astrid griff nach dem Ruder, um eine bessere Stelle zu suchen, aber da war auch kein Ruder. Und ihr Boot war nur der stinkende Teppich im Wohnzimmer der Keizicks.

Vor ihren Augen tauchten die Gesichter von Mike und Gerrit auf. Die beiden lachten, zerrten an einem Plastiksack, während Knud und Bengt sich lachend auf dem Boden wälzten. Peter fotografierte. Und dann war da plötzlich der alte Keizick, er lachte auch, trat wüst nach seinen Jungs. Jetzt kam der Alte zu ihr, er war plötzlich ganz nah, sie spürte etwas Weiches, Feuchtes auf ihrer Haut. Lippen! Lippen, die ihre Haut streiften. Noch nie hatte sie so etwas Ekelhaftes gespürt.

Doch der Alte roch nicht nach Bier und Benzin, sondern nach dem Aftershave, das Vater sich nach dem Rasieren auf die Wangen warf. In diesem Augenblick kitzelte etwas an ihrem Ohr. Das hatte sie immer gemocht, wenn Vater das getan hatte. Er hatte sie oft so geweckt, damals, als sie noch ein Kind gewesen war. Und sie war lachend aufgewacht und kreischend vor ihm weggerannt.

Astrid riss die Augen auf, und da war das Gesicht ihres Vaters. Er lächelte sie an. Erst als sie ihn wegstieß und mit den Fäusten nach ihm schlug, wich er zurück, sie drängte ihn weg, trat nach ihm.

»Was ist denn?«, rief Hans ter Möhlen und hielt sie fest.

»Lass mich los!«, schrie sie. »Du ekelst mich an!«

Er fing ihre Schläge und Tritte ab, er schien das immer noch für ein Spiel zu halten, bis sie ihm die Ferse in den Bauch rammte. Erst da verzerrte sich sein Gesicht, er stöhnte auf, wollte sie weiter festhalten.

»Wach doch endlich auf, du träumst ja noch!«, rief er.

Astrid schrie, so laut sie konnte, wie bei den Keizicks,

135

als sie die tote Märtha gesehen hatte. Ihr Vater zog sie fest an sich, wollte sie halten, aber das ließ sie nur noch lauter schreien. Sie wollte ihrem Vater noch einmal ins Gesicht schlagen, aber als sie ausholte, war er es, der zuerst schlug. Ein brennender Schmerz flammte in ihrem Gesicht auf, dann kam ein zweiter, noch härterer Schlag.

»Was ist denn bloß in dich gefahren?«, brüllte er wieder. »Astrid! Nun wach doch endlich auf!«

Nie hatte ihr Vater sie geschlagen. In all den Jahren nicht. Jetzt presste er ihr die Hand auf den Mund, aber Astrid riss sich los, rappelte sich auf, stolperte über die Liege, fiel auf den Boden.

»Lass sie los, du dreckiges Schwein!«

Astrid sah ihre Mutter nur schemenhaft. Deren Gesicht rot verfärbt war, als wollte das Blut jeden Augenblick aus ihren Poren spritzen.

»Du sollst sie loslassen«, schrie ihre Mutter noch einmal.

Astrid drehte sich zu ihrem Vater, aber sie sah nur, absurd vergrößert, ein Stück Haut von seiner Hand.

Astrid wusste nicht, wen sie in diesem Moment mehr hassen sollte. Ihre Mutter, die sie immer schon gehasst hatte, oder ihren Vater, zu dem dieses Stück Haut gehörte. Den sie auch hasste, seit eben erst. Sie hasste beide. Ihre furchtbaren Eltern.

»Du bist nicht mehr mein Vater«, hörte Astrid sich schreien und wunderte sich über ihre eigenen Worte. »Ich hasse euch!«

Dann rannte sie los. Zuerst war da noch das Gekreisch ihrer Eltern. Irgendwelche Wörter. Was sie schneller laufen ließ. Erst nach und nach ebbte das Gekeife ab, ihr eigenes Keuchen war schließlich lauter, bis Astrid von den Stimmen ihrer Eltern nichts mehr hörte.

136

Irgendwann konnte sie nicht mehr rennen, weil sie Seitenstiche spürte. Sie setzte sich auf einen Stapel gefällter Bäume. Und war überhaupt nicht erstaunt, auf der Landstraße den Wagen ihres Vaters zu sehen. Wie er langsam dahinrollte und wie ihr Vater die Gegend nach ihr absuchte.

Aber er würde sie nicht finden. Nie mehr, dachte Astrid. Sie ließ sich fallen, rutschte hinter die Baumstämme in die Brennnesseln.

27 Dreizehnter Tag

Ich wurde wach, als Mutter wegen des Frühstücks rief. Sie wollte es so haben wie damals. Monika hatte oft noch geschlafen, wenn Vater längst ins Büro gefahren war. Und dann hatten wir allein gefrühstückt, Mutter und ich.

»Nein«, rief ich, aber das *Nein* geriet mir zu heftig, sodass es mir gleich leidtat.

Aber ich wollte Mutters Fragen nicht hören. Nach Jake, nach Kathleen, nach Amerika.

Mit diesem Gitarristen hat sie die Nächte verbracht! Wie den Refrain eines Schlagers wiederholte ich in Gedanken immer wieder diesen Satz. *Mit diesem Gitarristen hat sie die Nächte verbracht!*

Und andauernd sah ich Astrid. Die junge Astrid. Wie eine Erscheinung. Astrid am Küchentisch, Astrid an der Laterne auf der gegenüberliegenden Straßenseite, Astrid an Vaters Skulptur gelehnt.

In den ersten Jahren nach ihrem Verschwinden hatte ich sie beinahe jeden Tag so gesehen. Wo auch immer ich hinging, immer wartete sie schon auf mich. Im Fishtale Diner, bei Starrett, wo ich in dem Fotolabor jobbte, im Lord Cinema, in meinem Dodge, auf dem Parkplatz.

138

Mit den Jahren war Astrids Bild verblichen, waren die Erscheinungen rar geworden. Zuletzt war sie mir nur noch begegnet, wenn ich mit Kathleen und Jake verreiste. Als verübelte Astrid es mir, eine eigene Familie zu haben, tauchte sie auf, aus dem Nichts. Wie eine Mahnung stand sie reglos da und starrte in die Ferne. Am Snake Beach, am Crystal Lake in Connecticut oder am Airport in Boston.

Ich zog mich an und schlich nach unten. Aber bevor ich die Haustür erreichte, war Mutter da.

»Ich muss los!«, sagte ich und übersah ihre Enttäuschung.

Es war ein Wind aufgekommen, der die beiden Tannen im Garten schüttelte. Sie überragten das Haus meterhoch. Damals waren sie mir gerade bis zu den Schultern gegangen.

Ich fuhr über die Brücke, die auf die andere Seite der Stadt führte. Über der Stadt hingen grauschwarze Wolken. Den Wagen parkte ich so, dass ich die Tankstelle im Blick hatte. Die blasse Frau war an der Kasse und blätterte in einer Zeitschrift. Später schlurfte Knud mit seinen klobigen Arbeitsschuhen über den Hof und verschwand, ohne den Blick zu heben, in der Werkstatt.

Ich rief in der Tankstelle an, sagte der Frau einen falschen Namen und dass ich eine Panne hätte. Aber ich war nicht sicher, ob sie mir das glaubte. Bis ein paar Minuten später Knud in den Abschleppwagen stieg und eilig davonfuhr.

Er würde bald zurück sein, so weit war es nicht entfernt. Ich ging hinten um das Haus herum, schellte, und es dauerte nicht lange, und die Tür sprang auf. Bengt schaute eine Kindersendung. Der Lärm des Fernsehers übertönte alles andere. Ich gab Bengt einen roten Fußball, den er vorsichtig streichelte:

»Vielen lieben herzlichen Dank.«

Dann starrte Bengt wieder auf den Bildschirm, klatschte in die Hände, als sich rote und blaue Plastikmännchen mit weißen Kugeln bewarfen.

Auf einem Regal in der Küche hatten sie ein Foto. Es zeigte die blasse Irina, wie sie lächelte und mit einem Brautstrauß winkte. Sie lag auf den ausgestreckten Armen von Bengt, Knud, Gerrit und Mike, die auch lächelten. Im Hintergrund war das Rathaus.

Auf dem Tisch standen drei Teller fürs Mittagessen. Neben einem der Teller eine Tasse, auf der die Plastikmännchen aufgedruckt waren, die Bengt im Fernsehen anschaute.

Ich hielt das Foto von Märtha vor Bengts Gesicht und verstellte ihm den Blick auf die bunten Männchen. Zuerst schob er das Bild zur Seite. Bis er plötzlich innehielt. Sein Kiefer begann zu mahlen, langsam erst, dann schneller, seine Zunge fuhr hastig über seine trockenen, rissigen Lippen. Und dann begann Bengt zu keuchen, wollte das Foto anfassen.

»Haben, haben, haben!«, rief er heiser.

»Erinnerst du dich an sie?«, sagte ich und hielt Märthas Foto so, dass Bengt es betrachten, aber nicht berühren konnte.

»Haben, haben, haben!«

Bengt trug ein irres Lächeln im Gesicht. Seine Augen waren unstet, flackerten.

»Sie hieß Märtha«, sagte ich, wobei ich die Silben einzeln betonte, »weißt du noch? Mär – tha!«

Bengt blickte mich an und bewegte den Mund in alle Richtungen. In seinen Mundwinkeln klebte Spucke. Und mir wurde klar, dass das Chaos in seinem Kopf viel größer war, als ich angenommen hatte.

Dann plötzlich sprang er auf und drängte sich gegen mich, mit erhobenen Armen. Er bewegte sich wie ein Tänzer, schob mich mit dem Bauch zurück und lachte. Dazu stieß er merkwürdige Laute aus, dann rempelte er mich wieder mit dem Bauch, langte noch einmal nach dem Foto.

»Was machen Sie hier?«

Sie hielt eine schwere Stablampe über dem Kopf, wie einen Schlagstock.

»Ein Geschenk. Für Bengt«, sagte ich und zeigte auf den Ball.

Irina stand leicht gebückt da, die Beine eingeknickt. So bewegte sie sich auf der Stelle, den Kopf gesenkt, wie ein Schwertkämpfer, der auf den Angriff des Gegners wartet. Auf ihrer rechten Wange hatte sie eine Narbe, die lang und schmal war und vielleicht von einem Messer stammte.

»Sie brauchen keine Angst zu haben«, sagte ich.

»Ich habe keine Angst«, sagte sie.

Immer noch hielt sie die Stablampe mit beiden Händen über dem Kopf.

»Haben, haben, haben!«, rief Bengt und zeigte auf das Foto, das ich in der Hand hielt.

»Was ist das für ein Foto?«, sagte Irina.

»Es ist jemand, den ich suche. Ein Mädchen. Es ist verschwunden!«

»Was hat Bengt damit zu tun?«

»Vielleicht hat er sie gesehen.«

»Meinem Mann wird es nicht gefallen, dass Sie hier herumschnüffeln.«

»Knud und ich sind alte Freunde«, sagte ich.

»Das ist nicht wahr!«, antwortete sie.

In dem Augenblick schlug jemand draußen gegen etwas Blechernes. Knuds Frau erschrak, lief zum Fenster und rief:

»Ich komme gleich!«

Sie sah noch länger hinaus, als hielte sie nach jemandem Ausschau.

»Und Sie gehen jetzt«, sagte sie leise, »bevor mein Mann zurückkommt.«

Ich war noch nicht bei dem Peugeot, als der Abschleppwagen auf den Vorhof der Tankstelle preschte. Knud sprang heraus, und als er mich sah, senkte er den Kopf und verschwand in der Werkstatt.

Ich ging noch einmal zurück und grüßte Knuds Frau durch die Schaufensterscheibe. Ich hatte nicht damit gerechnet, dass sie das Winken erwiderte, wenn auch nur mit einer knappen Handbewegung.

Ich wartete im Wagen, ohne zu wissen, worauf. Irgendwann stürmte Knud ins Kassenhaus. Seine Frau schüttelte den Kopf, während Knud irgendetwas schrie.

Er lief ins Haus, und es dauerte nicht einmal eine Minute, dann kam er zurück und trat den roten Lederball über die Garagen, bis weit über die Bahntrasse. Als Bengt, der seinem Bruder gefolgt war, das sah, heulte er auf und stieß wütend einen Eimer um. Das Wasser lief über den Asphalt und zwischen die Zapfsäulen.

Irgendwie hab ich's mit Tankstellen, dachte ich, als ich losfuhr. Und dabei fiel mir Larry ein, wie er hinter den Schokoriegeln sitzt, mit dem Gewehr im Anschlag und auf einen wartet, der sich ein paar Kugeln einfangen will.

Montag,
25. August 1975

Astrid hatte die Zeit vergessen. Weil da immer mehr Tränen
waren. Erst als sie kaum noch Luft bekam, hatte das Weinen
endlich aufgehört. Sie klopfte sich den Schmutz von den
Kleidern, nahm den Weg durch den Forst, obwohl es sehr
viel weiter war. Aber so würde Vater sie nicht finden.

Sie lief über die Rottsieper Straße, und von dort war es
nicht mehr weit bis zu dem Haus. Zum ersten Mal sah sie in
der Skulptur im Garten einen Körper. Wie ein Mensch, der
sich selbst verschlingen wollte. Seltsam. Sie hatte den Stein
schon oft betrachtet und dessen Form bewundert. Aber sie
hatte in dem Stein nie etwas anderes gesehen als einen wun-
derschön geformten Stein.

Und da dachte Astrid, dass sie auch alles andere verstand.
So wie den Stein. Alles war plötzlich so klar, so einfach. Ger-
rits Wut, Märthas Tod, dass sie ihre Eltern hasste und dass
Peter ihr Freund war. Und nicht Gerrit.

Sie würde Peter alles sagen. Alles. Alles, was sie wusste.
Über Märtha. Über Vater. Auch was mit Gerrit geschehen
war. Dass sie mit Gerrit geschlafen hatte. Sogar das. Und sie
flüsterte die Worte, die sie Peter sagen würde: »Bitte verzeih
mir.«

Peter würde ihr verzeihen. Natürlich. Vielleicht könnte sie sogar mit ihm weggehen. Weg von hier. Das hatte sie ohnehin vor. So schnell wie möglich von hier zu verschwinden. Direkt nach der Schule. Aus dieser Gegend, weg von dieser schrecklichen Grenze, weg aus dieser langweiligen Stadt.

Vielleicht sollte sie nach Hamburg gehen. Wo sie ein paar Mal mit Vater gewesen war und wo ihr das Leben leichter und großzügiger erschienen war. Dort würde sie alles vergessen. Gerrit, Märtha, Mutter, Vater, alles.

Aber niemand öffnete, als sie klingelte. Daran hatte Astrid nicht gedacht. Hatte nicht damit gerechnet, dass Peter nicht zu Hause sein könnte. Sie schellte immer wieder. Nichts. Nur Stille. Diese Stille war so fürchterlich. Peter sollte sie in den Arm nehmen, er sollte sie doch trösten. Er sollte ihr verzeihen. Immer war er für sie da gewesen, immer. Und er hatte es ihr versprochen. *Ich bin immer für dich da, ich liebe dich.*

Sie trommelte und trat gegen die Tür, bis in dem Nachbarhaus ein Fenster aufflog.

»Verschwinde, oder ich rufe die Polizei!«, rief eine Alte.

Astrid spürte, dass sie jetzt in Panik geriet. Jetzt gleich. Es war zu viel passiert. Märtha, Vater. *Du bist nicht mehr mein Vater.* Sie wusste, dass die Angst in ihr aufstieg. Unaufhaltsam. Bis sie nicht mehr klar denken könnte.

Astrid konnte das Gekeife der Alten nicht länger ertragen. Und auch nicht, dass Peter nicht zu Hause war. Warum war er nicht da? Zu wem sollte sie denn gehen? Sie hatte doch niemanden außer ihm.

Sie wollte nicht mehr allein sein. Bloß nicht. Sie erstickte schon an dem Alleinsein, an der Furcht. Gerrit! Dann würde sie eben zu ihm gehen. Dann musste Gerrit ihr eben helfen. Sie könnte später noch zu Peter. Aber sie wollte keine Sekunde länger allein sein. Nie mehr. Noch einmal, auch wenn

144

es sinnlos war, schellte sie. Dann zog sie das Fahrrad von dem Haken.

Der alte Keizick döste in der Sonne, nickte ihr zu, als sie, vom Radfahren außer Atem, bis zu den Zapfsäulen fuhr und das Rad fallen ließ. Aus dem Keller unter der Tankstelle quoll die Musik. Sie rannte an dem Alten vorbei, sprang die Treppen hinunter.

Erst als sie sich an Gerrits Arm klammerte, erst da bemerkte er sie. Der Lärm verebbte. Mike und Knud sprangen auf, liefen aus dem Raum und knallten mit der Tür.

»Ich habe furchtbare Angst«, flüsterte Astrid.

»Du musst keine Angst haben«, sagte Gerrit und streichelte über ihren Kopf.

»Habe ich aber.«

»Musst du nicht.«

»Es ist wegen Märtha.«

»Ich weiß«.

Gerrit küsste sie. Es tat so gut. Astrid drängte sich an ihn, so nah es nur eben ging, und sagte ihm, dass sie ihre Eltern hasste. Und dass Vater nach ihr suchte. Und dass sie Angst hatte, dass er sie noch einmal schlüge.

»Dein Vater hat dich geschlagen?«

»Ja«.

»Hast du ihm etwas gesagt?«

»Nein. Nichts.«

Sie war so froh, dass Gerrit sie tröstete. Dass er sie streichelte. Sie küsste. Wie hatte sie sich nur vor ihm fürchten können?

Astrid sagte Gerrit, dass sie bei Peter gewesen war, auch wenn Gerrit das vielleicht nicht gerne hörte. Dass sie Peter alles beichten wollte. Weil sie so verzweifelt war. Dass sie Peter alles sagen wollte. Alles. Sogar, dass sie ihn betrogen hatte.

145

Und dass sie Peter auch von Märtha erzählen wollte. Alles. Weil sie es nicht mehr aushielt. Weil sie Angst hatte. Mit all diesen Gedanken an die tote Märtha.

»Aber Peter war nicht da«, sagte Astrid.

»Ich bin doch da«, sagte Gerrit leise.

Sie musste weinen, weil alles so furchtbar war und weil es sie rührte, was Gerrit sagte. Sie brachte zuerst kein Wort heraus, bis sie irgendwann flüsterte:

»Ich habe Angst, dass ich noch verrückt werde.«

»Jetzt musst du keine Angst mehr haben«, sagte Gerrit.

Sie warteten, bis es dunkel war. Sie fuhren zusammen mit Mike und Knud im Abschleppwagen. Eine schwarze, klare Nacht, es waren kaum Sterne am Himmel, dachte Astrid, als ein blaues, grelles Licht aufflackerte.

»Verdammte Scheiße, die Bullen!«, hörte sie Knud sagen.

»Fahr zurück«, fauchte Gerrit.

»Bist du verrückt«, schrie Knud, »die suchen Terroristen. Die schießen doch!«

»Scheiße, Scheiße, Scheiße!«, jammerte Mike.

»Geh da runter«, flüsterte Gerrit ihr zu.

Astrid war das gleichgültig. Alles war ihr gleichgültig. Sie hoffte nur, dass dieser furchtbare Tag bald zu Ende wäre. Als sie von der Sitzbank glitt, stieß sie mit der Stirn gegen etwas Hartes, Metallisches und stöhnte auf.

»Sei leise, verdammt noch mal«, flüsterte Gerrit.

Dieses Flüstern! Vor diesem Flüstern hatte sie wirklich Angst. *Da war nie ein Mädchen. Alles ist, wie es immer war! Los, sag schon!*

Es dauerte erstaunlich lange, bis Knud den Wagen zum Stehen brachte und das Fenster herunterkurbelte:

»Das ging aber schnell«, hörte Astrid einen Mann sagen, »zweimal Blechschaden, bitte!«

Dazu klopfte jemand auf das Türblech und lachte. Knud sprang aus dem Wagen, kreischend und knirschend verrichtete die Motorwinde ihre Arbeit.

»Lässig«, sagte Gerrit, als sie weiterfuhren.

»Geschäft ist Geschäft«, antwortete Knud.

In der Baracke gab Gerrit ihr Wasser. Es schmeckte bitter. Astrid ließ sich ins Bett fallen. Das ihr vertraut war. Sie hatte hier mit Gerrit geschlafen, so oft in den letzten Wochen.

Sie hörte noch, dass der Schlüssel ins Schloss geschoben und die Tür verriegelt wurde. So konnte niemand zu ihr. Dann schlief sie ein.

29 Montag,
25. August 1975

Die Hamburger waren mit dem Foto von dem Grenzsoldaten herausgekommen. *Ein Fotograf muss bereit sein, für ein gutes Foto sein Leben zu lassen!*

In der Dunkelkammer war es stickig, ich schwitzte. Ich zog das Papier zu früh aus dem Fixierbad und ließ es auch nur kurz wässern. Für die Ausgabe von morgen würde es reichen.

In der Redaktion hatten sie irgendetwas zu feiern. Andauernd feierten sie. Alle waren schon betrunken und lallten, ich sollte noch bleiben.

Draußen war es auch nicht viel besser, es war zu schwül. Vielleicht konnte ich mit Astrid noch zum See rausfahren. Dort war es immer kühler als in der Stadt. Vielleicht würde Astrid ja auch mal wieder mit mir schlafen.

Ich stellte den Renault vor unsere Garage, und sofort fiel mir auf, dass Monikas Fahrrad verschwunden war. Seltsam. Meine Schwester hatte das Rad seit Jahren nicht mehr angerührt. Dann, als habe sie schon auf mich gewartet, riss die Alte von nebenan das Küchenfenster auf und schimpfte:

»Deine Freundin hat hier rumgeschrien! Hat das Rad von deiner Schwester genommen und ist weg! Sieh mal zu, dass so was aufhört!«

Ich sprang in den Wagen und raste los, hielt zuerst an einer Telefonzelle. Aber bei den ter Möhlens nahm niemand den Hörer ab. Erst eine halbe Stunde später war ich mit dem Wagen draußen an der Villa. Niemand öffnete.

Ich hatte keine Ahnung, wo ich nach Astrid suchen sollte. *Wie wenig ich über sie wusste.* Ich war seit drei Monaten mit ihr befreundet, aber ich kannte nicht einmal eine ihrer Freundinnen. Wusste nicht einmal, ob sie überhaupt Freundinnen hatte.

Wenn sie nur nicht so nervös gewesen wäre. Seit Tagen schon. Diese Nervosität war wie eine Krankheit über sie gekommen. Vielleicht war es ja wegen ihrer Mutter. Andauernd hatten sie Streit. Aber Astrid sagte nichts.

Ich fuhr zurück in die Stadt und bremste ab, als ich auf der Höhe der Tankstelle war. Wo der alte Keizick mit einem Bier bei den Zapfsäulen saß. Wie immer.

»Haben Sie meine Freundin gesehen?«, sagte ich.

Er blickte erst gar nicht auf. Ich wollte schon Gas geben, als er doch noch den Kopf hob und mich ansah, als hätte ich ihn geweckt.

»Ist sie weg?«, lallte er. »Ich habe dir doch gesagt, auf so ein hübsches Ding muss man aufpassen.«

30 Donnerstag, 28. August 1975

Seit er Astrid bei sich hatte, lag sie auf dem Bett, hörte Platten oder las. Sonst tat sie nichts. Sie rührte das Essen nicht an, das er für sie kochte. Wenn sie so weitermachte, würde sie bald zu schwach sein, um aufzustehen, dachte Gerrit.

Im Haus war es kühl. Tagsüber war es zu heiß, um ins Freie zu gehen. Ein Jahrhundertsommer, schrieben sie in der Zeitung. Und dass die Tochter der ter Möhlens vermisst wurde, das schrieben sie auch.

Gerrit ließ den Verschluss der Bierflasche zurückschnellen. Jetzt, gegen Abend, als eine leichte Brise über die Senke blies, ließ es sich draußen aushalten. Er warf den Hunden einen Stock hin. Aber sie waren auch matt von der Hitze und blieben auf dem Rasen liegen.

Hätte er Astrid doch bloß nie getroffen. Sie nicht und ihre Mutter auch nicht. Er war mit Astrid in Hannover gewesen, bei einem Konzert, Golden Earring, Holländer, gar nicht übel, obwohl er es eigentlich lieber härter mochte. Astrid hatte die Musik gefallen. Dann, auf der Rückfahrt, waren sie in einen Wolkenbruch geraten.

Deshalb war er bis dicht vor die Haustür gefahren, damit sie nicht nass würde beim Aussteigen. Und dann plötzlich war Astrids Mutter mit einem Schirm aufgetaucht.

»Meine peinliche Mutter!«, hatte Astrid gestöhnt.

Ihrer Mutter war Gerrit bis dahin noch nie begegnet. Er war verblüfft gewesen, dass sie noch so jung war. Sie war höchstens fünfunddreißig. Sie waren zusammen ins Haus gelaufen, und Astrid hatte ihn nicht einmal ihrer Mutter vorgestellt. Vielleicht sollte sie nicht erfahren, dass sich ihre Tochter noch mit anderen Jungen als dem Fotografen traf.

Gerrit war schon aufgestanden, um zu gehen, da war Astrids Mutter in einem Wollkleid und kniehohen Stiefeln in das Wohnzimmer gestöckelt. Sie hatte sich die Kapuze des Kleids über den Kopf gezogen.

»Wie gefällt euch das? Das ist der letzte Schrei! Aus London! Von der Carnaby Street!«, hatte sie mehr gesungen als gerufen.

»Das sieht sehr gut aus!« Gerrit hatte, ohne lange darüber nachzudenken, geantwortet.

Es war nicht einmal gelogen gewesen. Astrids Mutter hatte wirklich fabelhaft ausgesehen in dem Kleid, elegant und irgendwie billig zugleich, jedenfalls lange nicht so harmlos wie Astrid, die in Bluejeans und einer karierten Bluse neben ihm stand.

Astrids Mutter hatte sich überschwänglich für das Kompliment bedankt, hatte Cognac ausgeschenkt, den Astrid nicht anrührte. Eine Stunde später war er betrunken gewesen. Dann hatte Astrids Mutter zu ihm gesagt:

»Sie müssen jetzt gehen, wir sind müde!«

Beim Abschied hatte sie seine Hand einen Tick länger gehalten als nötig und ihn dabei irgendwie seltsam angesehen. Gerrit war sich nicht sicher gewesen, es richtig verstanden zu haben.

Aber er hatte nicht lange warten müssen an der Kreuzung, bis der blaue Triumph auftauchte. Sie hatte noch das Kapuzenkleid und die kniehohen Stiefel getragen.

151

»Hast du kein schlechtes Gewissen, deine eigene Tochter zu betrügen?«, hatte er zu Ingrid gesagt, als sie später auf seinem Bett in der Baracke lagen.

Sie hatte ihn angesehen, mit diesem belustigten Gesicht, als sei sie verblüfft von so viel Naivität:

»Du betrügst sie doch auch!«

Die Hunde horchten auf, als das Telefon klingelte. Gerrit hatte damit gerechnet, dass sie anrief. Beinahe wunderte er sich, dass sie damit drei Tage gewartet hatte.

»Ich hier«, sagte Ingrid, »warum zum Teufel hast du dich so lange nicht gemeldet?«

»Hatte zu tun.«

»Ich komme zu dir. Jetzt gleich!«

»Nein, warte, nein!«

»Warum flüsterst du? Du bist nicht allein, oder?«

»Doch.«

In der Leitung blieb ein Rauschen, das lauter und leiser wurde. Wie von einem entfernten Regen. Bis aus dem Rauschen ein Atmen wuchs, tief und schwer. Dann hauchte sie:

»Sie ist bei dir, stimmt es?«

Gerrit hatte beinahe vergessen, wie schnell sie war. Ingrid war schneller als alle, die er kannte.

»Wer?«, fragte er, um Zeit zu gewinnen.

Ingrid lachte.

»Wer? Mein kleiner Engel natürlich.«

»Wieso? Ist sie weg?«

Für ein paar Sekunden war da eine vollkommene Lautlosigkeit. Gerrit hielt die Luft an, war sich nicht sicher, ob Ingrid es schlucken würde.

»Mein Engel ist seit drei Tagen verschwunden! Liest du keine Zeitung?«, sagte sie in die Stille hinein.

»Mmh! Tut mir leid!«

152

»Ich komme jetzt zu dir!«

»Nein!«

»Warum nicht?«, sagte sie.

Mit dieser Frage hatte er gerechnet. Gerrit war beinahe stolz, darauf vorbereitet zu sein, und sagte:

»Die Nachbarn haben dich erkannt. Sie haben gefragt, was denn die Frau ter Möhlen hier verloren hat.«

Wieder Stille. Dann ein Knacken in der Leitung, als sei ein Zweig zerbrochen.

»Gut. Dann treffen wir uns in Rabka!«, sagte Ingrid und legte auf.

Dort wartete sie schon auf ihn am Weiher. Sie saß auf dem Beifahrersitz ihres Wagens und rauchte.

»Und mein Engel ist wirklich nicht bei dir?«, sagte sie, als sie mit ihrer Hand durch seine Haare fuhr.

»Hoffentlich ist ihr nichts passiert«, antwortete Gerrit.

Ingrid sah ihn an. Gerrit spürte, dass es auf der Kippe stand. Er müsste ihrem Blick nur standhalten. Nur noch ein paar Sekunden.

»Ach, mir ist es egal«, sagte sie endlich in einem leichten Plauderton, »ich vermisse sie nicht. Aber mein Mann und ihr kleiner Freund setzen Himmel und Hölle in Bewegung, um sie zu finden.«

»Ich sage Bescheid, wenn ich was höre.«

»Vielleicht ist sie zu irgendeinem Dreckskerl ins Auto gestiegen. Dabei hat ihr Vater ihr das Trampen verboten. Aber sie hört ja nicht auf ihre Eltern.«

Aber selbst das sagte Ingrid so, dass es nicht sonderlich besorgt klang.

Lieber schlang sie die Arme um seinen Hals, ihre Lippen berührten seine Nase, ihre Zungenspitze züngelte über Gerrits Wange.

»Ich hatte solche Sehnsucht nach dir!«, flüsterte sie.

»Ich auch«, sagte Gerrit.

Wie leicht ihm das Lügen fiel, dachte er. Ingrid lächelte. Sie küsste ihn auf den Mund, dann zündete sie die Zigaretten an. So war es jedes Mal: Zuerst rauchten sie, dann schliefen sie miteinander, und danach rauchten sie wieder.

Ingrid gab zu viel Gas, als sie davonfuhr, und Gerrit musste den wegspritzenden Kieselsteinen ausweichen. Manchmal wäre er auch gerne so böse wie sie, dachte er. So böse und rücksichtslos. Dann wäre ihm das alles nicht passiert. Wenn er sich nicht um die anderen geschert hätte. Die das mit der Norwegerin verbrochen hatten.

Ingrid scherte sich um niemanden. Nicht mal um ihre eigene Tochter. Die von Tag zu Tag verrückter wurde. Die sogar aufgehört hatte zu sprechen.

An der Brücke, die in der Mitte über dem Fluss abgeschnitten war, weil die aus dem Osten nicht mehr in den Westen sollten, bemerkte Gerrit die schwarze Wolke aus Mücken, die über der Uferböschung schwirrte. Er schlug nach den Mücken, obwohl es in seinem Wagen gar keine gab.

Samstag,
6. September 1975

Es war das erste Mal, dass ich das Mittelmeer sah, und ich wünschte mir, die Aussicht genießen zu können. Den Blick auf die tiefblaue See mit den sich auf den Wellen kräuselnden Schaumkronen. Die Luft war warm und frisch, über der Ägäis kreischten die Möwen und lauerten auf Abfälle.

Weil der Wind drehte und den schwarzgrauen Qualm des Diesels über das Oberdeck trieb, gingen wir nach unten. Hans kaufte Sprudelwasser. Endlich verlor die Fähre an Fahrt, drehte bei und stampfte in den Hafen. Die griechischen Seeleute hatten es eilig und drängten uns mit lauten Flüchen aus dem Bauch des Schiffes. Hans stolperte über ein Tau, schlug sich das Knie auf.

Die Mittagshitze stand flirrend über dem Hafen. Die Wirte stellten sich uns in den Weg, schwenkten Fotos ihrer Pensionen. Mit energischen Handbewegungen gab Hans zu verstehen, dass er nicht an einem Fremdenzimmer interessiert war.

Im Hafen stank es nach verfaultem Fisch und dem Schiffsdiesel. Die jungen Leute, die mit uns von Bord gegangen waren, trugen die Haare lang bis auf die Schultern. Ihr Gepäck schleppten sie in Rucksäcken. Astrid würde nicht weiter auffallen unter diesen Typen, dachte ich. Aber ich hoffte, dass sie diese Insel nie betreten hatte.

Ein paar Straßen weiter ertappte ich mich dabei, wie ich trotzdem nach ihr Ausschau hielt. Ob sie nicht vielleicht doch unter den Hippies war, die lächelnd oder stoned herumstanden, auf die nächste Fähre oder besseren Stoff warteten. Und dann sah ich sie tatsächlich.

»Da ist sie ja«, hörte ich mich sagen, schüttelte Hans ab, der noch meinen Arm fassen wollte, drängelte kopflos durch die dichte Menschenmenge in der Bazarstraße, holte das Mädchen ein, lief an ihm vorbei.

Aber es war nur irgendein fremdes Mädchen mit ausladenden Wangenknochen und dunkelbraunen Augen. Es sah mich argwöhnisch an, während ich versuchte, die Fassung wiederzugewinnen. Ich murmelte etwas zur Entschuldigung, aber da war sie schon ausgewichen und in der Menschenmenge verschwunden.

»Junge«, sagte Hans, als er mich einholte.

Er legte seine Hand auf meine Schulter. Und ich dachte daran, dass wir nicht gekommen waren, Astrid unter den Lebenden zu suchen, sondern unter den Toten.

Schweigend gingen wir weiter, und je näher wir unserem Ziel kamen, umso zögerlicher wurden wir. Vielleicht, weil wir nie an unserem Ziel ankommen wollten. Bei einem Straßenhändler kauften wir Wasser. Hans reinigte die Wunde an seinem Knie, dann bahnten wir uns einen Weg durch die Menschen, die sich um die Marktstände drängten. Vor dem weiß getünchten Haus zündeten wir uns Zigaretten an. Wir hatten es schon so oft gesagt, im Flugzeug, auf der Fähre, trotzdem wiederholten wir es noch einmal wie ein Gebet.

»Ich glaube es nicht«, sagte ich, »sie hat immer nur von Spanien geredet. Nie von Griechenland!«

»Du weißt nicht, was passiert ist«, sagte Hans.

156

»Aber ich glaube es trotzdem nicht!«

»Ich hoffe, du hast recht!«, sagte er. Dann schlug er mit dem Klopfer gegen die Tür.

Sie wurde viel zu schnell geöffnet, und wenige Augenblicke später umgab uns in der Eingangshalle des Hauses eine dunkle, sakrale Stille. Das Entree war kühl und kaum erleuchtet, alles war nur schemenhaft zu erkennen. Eine junge Frau ließ Hans ein Formular ausfüllen. Dann führte uns einer der Angestellten ins Kellergeschoss.

Der Raum, der mit weißen und schwarzen Fliesen gekachelt war, hatte keine Fenster. An der Stirnseite befanden sich ein Dutzend in die Wand eingelassene Holzluken, die mit wuchtigen Schlössern gesichert waren. In der Luft war der scharfe Geruch eines Desinfektionsmittels.

Der Mann öffnete eine der unteren Luken, zog auf einem Rollbrett eine Bahre hervor. Die Leiche lag unter einem schneeweißen Laken. Der leichte Stoff hatte sich dem toten Körper angepasst und ließ dessen Konturen erkennen. Es wäre möglich, dachte ich, es könnte Astrids Körper sein. Die Größe stimmte, die schmalen Hüften, die langen Beine. Die Zehen des rechten Fußes ragten unter dem Laken hervor. Ich versuchte, mich an ihre Zehen zu erinnern.

»Allmächtiger!«, flüsterte Hans.

»Are you ready?«, sagte der Mann.

Hans holte Luft, dann nickte er. Behutsam, als befürchtete er, die Tote zu wecken, hob der Mann das Laken an. Sie hatten sie gewaschen und ihr die Haare gelegt. Die blauroten Striemen an ihrem Hals reichten bis zu den Brüsten. Sie sah aus, als schliefe sie, versunken in einem dunklen tiefen Traum.

Das Mädchen war erwürgt worden, unten am Hafen. Man hatte es zwischen den Fischerbooten gefunden. Die Leiche des Mädchens trieb im Wasser, ihre Beine hatten sich in einem Netz verfangen. Sie war vielleicht zwanzig, vermutete ich. Und sah Astrid sehr ähnlich.

Hans zitterte am ganzen Körper, dann schüttelte er langsam den Kopf:

»No, not my daughter.«

»No problem«, sagte der Mann, lächelte entschuldigend, als hätte er uns lieber das Mädchen gezeigt, nach dem wir suchten. Er zog das Tuch über das Gesicht der Toten und schob die Bahre zurück in die Luke.

»Ich bin sicher, dass sie noch lebt«, sagte ich, als wir wieder auf der Straße waren.

Hans lächelte. Er nickte. Sein Hemd war durchnässt von dem Schweiß, der auch auf seiner Stirn stand. Dabei war es in dem Leichenschauhaus kühl gewesen, viel kühler als hier draußen. Hans schaffte es nur bis zum nächsten Café. Wir bestellten Raki.

Ich wollte ihn ein wenig aufmuntern und gab mich so, als sei das alles nur ein sommerlicher Ausflug ans Mittelmeer. Mehr nicht. Und ich fing an, mich über die Hippies lustig zu machen, die vor dem Café auf der Straße saßen und zu dem Geschrabbel eines Gitarristen sangen. *Lady in Black* oder *Heart of Gold*.

Aber Hans hörte gar nicht zu, starrte raus aufs Meer, als sei dort am Horizont die Antwort auf die einzige Frage abzulesen, die er sich stellte: Wo ist Astrid?

»Vielleicht ist sie längst wieder zu Hause, während wir hier in der Sonne sitzen«, sagte ich.

Ich sagte es nur so dahin, um Hans zu trösten, jedenfalls nicht, weil ich daran glaubte. Aber er erwachte aus seiner Lethargie, sprang auf, warf ein paar Münzen auf den Tisch und rief:

»Komm mit!«

Das Postamt befand sich am Hafen. Zuerst bekamen sie

es nicht hin, eine Leitung zu schalten, und dann, während sie es noch versuchten, kam plötzlich auch in mir der irrwitzige Gedanke auf, dass Astrid längst wieder zu Hause war, dass sie dort auf uns wartete, während wir Tausende von Kilometern entfernt nach ihr suchten.

Wie lächerlich! Wir suchten nach Astrid in den Leichenschauhäusern, während sie auf der Hollywoodschaukel lag und sich fragte, wo wir steckten. Fast musste ich lachen, weil ich in diesem Moment vollkommen überzeugt davon war, dass es sich genau so verhielte.

Irgendwann gelang es dem Postbeamten, eine Verbindung herzustellen. Ich biss die Zähne zusammen, ballte die Fäuste, dann endlich hatte Hans seine Frau am Apparat, und ich konnte durch die Scheibe der Telefonzelle in seinem Gesicht lesen, was sie ihm sagte.

»Wir finden sie schon noch«, tröstete ich ihn, als wir die paar Schritte zu dem Abfertigungsschalter liefen und uns bei den Hippies anstellten, um auf die nächste Fähre nach Piräus zu kommen.

»Es ist doch gut, dass sie es nicht war, in dem Leichenhaus«, fuhr ich fort.

Hans nickte. Aber wir wussten beide, dass nichts gut war. Schon weil wir nicht die geringste Ahnung hatten, wo wir überhaupt nach Astrid suchen sollten. Es gab keine Spur, nichts. Und mit jedem Tag, den sie verschwunden blieb, gab es weniger Hoffnung, sie jemals zu finden.

»Ich hoffe, du hast recht«, sagte Hans, und dann redeten wir nicht mehr, bis wir auf der Fähre waren und jeder in seiner Kajüte lag.

32 Vierzehnter Tag

Wieder eine schlaflose Nacht. Ich stand auf, obwohl es draußen noch dunkel war. Und noch viel zu früh, dorthin zu fahren. Um Zeit zu gewinnen, steuerte ich den Wagen erst einmal in die entgegengesetzte Richtung. Mit sechzehn hatte ich das oft getan. Mit dem Moped fünfzig Kilometer irgendwohin, ohne Ziel. Um an dem Ziel, das ich gar nicht hatte, an einem Imbiss eine Cola zu trinken, schon um das Gefühl zu haben, irgendwo gewesen zu sein.

Das Ziellose gefiel mir. Ziellosigkeit war eine andere Form von Nichtstun, dachte ich, während sich die Scheinwerfer des Peugeot in die Dunkelheit bohrten.

Allmählich wurde es hell, und ein Sprühregen sank so bedächtig vom Himmel, als wollte er gar nicht auf dem Boden anlangen. Ich reihte mich ein in den dichter werdenden Verkehr. Die Leute waren auf dem Weg zu ihren Jobs und wollten dabei nicht aufgehalten werden. Sie hupten unwirsch, wenn einer sich nur so treiben ließ, als sei er Anfang zwanzig und habe das ganze Leben noch vor sich.

Irgendwann kam mir das lächerlich vor, und ich fuhr auf die neue Schnellstraße auf. Das Haus, in dem er wohnte, war der erste von einem halben Dutzend Plattenbauten, die seltsam verwinkelt zueinander standen, so, als habe ein Sturm

160

sie von ihren eigentlichen Fundamenten geschoben und in eine zufälligere Anordnung verräumt.

Die Schnellstraße war nicht zu sehen, aber der Lärm von dort übertönte alles andere. Zu dieser Gegend passte besser Stille, dachte ich, so ausgekämpft und trostlos, wie sie war. Hinter den Wohnblocks streckte sich das verwilderte Gelände eines aufgegebenen Güterbahnhofs aus. Niemand hatte sich die Mühe gemacht, die Ruinen der Lagerhäuser abzuräumen.

Es gab nur zwei Geschäfte. Einen Drogeriemarkt und einen Imbiss. Kismet Grill. Ein paar Jungs warfen Matschklumpen an die Schaufensterscheibe, die langsam, unter dem Johlen der Kinder, zu Boden glitten. Wessen Dreck zuletzt auf dem Gehweg landete, hatte gewonnen.

Ich wartete im Wagen und hatte die Häuser im Sucher meines Teleobjektivs. Alle Balkone waren vollgestellt mit Hausrat, Fahrrädern, Bierkästen, Schränken. Und Satellitenschüsseln.

Lange passierte nichts. Wäre da nicht in einigen Wohnungen Licht gewesen, hätte ich das Haus für unbewohnt gehalten. Anscheinend um das Gegenteil zu beweisen, schlüpften zwei Straßenköter durch die Eingangstür.

Ich war nun schon seit zwei Stunden dort, und langsam wurde mir kalt. Im Radio redeten sie über einen Schriftsteller, der zum Entsetzen seiner Leserinnen in einem Bordell in Budapest erstochen worden war. Wobei unklar blieb, was die Leserinnen mehr entsetzte. Der jähe Tod des Schriftstellers oder dass er sich in Bordellen herumgetrieben hatte.

Irgendwann setzte der Nieselregen aus. Ein Junge in einer Kapuzenjacke schleppte einen Fernseher aus dem Haus und wuchtete ihn in den Müllcontainer. Der Junge lachte, während das Scheppern des Fernsehers für ein paar Augenblicke sogar das gleichmäßige Rauschen von der Schnellstraße unterbrach.

Beinahe hätte ich Mike übersehen. So wie er plötzlich hinter dem Jungen auftauchte und ihn anherrschte. Was den Jungen nicht sonderlich zu beeindrucken schien. Er rief Mike irgendetwas zu, zeigte ihm die geballte Faust, schnappte sich ein Rad und fuhr davon.

Schon damals hatte Mike solche Jeans, Holzfällerhemden und Turnschuhe getragen. Es hatte amerikanisch aussehen sollen. Mike war dick geworden, sehr dick sogar. Ein fetter Kerl um die fünfzig, der Bauch hing ihm schwer über dem Hosenbund und wölbte sich unter dem Holzfällerhemd. Die Haare waren dünn geworden, aber sie fielen ihm lang bis auf die Schultern.

Ich rutschte tiefer in den Sitz, aber Mike sah überhaupt nicht zu mir hin. Er watschelte zu einem alten Ford. Mike rüttelte an der Heckklappe, fluchte, als sie sich nicht öffnen ließ. Dann wälzte er sich überraschend schnell über die Rückbank in den Kofferraum des Kombis und trat von innen gegen die Klappe, bis sie mit einem hohlen Knarren aufsprang.

Die Frau in dem Rollstuhl war dürr, sie hatte eigelbfarbene Strähnen im Haar. Ihr Gesicht war ausgemergelt, und ihre Füße lagerten kraftlos auf einer Metallklappe. Sie trug einen braunen Trainingsanzug, der um ihren Körper schlackerte. Sie rauchte.

Ich drehte das Radio ab, während Mike die Frau aus dem Rollstuhl hob. Dabei hielt sie ihre Arme um seinen Hals geschlungen. Behutsam setzte Mike die Frau auf den Beifahrersitz.

Er fuhr langsamer als vorgeschrieben, nahm den alten Weg jenseits der neuen Schnellstraße. Die Chausseebäume glänzten vom Regen. Zuerst hielt Mike bei Luckys Geträn-keparadies und lud ein paar Wasserkisten aus.

Ich dachte darüber nach, warum fast alle, die ich von da-mals kannte, noch immer in dieser trostlosen Gegend lebten. Mike, Gerrit, Knud, meine Schwester, Kessler. Was hatte sie bloß hiergehalten?

Mike kam zurück und reichte der Frau auf dem Beifahrer-sitz eine Stange Zigaretten. Dann fuhr er weiter. Vielleicht wäre ich ja auch hiergeblieben, dachte ich. Wenn nur das mit Astrid nicht passiert wäre.

Für ein paar Kilometer Landstraße hing ich diesem Gedan-ken nach, malte mir aus, dass ich selbst nach dreißig Jahren noch verliebt wäre in sie. Ich stellte mir vor, noch immer mit Astrid die alten Wege durch den Forst oben an der Grenze zu gehen. Immer noch verliebt.

Bis mir einfiel, dass es die Grenze gar nicht mehr gab. Und dass Astrid nie in mich verliebt gewesen war. *Mit diesem Gi-tarristen hat sie die Nächte verbracht!*

Mike hielt bei einer Apotheke, er schien es plötzlich eilig zu haben, während die Frau auf dem Beifahrersitz den Rauch ihrer Zigarette durch einen Spalt aus dem Seitenfenster auf-steigen ließ.

In meinen Erinnerungen war kein Platz für Astrid und Gerrit. Wann hatten sich die beiden getroffen? Spätabends, wenn ich Astrid von unseren harmlosen Schmusereien nach Hause gefahren hatte? War sie dann noch zu ihm gegangen?

Schon der Gedanke daran widerte mich an. Und ich kam mir immer noch dumm und klein vor. Auch jetzt noch. Sicher hatten alle davon gewusst. Alle, nur ich nicht. *Gerrit schläft mit der Freundin des Fotografen.* Und dann hatten sie sicher ge-lacht, Mike, Knud, Kessler und Gerrit bestimmt auch.

Mike schob die Frau in dem Rollstuhl durch die Fußgän-gerzone. Die Bosnienstube hieß jetzt Croatia. Dort hatten wir nach dem Kino das erste Cevapcici unseres Lebens bestellt und waren uns dabei wahnsinnig modern vorgekommen, weil unsere Eltern verständnislos den Kopf schüttelten, als sie hörten, dass wir so etwas aßen.

Mike und die Frau in dem Rollstuhl betrachteten die Auslagen in den Schaufenstern, kauften aber nichts.

Ich dachte daran, dass ich Larry hin und wieder in Anflügen von Sentimentalität erzählt hatte, meine Stadt sei schön. Was mir jetzt lächerlich und heillos übertrieben erschien.

Vielleicht würde ich über Bath irgendwann einmal dasselbe denken, überlegte ich, falls ich noch einmal dorthin zurückkehrte und feststellen würde, dass Bath nur ein hässliches bedeutungsloses Kaff am Kennebec River war.

Ich hielt Mike und die Frau in dem Rollstuhl im Auge und sah in die Gesichter der Vorbeilaufenden, aber ich erkannte keines. Als habe jemand während meiner Abwesenheit die Bewohner der Stadt ausgetauscht.

Vor dem Kaufhaus saß ein Russe und spielte auf einer Balalaika. *Leise rieselt der Schnee.* Das Geld sammelte er in einer leeren Kaviardose. Anscheinend hatte der Kerl Humor. Einer in einem Weihnachtsmannkostüm führte eine Pantomime vor. Und dann war da noch ein Bettler, der einfach nur bettelte.

Schließlich erkannte ich doch noch jemanden. Ein Mädchen aus meiner Klasse. Ihr Name fiel mir nicht mehr ein, nur dass sie zwei Reihen hinter mir gesessen hatte und andauernd rot geworden war. Ich winkte ihr zu. Sie wurde rot und ging schnell weiter.

Mike schob den Rollstuhl in ein Café. Eine italienische Eisdiele, Rialto, die es damals noch nicht gegeben hatte. Ich betrat das Café, und Mike sah angestrengt aus dem Fenster, als gäbe es nichts Interessanteres als den Schuhladen auf der gegenüberliegenden Straßenseite.

Er hatte mich längst bemerkt. Mike hatte sich gestrafft, nachdem sich unsere Blicke für eine halbe Sekunde vielleicht trafen. Danach drehte er sich schnell zum Fenster und setzte diesen teilnahmslosen Blick auf. Ich steuerte auf den Tisch der beiden zu und gab mir alle Mühe, es glaubhaft klingen zu lassen.

»Mike. Das glaube ich nicht! So ein Zufall.«

Ich streckte die Hand aus, aber er reagierte nicht. Er starrte mich nur an, als habe er überhaupt nicht mit mir gerechnet.

Die Frau in dem Rollstuhl lächelte mich aus ihren kranken Augen freundlich an. Ich gab ihr die Hand. Sie hatte keine Kraft, den Händedruck zu erwidern.

»Ich heiße Gudrun«, hauchte sie heiser, »ich bin Mikes Frau. Sie müssen entschuldigen, meine Stimme. Aber meine Speiseröhre –«

»Streng dich nicht so an«, sagte Mike und strich ihr über die Hände.

Erst jetzt bemerkte ich über dem Kragen ihrer Trainingsjacke das schwarze, in ihren Hals gestanzte Loch. Es sah aus wie die Öffnung eines Schlauchs.

»Das Rauchen«, flüsterte Gudrun, hielt die Zigarette hoch und zuckte hilflos mit den Schultern. Dann nahm sie einen tiefen, geübten Zug.

»Ist das ein Freund von dir?«, röchelte sie und tätschelte Mike den Arm.

»Nein, das ist nur so«, sagte Mike und sah zu Boden.

»Wir waren Freunde, als wir noch Kinder waren«, sagte ich, »aber später haben wir uns aus den Augen verloren.«

Ich bot Mike eine Zigarette an, die er unwirsch zurückwies. Die Frau lächelte ihn aufmunternd an:

»Es ist doch nett, alte Freunde zu treffen«, flüsterte sie.

Es machte mir nichts aus, verlogen zu sein. Ich klopfte

Mike sogar auf die Schulter, weil wir doch alte Freunde waren. Er wollte noch ausweichen, aber es war zu wenig Platz an dem Bistrotisch. Und dann erzählte ich ein paar Geschichten von damals.

»Weißt du noch, das Rohr, draußen an der Grenze«, sagte ich irgendwann, »da haben wir immer gehockt und heimlich geraucht!«

Ich sagte dies, und Mike zuckte zusammen. Es sah aus, als ginge er vor meinen Worten in Deckung, so schob er die Schultern hoch.

Das Rohr an der Grenze. Natürlich erinnerte er sich daran, und natürlich hatte er in der Zeitung von dem Skelett gelesen. Alle hier hatten es gelesen.

Ich ließ ihm Zeit. Gudrun sah ihn an, als erwartete sie nun auch irgendeine Geschichte von diesem geheimnisvollen Rohr. Mike massierte die Knöchel seiner rechten Hand, legte einen Finger gegen den Mund.

»Ich habe andere Sorgen als diesen Kinderkram«, murmelte er schließlich und schüttelte langsam den Kopf.

»Verstehe«, sagte ich.

Das musste erst einmal reichen, als erste Warnung, dachte ich. Und machte weiter mit den harmlosen alten Geschichten. Ich redete von der Schule, von den Steinen, die wir über die Grenze geworfen hatten, um drüben die Minen hochzujagen, was aber nie geschah, und dann schwärmte ich von Crest, seiner Band, während Mike in seinem Kaffee rührte und aus dem Fenster sah, als habe er mit all dem nichts zu tun.

Gudrun hingegen lächelte, sie ermunterte mich, noch mehr zu erzählen, anscheinend freute sie sich, etwas Neues über Mike zu erfahren.

Später redeten wir über die Ostküste. Ich schilderte mit blumigen Worten den Indian Summer, beschrieb die wundervoll zinnoberrot und ocker verfärbten Bäume, die menschenleeren Strände von New Hampshire und die Einsamkeit und Stille der endlosen Wälder in Vermont, über denen manchmal sogar die Adler kreisten. Und ich bekam Heimweh, als ich darüber redete.

Gudrun lachte, als sie hörte, dass die Elche dumm genug waren, beim Überqueren der Landstraßen den Trucks vor die Frontspoiler zu laufen.

»Auch wenn nur alle paar Stunden ein Laster vorbeikommt«, sagte ich.

»Hast du das gehört, Mike?«, sagte Gudrun. »Elche!«

Wahrscheinlich grübelte er, während ich all dieses belanglose Zeug erzählte, warum ich das Rohr überhaupt erwähnt hatte. Ich fand Gefallen daran, ihn so zu sehen, so hilflos gefangen zwischen Gudrun und mir, eingeklemmt hinter dem Bistrotisch. Ein später Triumph, dachte ich. *Nimm ihn mal in die Hand, nur mal kurz.*

Was war nur aus ihm geworden, aus diesem kräftigen Kerl? Der sich von niemandem etwas vorschreiben ließ. Und mit den Fäusten schneller war als alle anderen. Seine Fäuste hatten ihn jedenfalls nicht davor bewahrt, ein Verlierer zu werden. Und das Schlimmste daran war, dass Mike sich anscheinend auch so fühlte.

Plötzlich ertönte irgendwo in seiner Jacke der Schrei von *Whole lotta love*. Mike klopfte seine Taschen nach dem Telefon ab, seine Hände zitterten, als er das Handy endlich nach der sechsten oder siebenten Wiederholung des Schreis aus der Jacke fingerte. Mike meldete sich, aber da hatte der Anrufer gerade aufgelegt.

»Ihr könnt mich gerne mal besuchen in Amerika«, sagte ich.

Mike sah mich an, mit Augen voller Hass, weil er genug von den Demütigungen hatte. Er holte die Luft von ganz unten, war kurz davor, die Fassung zu verlieren.

Mike war viel schwächer als Knud und Gerrit, dachte ich. Sobald wir hier fertig wären, würde er zu ihnen laufen, wie ein kleiner Junge zu seinem großen Bruder liefe, weil ihm jemand auf dem Schulhof Prügel angedroht hatte.

»Amerika! Das wäre schön!«, seufzte Gudrun.

Dabei flackerten ihre Augen hell auf, ließen ihr Gesicht glänzen. Sie musste einmal hübsch gewesen sein, dachte ich, jetzt, als dieses Strahlen um ihre Augen war. Dann, nach wenigen Augenblicken, breitete sich auf Gudruns Gesicht wieder die vorherige Trostlosigkeit aus. Der Glanz verlor sich, schwand dahin, ließ sie matt und blass und krank zurück.

»Aber das werde ich nicht mehr schaffen«, flüsterte sie.

Mike legte die Hand auf ihren Arm. Gudrun lächelte ihn an, mit einem Blick, der sagen sollte, dass sie bis zuletzt tapfer bliebe. Dann sah sie zu mir, nahm das Lächeln mit, das Mike gegolten hatte. Ihre Augen verschwammen in Tränen, während sie eine Zigarette aus einem Lederetui fingerte.

»Wir müssen dann mal«, sagte Mike.

»Ich hab noch was für dich«, sagte ich.

»Ich will aber nichts«, erwiderte er barsch.

»Schau es dir doch erst mal an«, sagte Gudrun, »es ist doch nett gemeint von deinem Freund.«

»Er ist nicht mein Freund«, sagte Mike.

»Aber ihr könntet doch wieder Freunde werden«, sagte Gudrun. »Freunde kann man doch nie genug haben.«

»Es ist ein Foto von deiner Band«, sagte ich.

»Wir haben genug Fotos«, antwortete Mike.

»Das hier nicht.«

»Zeig mal«, sagte Gudrun.

Sie kicherte, als sie Mike auf dem Bild erkannte. Und sie lachte über Knuds riesige Krause.

»Nur Gerrit hat sich kaum verändert«, ächzte Gudrun. »Er ist nur älter geworden.«

Gudrun zeigte Mike das Foto, dabei ließ ich ihn nicht aus den Augen. Aber da war keine Reaktion. Nichts. Er sah das Foto an, als sei es nur irgendein belangloser Schnappschuss von irgendwelchen ausgelassenen jungen Leuten. Mit denen er nicht das Geringste zu tun hatte.

»Komm, wir müssen«, sagte er noch einmal zu Gudrun.

»Schade, dass ich dich damals noch nicht kannte«, sagte sie plötzlich mit großem Ernst und strich über das Foto, »ich hätte so gerne meine guten Jahre mit dir verbracht, Mike.«

Er schluckte, schluckte an ihren Worten. Dann lächelte er, zum ersten Mal seit ich bei ihnen war.

»Das ist lieb von dir, Schatz«, sagte Mike zu Gudrun.

»Weißt du, was aus diesem Mädchen geworden ist?«, sagte ich und deutete auf Märtha.

Mike scharrte mit den Füßen, er wollte raus, unbedingt, so schnell wie möglich. Aber trotzdem blieb er sitzen, als könnte er gar nicht aufstehen, als sei er auch zu schwach. Wie Gudrun.

»Keine Ahnung. Kann mich nicht an die erinnern«, sagte er.

Ich nickte, als sei ich mit seiner Antwort zufrieden.

»Und wer ist das andere Mädchen?«, fragte Gudrun.

»Meine Freundin«, sagte ich.

»Oh, sie ist sehr hübsch. Bist du noch mit ihr befreundet?«, fragte Gudrun und lächelte mich aufmunternd an.

»Sie ist verschwunden«, erwiderte ich, »seit damals.«

»Seit damals?«

»Seit dem 25. August 1975.«

»Aber sie ist nicht tot, oder?«

»Ich hoffe nicht«, sagte ich.

»Ich wünsche dir von ganzem Herzen, dass du sie findest!«, sagte Gudrun. »Du scheinst sie immer noch sehr zu vermissen.«

Gudrun gab mir das Foto, während Mike die Bremse an dem Rollstuhl löste und seine Frau von dem Tisch wegzog. Er schob seine Frau zum Ausgang, kam aber noch einmal zurück. Seine Haut war jetzt beinahe weiß, er schwitzte:

»An deiner Stelle würde ich aufpassen«, flüsterte er, »dass dir nicht dasselbe passiert wie deinen beschissenen Elchen!«

Sonntag,
14. September 1975

Sie wachte auf und wusste wieder nicht, wie lange sie geschlafen hatte. Eine Viertelstunde nur oder vielleicht den ganzen Tag? Irgendein Traum hatte ihr Angst gemacht. Aber sie konnte sich nicht erinnern, weshalb.

Astrid versuchte zu schlafen, wann immer es ging. Ganz gleich, ob es Tag oder Nacht war. Aber sie bekam nur diesen unruhigen, von schrecklichen Träumen durchzogenen Schlaf.

Seit sie sich in diesem Zimmer befand, war ihr die Zeit abhandengekommen. Das Gefühl für Tag und Nacht. Sie war nicht sicher, wie lange sie schon hier war. Vielleicht sogar schon ein halbes Jahr.

Dann müsste allerdings bereits Winter sein. Wofür es noch viel zu heiß war. Nein, so lange war sie noch nicht da. Und Astrid wusste nicht, ob sie darüber traurig oder froh sein sollte.

Auch wenn sie soeben erst geschlafen hatte, wurde sie schon wieder müde. Sie wollte nicht schlafen. Hielt sich mit Gedanken an ihre Haare wach. Die an ihrem Kopf klebten und juckten.

Anfangs hatte Gerrit jeden Tag einen neuen Grund gefunden, warum sie das Haus nicht verlassen durfte. Dann irgendwann hatte Astrid verstanden, dass sie Gerrits Gefangene war. *Weil sie Angst hatten.* Gerrit und die anderen beiden hatten furchtbare Angst, dass sie irgendjemandem von der toten Norwegerin erzählen könnte.

Und da hatte Astrid auch begriffen, wie dumm es gewesen war, Gerrit zu erzählen, dass sie Peter alles beichten wollte. Alles. Was sie über den Abend bei den Keizicks wusste und dass sie ihn betrogen hatte, mit Gerrit. Einfach alles.

Astrid rollte sich auf die andere Seite, das Bett knarrte leise, ihre Schulter schmerzte vom Liegen.

Immer wieder hatte sie sich gefragt, wie lange Gerrit sie denn festhalten wollte. Wie lange es denn dauern sollte, bis Gerrit, Mike und Knud sich nicht mehr fürchteten, dass sie etwas über die Nacht in der Wohnung der Keizicks verriet. Und sie hatte sich furchtbar erschrocken, als ihr klar wurde, dass diese Angst nie vergehen würde. Nie. Ihr ganzes weiteres Leben lang würden sich Gerrit und seine Freunde davor fürchten.

Astrid hatte sogar aufgehört zu sprechen und das Essen, das Gerrit ihr brachte, nicht mehr angerührt. Bis sich irgendwann die Rippen unter ihrer Haut abzeichneten. Sie hätte so weitermachen können, bis sie verhungerte. Doch dann bemerkte sie, dass Gerrit nachlässiger wurde, dass er nicht mehr so genau aufpasste wie in der ersten Zeit. Und Astrid hatte sich ausgerechnet, dass sie vielleicht irgendwann fliehen könnte. Nur deshalb hatte sie wieder angefangen zu essen, um genügend Kraft zu haben.

Meist lag sie wie jetzt auf dem Bett. Dabei hatte sie sich immer gerne bewegt. Sie hatte es gemocht, mit Peter durch die Wälder an der Grenze zu streifen oder in dem kleinen See zu schwimmen.

Allmählich wurde ihr sogar das Tageslicht zuwider. Vielleicht, weil sie es so sehr vermisste. Immer blieben die

Vorhänge geschlossen. Es gab nur diesen handbreiten Spalt zwischen Vorhang und Fensterrahmen, durch den das Licht fiel, und sie hoffte, dass Gerrit ihn nie verschloss.

Durch den Spalt sah sie die Kiefernschonung und ein Stück Zaun mit acht Latten. Drei davon waren zerbrochen. Und in der Ferne war da noch der Schornstein. Er überragte den Wald und spie manchmal gelbliche Wolken aus.

Es war der Schornstein der Fabrik ihres Großvaters. *ter Möhlen, Fahrzeugbau.* Es gab sonst keinen so hohen Schornstein in dieser Gegend. *Vater!* Wenn Vater auf den Schornstein stiege, könnte er Gerrits Haus sehen. Ob er überhaupt nach ihr suchte? *Du bist nicht mehr mein Vater!*

Oder hatte Vater sich damit abgefunden, dass sie weggelaufen war? Und fuhr nun wie an all diesen anderen Tagen, als es noch gut gewesen war mit ihnen, morgens in die Firma, stellte seinen Wagen auf den Chefparkplatz und warf dem Pförtner den Schlüssel hin: *Bitte waschen und polieren!*

Vater musste es nicht einmal sagen, sie taten es auch so. Worauf Astrid stolz gewesen war, wenn sie als kleines Mädchen, als das herausgeputzte Töchterchen des Juniorchefs, hin und wieder mit ihm ins Büro gefahren war, um dort von den Sekretärinnen ihres Vaters bespielt zu werden. Wenn sie ihm nicht gerade Kaffee kochten oder Vaters Diktate stenografierten.

Papa, hilf mir!

In Gerrits Schlafzimmer gab es nur ein Bett, einen Stuhl und einen Tisch. Auf den Regalen seine Platten, alphabetisch sortiert. Und ein paar Bücher, die Astrid allesamt im Schein der Nachttischlampe gelesen hatte. Ohne großes Interesse. Romane von Junkies oder Kerlen, die darauf aus waren, möglichst oft Sex zu haben oder sich Heroin zu spritzen. Genau wie die Typen, deren Poster an den Wänden klebten. Gitarristen mit langen Haaren, die mit aufgerissenen Mündern dem Gejammer ihrer elektrischen Gitarren lauschten.

Lieber sah Astrid das Poster an, das ein bleiches dunkelhaariges Mädchen in der Tür einer Toilette zeigte. Auf seinem Shirt stand LOVE. Das Mädchen hielt eine Spritze in der Hand. Dabei sah es einsam aus, von allen verlassen.

So wie das Junkiemädchen fühlte sie sich auch, *von allen verlassen*.

In der ersten Zeit war Gerrit noch manchmal unter ihre Decke gekrochen. *Es ist alles in Ordnung, mach dir keine Sorgen.* Das sollte es heißen. Aber da hatte sie ihm schon nicht mehr geglaubt, hatte nur noch stumm dagelegen und gehofft, dass er bald wieder verschwände.

Astrid reckte sich, sofort waren da wieder die Schmerzen in den Armen und den Beinen. Sie ging ein paar Schritte, aber sie kam nicht bis ans Fenster heran. Die Kette rasselte über den Holzboden. *Er hat mich an die Kette gelegt wie einen seiner dreckigen Köter!*

Sie könnte schreien. Aber die Nachbarn waren zu weit weg. Niemand würde sie hören, hinter diesem Fenster, hinter diesen Vorhängen. Nur Gerrit würde ihre Schreie bemerken. Und dann würde alles nur noch schlimmer.

Astrid hörte, wie er in den Keller stieg. Angst hatte sie nicht vor ihm. Sie empfand für Gerrit nur noch Verachtung. Sie hatte auch vor den anderen beiden keine Angst, die manchmal auf sie aufpassten, wenn Gerrit wegfuhr.

Hin und wieder war gar keiner da. Als es zum ersten Mal geschehen war, für ein paar Stunden vielleicht, hatte sie angefangen, spitze Schreie auszustoßen. Immer wieder, im Abstand von ungefähr zehn Sekunden, ein neuer Schrei.

Sie hatte gar nicht mehr damit aufhören können. Nicht mal, als Gerrit zurückgekommen war. Er hatte ihr den Mund zugehalten, aber sie hatte ihm in die Hand gebissen. Da hatte Gerrit sie geschlagen. Ins Gesicht. Es hatte schrecklich wehgetan. Und er hatte ihren Mund mit einem stinkenden Stück Plastik verklebt.

Um sich zu trösten, dachte Astrid manchmal an die unbeschwerten Tage: mit Vater beim Skilaufen in St. Moritz oder am Strand bei St.-Jean-de-Luz. Aber die Bilder von dem Streit mit Vater drängten sich immer wieder dazwischen. Sie wusste schon gar nicht mehr, was sie darüber denken sollte.

Was ist denn in dich gefahren?

Du bist nicht mehr mein Vater!

Damit Gerrit sie nicht weinen hörte, hatte Astrid sich ein lautloses Schluchzen angewöhnt. Und während der Weinkrampf sie schüttelte, hielt sie sich an dem Kissen fest. Sie weinte wegen Vater. Und wegen Märtha.

Vielleicht würde sie ja auch bald sterben, wie Märtha, vielleicht drückten sie ihr auch die Kehle zu und würden sie in einem Plastiksack wegschaffen. Vielleicht wäre es sogar so besser, dachte Astrid.

Seltsam. Nie hatte sie früher auch nur einen einzigen Gedanken an den Tod verschwendet. Aber jetzt wünschte sie sich manchmal den Tod herbei und stellte ihn sich als etwas Sanftes, Friedliches vor.

Vielleicht würde sie über der Erde und den Meeren kreisen, sich auf den Rücken drehen, die Augen schließen, während die Luft ihr Gesicht streichelte.

Wer würde sie schon vermissen? Mutter jedenfalls nicht. Mutter hatte sie ja auch nicht vermisst, als sie einmal nach der Schule mit den anderen Kindern gegangen war. Bis plötzlich alle verschwunden gewesen waren und sie auf einem Spielplatz zurückgelassen hatten, auf dem sie nie zuvor gewesen war.

Vater hatte sie erst gefunden, als es schon dämmerte. Sie

hatte so hoffnungslos geweint, wie sie jetzt weinte. Vater hatte sie nach Hause gebracht, wo Mutter auf dem Sofa lag und in den Fernseher starrte. Sie hatte nicht einmal aufgesehen.

Vater, bitte, hilf mir, hilf mir hier raus!

Astrid ließ die Tränen über das Gesicht laufen und legte Mr. Soft auf. Es war die einzige von Gerrits Platten, die ihr gefiel. Mr. Soft war ihr Freund, wie das Junkiemädchen auf dem Poster ihre Freundin war.

Gerrit war ihr Feind geworden. Als sie ihn anflehte, sie zu Peter zu bringen, hatte er gelacht und gesagt:

»Meinst du etwa diesen Zeitungstrottel?«

»Ich werde Peter kein Wort sagen, niemals!«, hatte sie beteuert, aber da wusste sie schon, dass es naiv war. Gerrit hatte nur noch mehr gelacht, lauter und hämischer, als könnte er sich etwas Dümmeres überhaupt nicht vorstellen. Wie hatte sie nur jemals für Gerrit etwas anderes empfinden können als Verachtung?

Astrid glitt wieder hinüber in einen unruhigen Schlaf. Und sie wusste nicht, ob es wirklich war oder ob sie nur träumte, dass Gerrits Hunde bellten.

Sonntag,
14. September 1975

Im Radio redeten sie über drei Terroristen, die im Winter in Westberlin einen Politiker entführt hatten und jetzt von der Polizei festgenommen worden waren.

»Wenn man sie wenigstens entführt hätte!«, sagte Hans und drehte das Autoradio herunter. »Das Geld wäre ja kein Problem!«

»Hat die Polizei was Neues?«, fragte ich.

»Nichts.«

Für die Polizei hatte Hans nur noch Verachtung übrig. Astrid war jetzt seit fast drei Wochen verschwunden. Er hatte die Polizei noch an dem Tag alarmiert, an dem Astrid weggelaufen war. Erst Stunden später hatten sie jemanden von der Kripo geschickt. Hans hatte ausgesagt, dass es zwischen ihm und seiner Tochter ein Missverständnis gegeben hatte.

Erst ein paar Tage später war Hans bewusst geworden, dass das ein Fehler war. Dass die Polizei gar nicht nach Astrid suchte. Denn für sie war die Angelegenheit klar gewesen: Ein Teenager hat Streit mit seinem Vater, läuft davon. Und kommt irgendwann wieder zurück. Das Übliche halt.

Aber Astrid war nicht zurückgekehrt. Erst als Hans sich beim Polizeipräsidenten beschwerte, schickten sie ein paar Beamte los, die in der Stadt nach ihr fragten. Und sie setzten

Astrids Namen auf eine Liste, mit der in ganz Europa nach vermissten Mädchen gesucht wurde. Zuletzt durchkämmte eine Hundestaffel den Forst nahe der Grenze. Aber das alles blieb ohne Ergebnis.

Worin das Missverständnis zwischen Hans und Astrid bestanden hatte, dass sagte er nicht. In den ersten Tagen nach ihrem Verschwinden war ich ein paar Mal kurz davor gewesen, Hans danach zu fragen. Aber ich hatte es immer wieder aufgeschoben.

Seitdem wir aus Griechenland zurück waren, arbeiteten wir eine Liste ab, auf der sich die Namen von Personen befanden, die irgendetwas mit Astrid zu tun gehabt hatten. Innerhalb einer Woche hatten wir fast alle Namen durch.

Hans bog von der Landstraße ab, ließ den Wagen durch ein paar Bodenwellen zockeln. Dann bockte das Auto auf, erschrocken würgte Hans den Motor ab. Wütend schlug er auf das Lenkrad. Irgendwie bekam er den Wagen wieder in Gang, und wir fuhren weiter.

Von der Hofschaft hatte ich schon mal gehört, aber ich war nie dort gewesen. Ein Dutzend Häuser in einer Senke, geduckt, wie in einer Wagenburg. Es waren eher Baracken als Häuser. In den Gärten liefen ein paar Hühner herum, und an einem stinkenden Schlammloch, über dem Insektenschwärme kreisten, suhlten sich zwei Schweine. Ein alter Mann stand auf einer Leiter, schnitt Äste und stierte misstrauisch zu uns herüber.

Gerrits Baracke befand sich abseits auf einer Anhöhe, nahe bei dem Gutshof. Die Vorhänge waren geschlossen, den Stoff hatte die Sonne ausgeblichen. An die Baracke angebaut waren eine Hundehütte und ein Schuppen, der so schmal war, dass allenfalls ein Fahrrad darin Platz fand.

Und überall lag Gerümpel herum: eine Harke, der die

meisten Zähne fehlten, das Gestell einer Parkbank, ein zer-
fleddertes Kopfkissen, der Rahmen eines Fahrrads und ein
Autoreifen, aus dem das Unkraut wucherte.

Auf der steil ansteigenden Wiese vor der Baracke kauer-
ten im Schatten des einzigen Baums zwei Schäferhunde. Sie
sprangen auf, als sie uns bemerkten, stürmten zum Zaun,
der das Grundstück einfriedete.

Hans drückte auf die Schelle am Gartentor, was die Hunde noch lauter bellen ließ. Sie stellten die Vorderpfoten auf
den Zaun, fletschten die Zähne und bellten, dass der Geifer
flog. An einem der Fenster bewegte sich eine Gardine.

»Keiner da«, sagte Hans und wollte gehen.

»Warte«, sagte ich, »da war was.« Und ich drückte noch
einmal auf die Schelle.

Plötzlich flog die Haustür auf, dann ein greller Pfiff, und
sofort stürmten die Hunde davon, sprangen an dem Kerl
mit den langen Haaren hoch, der den Viechern die Köpfe
tätschelte. Er kam gemächlich, als sei alles andere wichtiger
als das, die paar Schritte vom Haus bis zum Zaun herunter.

Hans fragte nach Astrid, zeigte Gerrit ihr Foto. Aber der
schüttelte nur den Kopf. Gerrit trug ein entseeltes Lächeln
im Gesicht. Vielleicht hatte er irgendwas geraucht.

»Die Polizei war auch schon da«, sagte er, »aber ich be-
daure, dass ich Ihnen leider nicht helfen kann! Ich habe Ihre
Tochter ja auch nur flüchtig gekannt.«

Gerrits Gerede widerte mich an. Und warum verdammt
noch mal log er? *Ich habe ihre Tochter ja auch nur flüchtig gekannt!*

Was war mit all diesen Fotos, auf denen Astrid und Gerrit
beieinanderstanden. Sie hatte ihm vor der Bühne zugejubelt
und ihm einmal sogar die Gitarre getragen. Was sollte daran
flüchtig sein?

Ich suchte nach den richtigen Worten, während die Hunde nervös hechelten, kläfften und geiferten und immer noch an Gerrit hochsprangen, als er plötzlich schrie:

»Haut endlich ab!«

Die Hunde zuckten genauso zusammen wie Hans und ich.

Gerrit zog dem größeren der beiden Kläffer noch einen Ledergurt über den Rücken. Was den Hund aufjaulen ließ. Dann trotteten die Hunde mit eingezogenen Schwänzen davon.

»Was soll das?«, herrschte ich Gerrit an. »Warum lügst du? Du kennst sie doch. Du hast sie doch sogar angemacht!«

Ich bereute sofort, dass ich das gesagt hatte. Und sogleich setzte Gerrit diesen überheblichen Gesichtsausdruck auf, schüttelte den Kopf, ganz leicht nur, als habe er Mitleid mit mir, und klopfte sich ein paar Mal mit dem Gurt in die offene Hand.

»Wenn du eifersüchtig bist, dann heul dich woanders aus«, sagte er leise, »was glaubst du eigentlich, wie viele Mädchen mit mir reden wollen, weil sie sich mit Typen wie dir zu Tode langweilen.«

Ich machte einen Schritt nach vorn, drängte mich an Hans vorbei, aber er ging dazwischen:

»Er hat es nicht so gemeint«, sagte Hans. »Sie müssen verstehen. Wir suchen sie überall und …«

Er brachte den Satz nicht zu Ende, wischte sich mit einem Taschentuch den Schweiß von der Stirn.

»Gestatten Sie mir nur noch eine Frage, Herr Steins: Wann haben Sie meine Tochter zuletzt gesehen?«

Herr Steins! Ich wollte Gerrit schlagen. Ihm die Faust ins Gesicht dreschen. Oder lieber noch den Ledergurt, mit dem er immer noch herumspielte.

Hans legte einen Arm auf meine Schulter. Gerrit bedachte auch diese Geste mit einem nachsichtigen Lächeln, schob sich die Haare aus dem Gesicht und sah über uns hinweg, als müsste er lange nachdenken.

»Es war nach dem Konzert in Esbeck. Ich habe sie mit dir gesehen, Blum! Sie saß in deinem Wagen, und ihr seid zusammen weggefahren.«

»Danke«, sagte Hans, »aber meine Tochter ist erst ein paar Tage später verschwunden.«

»Na, dann hoffe ich, dass ihr sie bald findet. Ist ein nettes Mädchen, deine Freundin«, sagte Gerrit zu mir. Wenigstens lächelte er nicht mehr.

Er drehte uns den Rücken zu und warf mit dem Gurt nach einem der Hunde, der aufgesprungen war und sein Herrchen mit wedelndem Schwanz erwartete.

35 Sonntag,
14. September 1975

Wie Drähte, die über eine Glocke gezogen wurden, so hörte sich die Klingel an. Ein rasselnder, singender Ton. Astrid fuhr hoch. Seit sie hier war, hatte sie die Schelle nur ein einziges Mal gehört. Knud oder Mike schellten nie, sie schlugen bloß mit den Fäusten gegen die Tür.

Bei diesem ersten Klingeln, irgendwann, vor Wochen vielleicht, war Astrid davon aufgewacht. Sie hatte Stimmen gehört und dass wenig später ein Wagen davonfuhr. Danach war Gerrit zu ihr gekommen, sah sie bloß an, und sie hatte seine Angst gespürt.

Jetzt hatte es also wieder geklingelt. Astrid sprang vom Bett, die Kette klirrte. Im nächsten Augenblick flog die Tür auf, Gerrit hetzte herein, mit ihm eine Wolke aus Haschisch. Er schubste den Tonarm von der Platte, Mr. Soft verebbte in einem kläglichen Gejammer. Gerrit stieß sie zurück aufs Bett, stülpte ihr die Hand über den Mund.

Seine Hand roch nach dem Haschisch. Astrid hörte noch ein Ratschen, bevor Gerrit ihr das Klebeband von einem Ohr zum anderen zog.

In ihrem Kopf pulste und hämmerte etwas, sie schlug um sich, wollte ihre Fingernägel in sein Gesicht graben. Es klingelte noch einmal, länger als vorhin. Und plötzlich war ihr

Kopf gefühllos, das Pulsieren hörte auf, und der Schmerz, den Gerrit ihr mit einem Faustschlag zugefügt hatte, nahm ihr alles, ließ sie kraftlos zurück.

Sie hörte ihn die Haustür öffnen, und für diesen Moment war das Kläffen seiner Hunde ganz nah. Astrid roch sogar den Duft von geschnittenem Gras. Aber dann fiel die Tür ins Schloss, und danach klang alles dumpf und fern.

Vielleicht suchten sie doch nach ihr! Die Polizei! Oder Peter! Oder Vater! *Bitte, lieber Gott, lass sie nach mir suchen!*

Aber warum sollte Peter bei Gerrit nach ihr suchen? Er war so arglos. Woher sollte er wissen, dass sie sich heimlich mit Gerrit getroffen hatte? Um mit ihm zu schlafen. Niemand wusste das, auch nicht ihre Eltern. Ihre Mutter hatte Gerrit zwar einmal gesehen, an diesem schrecklichen Abend, als er wegen des Regens bis vor ihre Haustür gefahren war. Danach aber war Gerrit ihrer Mutter nie wieder begegnet. Sie war immer schon am Kreisverkehr aus Gerrits Wagen gestiegen und das letzte Stück gelaufen. Nur damit Gerrit nie wieder ihre Mutter träfe.

Irgendwann hörte Astrid einen Wagen davonfahren. Dann war Gerrit wieder bei ihr, riss an dem Klebeband, dass ihre Haut brannte, schaltete den Plattenspieler ein. Mr. Soft hatte jetzt einen Kratzer.

»Schlaf«, sagte er, »schlaf einfach und halt die Schnauze!«

36 Vierzehnter Tag, abends

Auch wenn er ihn liebte wie einen Bruder, war Gerrit noch nie in Mikes Wohnung gewesen. Es hatte sich einfach nicht ergeben. Vielleicht auch deshalb, weil Gerrit fürchtete, dass Mikes Wohnung sich in demselben Zustand befände wie Mike selbst: irgendwie am Ende.

Mike hatte bei Knud angerufen, dass etwas passiert war. Und dass sie kommen sollten. Sofort. Natürlich ging es um das Skelett in dem Rohr, was denn sonst, dachte Gerrit, während er auf die Schnellstraße fuhr.

Es hatte ihn nicht sonderlich beunruhigt, als er vor ein paar Wochen in der Zeitung las, dass irgendein Köter mit dem Knochen eines Menschen im Maul aus dem Rohr gekrochen war. Es war alles viel zu lange her. Wie sollten die Bullen je darauf kommen, was es mit diesem Knochen auf sich hatte?

Gerrit war erst unruhig geworden, als das Bild der Norwegerin in der Zeitung erschienen war. Sie hatten sogar ihren Namen gewusst. Märtha Skolund, den Namen, an den er selbst sich gar nicht mehr erinnern konnte. Sie schrieben, dass den Schnüfflern schon ein einzelnes Haar genügte, um die Identität eines auch seit Jahrzehnten Toten herauszufinden.

Seitdem war Gerrit nicht nur beunruhigt, sondern auch

wütend. Weil er seinen Preis für die ganze Sache längst gezahlt hatte. Einen höheren Preis als die anderen.

Gerrit wusste bis heute nicht, was dem norwegischen Mädchen auf der Party eigentlich passiert war. Wer sie umgebracht hatte. Knuds Vater. Bengt. Vielleicht sogar Knud. Nichts wusste er. Nichts. Knud hatte immer nur geschwiegen. Nun schon ein halbes Leben lang.

Verdammt noch mal! Auch wenn sie Freunde waren, sich wie Brüder fühlten, auch wenn sie sich geschworen hatten, einander zu helfen, ohne Fragen zu stellen, ganz egal, wie tief der andere in der Scheiße steckte, es war nicht fair, dachte Gerrit.

»Dreckswetter«, sagte Knud und spuckte den Kaugummi in den Aschenbecher.

»Was denkst du, wer das beschissene Ding da wieder rausholt«, sagte Gerrit aufgebracht.

»Spießer«, fluchte Knud, fingerte den Gummi aus dem Aschenbecher und warf ihn aus dem Fenster. Natürlich störte es Knud nicht, dass der Regen dabei in den Wagen fegte und die Ledersitze versaute.

Er hatte immer schon mehr in ihre Freundschaft eingezahlt, als er herausbekommen hatte, dachte Gerrit. Allein schon, weil er den anderen die kleine ter Möhlen vom Hals hielt. Anfangs hatte Gerrit sogar geglaubt, es sei seine verdammte Pflicht. Er hatte sie ja auf die Party eingeladen.

Und dann war da ja auch noch Astrids Mutter gewesen. Das war auch seine Schuld. Er hätte ja nichts mit ihr anfangen müssen. Aber es hatte ihm nun mal gefallen, dass die Frauen ihn mochten. Die jungen und die alten. Das hatte sich bis heute nicht geändert.

»Mike hat eine Höllenangst«, sagte Knud, »dem flattern die Nerven!«

»Kein Wunder«, sagte Gerrit.

»Er soll sich verdammt noch mal zusammenreißen, der Idiot!«

Gerrit mochte es nicht, wenn Knud so redete. So herablassend. Mike war schwach, gut, er war auch nicht sonderlich helle, auch gut. Aber er war einer von ihnen. Und es gab keinen Grund, so über ihn zu reden. Schon gar nicht für Knud. Wem hatten sie denn das alles zu verdanken?

Gerrit spürte, wie der Zorn in ihm aufstieg. Wer hatte denn die Norwegerin ermordet? Doch wohl einer von den Keizicks. Der Alte oder der Debile hatten es getan. Das war doch klar.

Gerrit jagte mit der Lichthupe einen Wagen von der Überholspur.

»Vielleicht will Mike einfach nicht in den Knast gehen, nur weil einer von deiner Sippe die Norwegerin gekillt hat! Und ich übrigens auch nicht!«

Gerrit erschrak. Das hatte er noch nie ausgesprochen, er hatte es immer nur gedacht. *Weil einer von deiner Sippe die Norwegerin gekillt hat.*

Er verlangsamte das Tempo, falls Knud ausflippte. Es war dunkel in dem Wagen, ihre Gesichter flackerten im Scheinwerferlicht der entgegenkommenden Autos auf. Knud saß da, als habe er gar nicht zugehört. Dann sagte er:

»Wenn ich so was noch einmal von dir höre, dann schlage ich dich tot!«

»Sag den Bullen doch einfach, dein Vater hat die Norwegerin umgebracht«, sagte Gerrit in einem beiläufigen Ton, »er ist doch tot! Dann ist die Sache doch erledigt.«

»Willst du etwa einen Mörder zum Vater haben, du Arschloch?«, sagte Knud leise.

Nein. Gerrit wollte keinen Mörder zum Vater haben. Aber sein Vater war ja auch kein Mörder. Sein Vater hatte keine

186

Tramperinnen umgebracht. Sondern nur mit einer Aktentasche Hunderte von Backsteinen nach Hause geschleppt. Um diese armselige Baracke auszubauen. Damit sein Sohn ein eigenes Zimmer bekäme. Nein, er konnte stolz sein auf seinen Vater, dachte Gerrit und gab wieder Gas.

Ihm war klar, dass es besser war zu schweigen. Gegen Knud hatte er schon oft den Kürzeren gezogen. So hart, wie Knud nun einmal war. Hart gegen alle. Außer gegen Bengt. Seinem debilen Bruder verzieh Knud alles. Bestimmt auch, wenn Bengt die Norwegerin erwürgt hatte.

»Und wenn es Bengt war? Dem kann doch auch nichts passieren. Der ist doch verrückt!«

Gerrit hatte den Schlag erwartet und war doch überrascht, dass er so bald kam. Knud erwischte ihn mit dem Handrücken, schlug nicht sonderlich fest, aber es brannte scharf auf der Wange.

Gleichzeitig zuckte irgendwo ein Blaulicht auf. Gerrit bremste ab, sie gerieten ins Schleudern, aber er brachte den Wagen noch rechtzeitig vor einer Autoschlange zum Stehen.

»Tut mir leid«, sagte Knud, »war nicht so gemeint!«

»Schon gut«, sagte Gerrit, »es macht mich nur verrückt, dass alles wieder von vorne losgehen soll.«

Sie sahen sich an. Dann schlugen sie die Handflächen gegeneinander, wie sie es immer machten, wenn es mit ihnen weitergehen sollte nach einem Streit.

»Die Bullen haben keine Ahnung, was mit der Norwegerin los war«, sagte Knud eine Spur versöhnlicher.

»Und was ist mit dem Fotografen, der überall rumschnüffelt?«

Knud schüttelte den Kopf:

»Weiß nicht. Kann sein, dass er denkt, dass es irgendwas mit seinem Mädchen zu tun hat. Weil sie zur selben Zeit verschwunden ist wie die Norwegerin!«

»Du glaubst, dass Blum sie wieder sucht?«, sagte Gerrit. »Nach dieser langen Zeit? Das ist doch völlig verrückt!«

Der Stau löste sich auf, und sie schlichen an zwei zertrümmerten Wagen vorbei. Sie nahmen Tempo auf, und Gerrit dachte, dass sie Astrid ter Möhlen immer nur *sie* genannt hatten. *Sie*. Als sei *sie* gar kein Mensch.

Mike wartete schon vor der Tür. In seiner Wohnung hockten überall fingergroße Knetmännchen mit Köpfen aus eingetrockneten Kastanien.

»Hier durch«, flüsterte Mike. »Seid leise!«

Er schob sie auf den Balkon. Es war kalt und diesig.

»Gemütlich hier«, sagte Knud, »können wir nicht reingehen?«

»Nein, Gudrun schläft«, erwiderte Mike.

»Was ist los, Mike?«, sagte Gerrit.

»Blum war da.«

Mike sagte es so, als sei es schlimmer als alles, was ihm bisher widerfahren war. Und verhedderte sich ein paar Mal, als er ihnen von seiner Begegnung mit Blum im Rialto erzählte.

»Und auf diesem verdammten Foto ist also auch die Norwegerin drauf«, sagte Knud.

»Alle sind drauf«, erwiderte Mike in diesem resignierten Verliererton, den er andauernd anschlug, »du, Gerrit, ich, Bengt, Kessler, die Norwegerin und sie auch!«

»Hat Blum irgendwas über sie gesagt?«, fragte Gerrit.

»Nur dass er hofft, dass sie noch lebt.«

Gerrit hielt sich warm, indem er auf der Stelle tänzelte, wie ein Boxer vor dem ersten Gong. Dann war da ein Pochen. Gerrit erschrak, sogar Knud zuckte zusammen, aber als sie sich umdrehten, saß Gudrun in ihrem Rollstuhl hinter der Balkontür. Sie lächelte und führte die Hand zum Mund.

»Ich habe euch Brote gemacht«, krächzte sie.

»Du bist ein Schatz«, sagte Knud und tätschelte ihr die Wange.

Später fuhren sie zurück in die Stadt, und es war Stille zwischen Gerrit und Knud. Bisher hatte Gerrit geglaubt, dass die Vergangenheit in immer weitere Ferne rückte, je älter er wurde. Jetzt aber kam sie ihnen näher.

37 Samstag, 20. September 1975

Eigentlich war es ja nicht einmal ein richtiges Haus. Es war bloß eine von den provisorischen Baracken, die der Bauer nach dem Krieg hingestellt hatte. Für die Flüchtlinge aus dem Osten, die bei der Ernte halfen.

Aber Gerrits Eltern hatten sich nicht mehr wegschicken lassen, und es dauerte zwanzig Jahre, bis Vater genügend Ziegel, Sand und Fliesen von den Baustellen gestohlen hatte, um die Baracke auszubauen. Dann bekam er einen Schlaganfall und starb.

Mutter war putzen gegangen, um sie durchzubringen. Aber nur in den Nachbardörfern. Sie war stundenlang mit dem Fahrrad dorthin gefahren, nur damit niemand sie beim Putzen sah.

Dass sie Mutter überfahren hatten, war jetzt zwei Jahre her. Ein Lastwagen. Am 16. September 1973. Diesen Tag würde Gerrit nie vergessen. Mutter war zu einer ihrer Putzstellen unterwegs gewesen. *Der einzige tödliche Verkehrsunfall, der sich je in diesem Ort ereignete*, hatte der »Kurier« geschrieben. Dazu war ein Foto von Mutter erschienen, wie sie seltsam verdreht unter einer Plane auf der Straße lag, ein paar Schritte daneben das verbogene Fahrrad, das unter dem Vorderrad des Lastwagens klemmte. *War sofort tot – die Putzfrau Maria S.*

Gerrit horchte. Bis auf das Ticken der Wanduhr war es still. Wahrscheinlich schlief sie. Trotzdem schob er die Tür einen Spaltbreit auf. Astrid lag auf dem Rücken. Vielleicht starrte sie auch nur an die Decke.

»Willst du etwas trinken?«, sagte er.

Sie gab keine Antwort. Manchmal hatte Gerrit Mitleid mit ihr. Sie konnte ja nichts dafür. Sie war doch nur ein verwöhntes, naives Mädchen gewesen, hübsch dazu, das gerne ein bisschen mit dem Feuer spielte. *Eine verwöhnte Prinzessin.* Die diesen verklemmten Fotografen zum Freund hatte. Peter Blum. Der genauso naiv war wie sie. Der seine *schöne verwöhnte Prinzessin* bei jeder Gelegenheit fotografierte. Ohne zu kapieren, wie lächerlich das war.

Dabei war sie auf den einfachsten Trick hereingefallen, den es für verwöhnte Prinzessinnen gab: sie zu ignorieren. Und schon war ihm die schöne Astrid ter Möhlen hinterhergelaufen wie ein herrenloses Hündchen.

Das wäre Ingrid nie passiert, dachte Gerrit und zündete sich eine Zigarette an. Die Tricks, die Astrids Mutter beherrschte, waren besser als seine eigenen. Sie waren so gut, dass er gar nicht genug davon bekommen konnte.

Mike und Knud hatten keine Ahnung, dass er etwas mit Ingrid hatte. Es ging sie auch nichts an. Natürlich war es gefährlich, sich ausgerechnet mit ihrer Mutter zu treffen. Schon wegen Astrid. Knud würde durchdrehen, wenn er das wüsste, dachte Gerrit. Aber was sollte er denn tun? Es hatte sich so ergeben. Und wenn er Schluss machte, was wäre dann? Vielleicht würde Ingrid ihm die Türe eintreten. Zuzutrauen wäre es ihr.

Wenigstens hatte Ingrid sich mit seinen Ausreden zufriedengegeben. *Die Nachbarn wundern sich, was denn die Frau ter Möhlen hier verloren hat.*

Seitdem hatten sie sich irgendwo draußen getroffen.

Zwei- oder dreimal in der Woche. Nach Astrid hatte sie nie wieder gefragt. Er war es gewesen, der hin und wieder zu ihr gesagt hatte:

»Und. Gibt es was Neues von deiner Tochter?«

Ingrid ter Möhlen hatte kaum darauf reagiert. Als sei ihr gleichgültig, was mit Astrid war.

Gerrit löste eine Tablette in einem Wasserglas auf, trank es gierig aus. Sein Kopf war schwer. Und die Wunde brannte auf der Haut. Er war gestern erst mit Ingrid wieder in Rabka gewesen, an dem Weiher. Sie waren unter den Zweigen hindurchgekrochen, um zu ihrem Platz zu gelangen, als ihn ein Ast im Gesicht getroffen hatte. Es hatte gar nicht mehr aufgehört zu bluten.

»Ach, du Armer«, hatte Ingrid gesäuselt, mit dieser albernen Babystimme, mit der sie manchmal redete. Und hatte ihm gleichzeitig in die Hose gegriffen. Gerrit hatte sie auf der Stelle genommen, das Blut war ihm noch über das Gesicht gelaufen. Sie hatte gestöhnt und gelacht, beides gleichzeitig. Es dauerte nicht lange, da hatte Ingrid gezittert, und geschrien hatte sie auch.

Später faselte sie von den Boutiquen und edlen Cafés in Hamburg. Er hatte kaum zugehört. Er hatte ihr den Rücken massiert und dann alles andere. Bis sie es noch einmal taten.

Gerrit drückte die Zigarette aus. Der Regen hatte die Hitze der vergangenen Wochen weggeschoben. Jetzt roch es frisch, und sogar die Mücken, die sonst bei den Schweinen kreisten, hatten sich verzogen.

Astrid hüstelte. Warum hatte sie nicht zehn Minuten länger geschlafen in Keizicks Wohnzimmer? In der Zeit hätten Knud und Mike die tote Norwegerin weggeschafft, und Astrid hätte nie etwas von der ganzen Sache erfahren.

Gerrit ging wieder ins Haus, immer noch lag Astrid da, den Blick zur Zimmerdecke gerichtet.

»Willst du was trinken?«, fragte er, obwohl er ahnte, dass sie ihm wieder keine Antwort gäbe.

Wenigstens waren sie mit dem Keller fertig. Mit einer Schaufel hatte Vater ihn ausgehoben, und mit Pfosten, die er nachts mit einer Karre heranschaffte, hatte er die Baracke abgestützt. Die Nachbarn durften von alldem nichts wissen. Den Dreck hatte Vater in seinen Fahrradtaschen abtransportiert. Was wieder drei Jahre gedauert hatte.

Jetzt hatten Knud und er eine Heizung und eine Toilette eingebaut. Vater wäre stolz auf ihn, dachte Gerrit. Eine Heizung im Keller, das war immer Vaters Traum gewesen: »Wenn ich da unten eine Heizung hätte, würde ich uns eine Kellerbar bauen!«

Mike und Knud hatten ein paar Möbel gebracht, einen Plattenspieler und dann noch das Klavier vom Sperrmüll. Weil sie doch gerne Klavier spielte. Auch wenn es kein echter Steinway war, wie der, den die ter Möhlens hatten. Weil die Treppe, die in den Keller führte, zu schmal war, hatten sie das alte Klavier sogar zerlegen müssen und dort unten neu zusammengebaut.

Das mit dem Keller sollte nur vorübergehend sein, hatte Knud gesagt, nur über den Winter. Gerrit hatte gefragt, was sich denn über den Winter ändern sollte. Worauf Knud nur geknurrt hatte:

»Das wirst du schon sehen!«

Gerrit stellte ihr Wasser hin und legte ein paar Brote dazu. Er versuchte, ihr über den Kopf zu streichen, doch Astrid drehte sich weg.

38 Sonntag, 28. September 1975

Irgendwo war da ein Schaben, ein Kratzen und Scharren. Im Laufe der Zeit hatte Astrid gelernt, die Geräusche zu deuten. Was sie hörte, war eine Ratte. Vielleicht auch ein Marder. Krallen schrabbten an der Abdeckung über dem Schacht.

Der Raum hatte ein einziges Fenster, das auf diesen Schacht hinausging. Der war nur so breit wie das Fenster und führte nach oben ins Freie. Vor dem Fenster war ein Gitter, das sich nicht ohne Werkzeug anheben ließ. Astrid hatte es versucht. Selbst am Tag drang das Licht nur spärlich in den Keller.

Gerrit hatte ihr eine Taschenlampe gegeben, aber Astrid wollte die Batterie nicht aufbrauchen. Vielleicht bräuchte sie die Lampe ja noch. Außerdem hatte sie sich an das Halbdunkel gewöhnt.

Jedenfalls stieß sie schon nirgendwo mehr an, so sehr war ihr der Raum bereits vertraut. Wie zum Beweis ging sie schnell durch die Dunkelheit zur Toilette, an der Duschkabine entlang, strich mit den Fingern über das glatte Porzellan des Waschbeckens, wusch sich das Gesicht. Sie kämmte sich, auch wenn sie keinen Spiegel besaß.

Vor ein paar Tagen erst hatte Gerrit die Kette gelöst und sie aus seinem Zimmer geführt. Und für einen lächerlich naiven Moment hatte Astrid gehofft, dass er sie freiließe. Aber er hatte ihr nur den Kopf auf die Brust gedrückt und sie die niedrige Treppe herabgeführt.

Tapsig, von dem langen Liegen geschwächt, war sie nach unten gestiegen. Sie hatte furchtbare Angst bekommen, dass er sie töten würde. So wie Märtha.

Der Raum hatte nach frisch aufgetragener Farbe gerochen. Und ihr war klar geworden, dass Gerrit ihr ein neues Gefängnis gebaut hatte. Sie war sogar erleichtert gewesen. Das war immer noch besser, als zu sterben.

Astrid trocknete die Hände, wandelte durch das Dunkle an dem Schrank und dem Klavier vorbei zu ihrem Bett. Die grauen, dunkelgrauen, hellgrauen und mattschwarzen Schattierungen in dem Raum waren ihre Farben geworden. Farben, die sie in ihrem früheren Leben nur für Grau oder Schwarz gehalten hatte.

Gerrit hatte ihr sogar ein paar Schallplatten gebracht. Ein neues Exemplar von Mr. Soft, ohne Kratzer. Seltsam, seit sie in dem Keller war, brachte Gerrit ihr mehr Aufmerksamkeit entgegen als je zuvor.

Sie zuckte zusammen, als etwas den Schacht vor dem Fenster taghell erleuchtete. Es dauerte nicht länger als eine Sekunde, bis auf den Blitz ein brüllender Donner folgte. Danach war es für einige Augenblicke vollkommen still, dann prasselte ein Regen los, hämmerte auf die Abdeckung über dem Schacht.

An dem Nachmittag, als sie zum ersten Mal mit Peter schlief, hatte es auch so gewittert. *Ich liebe dich.* Wie unglücklich Peter gewesen war, als sie nicht antwortete.

39 Mittwoch,
1. Oktober 1975

Mutter saß am Frühstückstisch und verwendete all ihre Sorgfalt darauf, das aufgeschnittene Brötchen nur ja gleichmäßig mit Konfitüre zu bestreichen. Dabei hatte sie dieses entrückte Lächeln auf dem Gesicht.

Ich schlug den »Kurier« auf, und zum ersten Mal, seit ich lesen konnte, fand ich darin etwas, was nur für mich geschrieben zu sein schien. Was für mich schrecklicher war als für alle anderen Zeitungsleser.

Wenigstens lächelte Mutter nicht mehr, als sie mit dem Aufstrich fertig war. Schweigend rührte sie in ihrem Kaffee, biss in das Brötchen und wartete darauf, dass ich ihr den Lokalteil weiterreichte. So wie jeden Morgen.

Ich wäre gerne mit dieser verfluchten Zeitung allein gewesen. Um sie noch einmal zu lesen, noch sorgfältiger als beim ersten Mal. In der Hoffnung, vielleicht etwas falsch verstanden zu haben. Oder dass sich alles als ein monströses Missverständnis erwies.

Mutter wurde ungeduldig. Den Lokalteil bekam sie von mir, wenn sie mit dem Auftragen der Konfitüre fertig war. Sie las immer zuerst die Bildunterschriften, suchte meinen Namen. *Macht zwanzig Mark!,* sagte sie jedes Mal und lachte, wenn der »Kurier« ein Foto von mir gedruckt hatte.

Ich zögerte es noch weiter hinaus, schlürfte behutsam den Kaffee ab, als sei er viel zu heiß.

»Was ist?«, sagte Mutter.

»Nichts«, sagte ich.

»Ist was wegen deiner Freundin?«

»Nein«.

»Du findest schon noch ein anderes Mädchen!«

Sie sagte es also wieder. *Du findest schon noch ein anderes Mädchen!* Mutter verstand es einfach nicht. Ich wollte gar kein anderes Mädchen finden. Ich wollte nur dieses eine Mädchen haben. Astrid ter Möhlen.

Ich las den Artikel noch einmal, tat so, als sei es nur irgendein Bericht über irgendeinen Fremden, der sich vor einen Zug geworfen hatte. Vor den D-Zug nach Hannover. Es war eine von den Geschichten, die einen eigentlich nichts weiter angingen. Weil man den Toten gar nicht kannte und höchstens den Kopf schüttelte, bevor man weiterblätterte.

Das Foto auf der ersten Lokalseite des »Kurier« zeigte Hans, mit offenem Kragen und einem Bierglas in der Hand bei einer Betriebsfeier. Er stand auf der Ladefläche eines Lastwagens, die Haare vom Wind zersaust. Auf dem Pflaster standen seine Arbeiter und lachten. Vielleicht hatte Hans etwas Lustiges gesagt.

Der Chef hat sehr darunter gelitten, wurde der Betriebsratsvorsitzende zitiert, *dass seine Tochter spurlos verschwunden ist.*

Die Hitze strömte mir ins Gesicht, schon im nächsten Augenblick wurde daraus ein eiskalter Schauer. Und dann kam das Würgen. Ich wollte nicht, dass Mutter etwas merkte, versuchte zu schlucken und ruhig weiterzuatmen. *Du findest schon noch ein anderes Mädchen!*

Ich schaffte es nach draußen und kotzte in den Garten, gleich hinter Vaters Skulptur, während Mutter rief:

»Was ist denn los, Junge? Lass doch wenigstens die Zeitung da!«

Die Straße war ein verschwommenes schwarzes Band. Ich war diese Strecke in diesem Sommer so oft mit Astrid gefahren. Ich hätte den Weg auch mit geschlossenen Augen gefunden.

Ich ließ den Wagen auf dem Parkplatz stehen, lief in den Forst und warf mich ins Gras, an unserem Platz, wo wir so oft gewesen waren, Astrid und ich. Das Gras war noch nass vom Tau.

In meinem ganzen Leben hatte ich bisher nur ein einziges Mal um einen Toten geweint. Da war ich zehn, und meine Großmutter war gestorben. Ich dachte, es sei ungerecht, dass sie sterben musste. Jetzt weinte ich zum ersten Mal um jemanden, der nicht zu meiner Familie gehörte. Um Hans. Und um Astrid weinte ich auch. Das ging so lange, bis mein Kopf leer war.

Ich fuhr zurück in die Stadt. Ich konnte so nicht zur Schule, ich konnte so auch nicht nach Hause. Schon wegen Mutter. Also ging ich in die Redaktion, nahm den Schlüssel vom Haken, auch wenn ich in der Dunkelkammer gar nichts zu tun hatte.

»War spät gestern, wir hatten den Selbstmord«, sagte der Volontär. Er war noch nicht lange da und hielt sich für etwas Besseres, weil er aus Hannover kam.

Der Volontär spannte einen Bogen ein, hämmerte in die Tastatur der Schreibmaschine, hielt plötzlich inne, sah lange aus dem Fenster, als suchte er in dem trüben Himmel, der über den Dächern der Stadt hing wie eine erste Drohung des Winters, nach den richtigen Worten. Dann schlug er wieder die Tasten an.

»Warum habt ihr nicht geschrieben, wie das genau passiert ist mit dem Selbstmörder?«, sagte ich.

Der Volontär zog das Papier mit einem Ruck von der Walze, zerknüllte das Blatt, zielte auf den Papierkorb, warf daneben.

»Scheiße«, sagte er, »gestern habe ich alle reingemacht!«

Er lachte, zündete sich eine Zigarette an, hielt den Rauch lange in der Lunge, ließ ihn gemächlich aufsteigen. Erst dann sah er mich an, mit einem mitleidigen Lächeln.

»Weil die Leute sonst gekotzt hätten beim Frühstück«, sagte er, »sie haben den Kerl im Umkreis von mehreren Hundert Metern von den Schienen gekratzt!«

Der Volontär lachte wieder, warf mir eine Zigarette über den Tisch.

»Kennst du nicht die Tochter von dem? Die verschwunden ist. Ihr kennt euch doch alle hier in dem Kaff«, sagte er, und ohne eine Antwort abzuwarten. »Die kifft wahrscheinlich irgendwo in Spanien rum, und ihr Alter wirft sich vor den Zug. So was nennt man Schicksal.«

Er nahm einen frischen Bogen, legte Durchschlagpapier unter, fluchte, als Zigarettenasche zwischen die Tasten der Schreibmaschine fiel. Er tippte weiter, als habe er mich völlig vergessen.

»Was ist, kennst du sie?«, sagte er plötzlich.

»Nein«, sagte ich, legte den Schlüssel für die Dunkelkammer zurück und ging hinaus.

»Wenn du ein Foto von der trauernden Witwe bringst, dann sind wir im Geschäft!«, rief der Volontär mir nach. Ich ließ die Tür ins Schloss fallen.

Die Villa der ter Möhlens lag da, als sei sie auch gestorben. Wie Hans. Keine Autos, kein Licht.

Ich ließ das Haus hinter mir und ging bis zu der Anhöhe.

Von dort konnte man über die ganze Stadt blicken. Wenn über dem Tal nicht ein milchiger grauer Nebel gelegen hätte.

Vielleicht war Astrid ja nach Hause zurückgekehrt. Jetzt, wo Hans tot war. *Es war alles nur ein Missverständnis.* Und je länger ich darüber nachdachte, umso mehr war ich davon überzeugt. Und ich rannte los, lief den Weg zurück, so schnell ich konnte.

Ich schellte Sturm, immer wieder drückte ich die Klingel. *Mach auf!* Ich schlug auch gegen die Tür, als reichte das Klingeln nicht. Aber da war nichts. Nichts als Stille.

Im Garten fand ich ein Buch mit aufgeschlagenen Seiten auf der Hollywoodschaukel.

Dann war da plötzlich ein Schlagen. Drei kurze dunkle Schläge. Und endlich sah ich sie. Sie stand am Fenster und hatte ein wächsernes Gesicht und starre Augen. Ich lief hin, aber als ich unter dem Fenster stand, war da nichts. Nur eine Gardine, die sich nicht einmal bewegte. Vielleicht wurde ich ja auch schon verrückt. So verrückt wie Hans geworden war. *Sie haben den Kerl im Umkreis von mehreren Hundert Metern von den Schienen gekratzt!*

Ich jagte den Renault über die Landstraßen. Ich stellte die Musik laut, doch ich hörte nichts davon. Ich schob das Seitenfenster auf und brüllte Astrids Namen in den Fahrtwind. Es wäre mir egal gewesen, jetzt gegen einen der Chausseebäume zu rasen. Vielleicht bekäme ich dann auch ein solches Holzkreuz, wie die, die das schon hinter sich hatten. *Unserem lieben Peter.* Und vor dem Baumstamm in einer Vase immer frische Blumen. Bis genug getrauert war.

Oder ich könnte auch mit Vollgas in die Absperrung fahren, an den Warnschildern vorbei, *Achtung Lebensgefahr! Wir-*

200

kungsbereich sowjetzonaler Minen! Immer weiter. Die Grenzer würden einen Moment überlegen, ob sie auch auf einen schießen sollten, der zu ihnen rein wollte. Aber dann wäre der Renault längst schon auf dem Minenfeld und flöge in die Luft.

Damit könnte ich es bis in die Tagesschau schaffen. Und dann begann ich zu lachen. Ich konnte gar nicht mehr aufhören zu lachen, bis ich wieder heulte. Aber ich fuhr weiter, nur viel langsamer, weil ich nicht an einem dieser Bäume zerschellen wollte, und je weiter ich fuhr, umso leichter wurde ich. Und zum ersten Mal, seit sie weg war, vermisste ich sie nicht.

Vielleicht hatte Mutter sogar recht, verdammt noch mal. *Du findest schon noch ein anderes Mädchen.*

Für Hans hatte es kein anderes Mädchen gegeben als Astrid. Sie war seine Tochter. Er hatte sie überall gesucht, aber nirgendwo gefunden. Und daraus seine Konsequenzen gezogen. Aber ich, ich war doch noch jung. Und ich könnte sie vielleicht noch finden. Oder sie irgendwann vergessen. Wenn ich sie jetzt schon nicht mal mehr vermisste.

Die Straße wurde breiter. Ich wollte beschleunigen, aber der Renault hatte zu wenig Kraft an den Steigungen. Dann endlich verschwanden die weißen Streifen in der Fahrbahnmitte immer schneller unter dem Wagen. Und ich wusste in diesem Moment, dass ich nicht mehr umkehren würde.

Vielleicht sollte ich nach Hamburg. Oder vielleicht nach London. Nein. Weiter. Viel weiter. Amerika. Ich hatte immer von Amerika geträumt. Ohne je darüber zu reden. Weil es den meisten nicht gefiel, wenn man Amerika mochte. Auch Astrid hatte immer auf Amerika geschimpft. Wegen Vietnam.

Für mich hatte Amerika immer nach Freiheit geklungen.

Ich dachte an Peter Fonda und wie er über dieses endlose Tal in die Sonne blickte. *Easy Rider.* Und dabei nicht einmal mit den Augen zwinkerte.

Fünfzehnter Tag **40**

Es hatte den ganzen Tag über geregnet. Erst gegen Abend hatte der Wind die finsteren Wolken nach Westen geschoben. Die Temperatur war auf null Grad gesunken. Auf den Straßen breitete sich eine dünne harschige Decke aus grauweißem Matsch aus, der unter den Reifen schmolz. Trotzdem hatten sie die Streufahrzeuge rausgeschickt.

Morgens hatte ich Mutter zum Zug gebracht. Sie wollte nach Süddeutschland, zu ihrer Familie, die nur noch aus ihrer jüngeren Schwester bestand.

Mir war es recht, das Haus für mich zu haben. Am Bahnhof war auch Monika erschienen, winkte, heulte, küsste und umarmte unsere Mutter. Ich trat ein paar Schritte zur Seite, als gehörte ich nicht dazu.

Ich wartete, bis die Rücklichter des Zuges verschwunden waren. Meine Schwester sah mich an, mit dem Anflug eines Lächelns, und sagte:

»Wir sollten mal reden!«

»Vielleicht später«, sagte ich.

Anscheinend war ich kein guter Sohn und auch kein guter Bruder. Vielleicht war ich auch zu lange fort gewesen oder hatte mich einfach daran gewöhnt, keine Familie mehr zu haben.

Ich tankte und fuhr nach Osten, weil ich ein paar Fotos machen wollte. Ich fuhr nicht sonderlich schnell. Es schneite und regnete. Die Scheibenwischer des Peugeot kamen kaum nach. Gleich hinter der alten Grenze kannte ich mich schon nicht mehr aus. Ich hatte von den meisten Dörfern noch nie etwas gehört.

Aber wir waren ja auch nie auf dieser Seite der Grenze gewesen. Warum auch? Ich wollte mal hin, aber da hatte Vater gesagt: *Mir reicht es schon, wenn ich die Scheißgrenze von unserer Seite sehen muss!*

In Amerika hatte ich nur gelegentlich mit Larry über die Grenze gesprochen. Wir stritten uns sogar, welche Minen die Nationale Volksarmee benutzt hatte. *Mit Minen kenne ich mich verdammt noch mal besser aus als du!,* hatte Larry gesagt und auf seine Beinstümpfe gezeigt.

Es war dunkel, als ich zurückfuhr. Die Stadt war am Horizont nur als funkelnder Lichtstreifen zu erkennen. Ich bemerkte, dass mir ein Wagen folgte. Er hielt sich an mein Tempo. Schon seit ein paar Kilometern. Und das, obwohl ich sehr langsam fuhr. Hinter einer scharfen Rechtskurve bremste ich abrupt ab, fuhr rechts ran. Ein Kleinbus mit ein paar Leuten in Arbeitskleidung zog an mir vorbei. Der Fahrer bedankte sich mit der Hupe und gab Gas.

Ein kräftiger Wind fegte den Schneeregen über das freie Land. Dicke nasse Flocken legten sich auf die Windschutzscheibe. Die Straße, die dort abgestellten Autos, die vereinzelten Häuser, die Bäume, letztlich alles war nach ein paar Minuten von einer dichten weißen Schicht bedeckt.

Ich fuhr sehr langsam, im zweiten Gang, schaltete das Radio ab, der Schnee auf der Heckscheibe versperrte die Sicht nach hinten. Ich öffnete das Seitenfenster einen Spalt, damit die Scheiben nicht weiter beschlügen. Wahrscheinlich hätte ich den Wagen, der sich von hinten näherte, sonst gar nicht bemerkt. So hörte ich ihn, noch bevor ich seine Scheinwerfer im Rückspiegel sah.

Das Licht kam näher, viel zu schnell. Jetzt müsste das Licht langsamer werden, dachte ich, warum bremste der Wagen nicht ab? Sofort! Aber nichts davon passierte. Und im nächsten Augenblick krachte es schon.

Es war ein kräftiger Stoß, der mich in den Gurt presste. Mehr nicht. In dem Autoskooter hatte es sich genauso angefühlt, damals, als wir vierzehn oder fünfzehn waren.

Der andere Wagen hatte sich zurückfallen lassen. Fünfzig Meter vielleicht. Aber er folgte mir immer noch.

Ich nahm die nächste Abzweigung, obwohl es in die Stadt weiter geradeaus ging.

Ich wäre gern schneller gefahren, aber der Peugeot hatte keine Winterreifen und wollte in jeder Kurve geradeaus. Dann plötzlich kamen die Lichter des anderen Autos wieder näher, viel schneller noch als vorhin.

Ich suchte nach einer Lücke zwischen den Chausseebäumen, aber sie standen zu eng beieinander. Außerdem war es dunkel, jenseits der Bäume war nichts als Finsternis. Dann waren die Lichter schon hinter mir, und ein hässliches knirschendes Geräusch übertönte den gutmütig brummenden Motor des alten Peugeot.

Durch den Aufprall wurde ich diesmal so hart in den Gurt gequetscht, dass mir die Luft wegblieb. Ich schlug mit dem Mund gegen das Lenkrad, bekam einen Schlag auf die Gurgel, stieß mit dem Knie gegen irgendetwas Metallisches.

Ich riss den Lenker nach rechts, der Wagen brach aus, aber ich schaffte es, den schlingernden Peugeot zwischen zwei Bäumen hindurchzumanövrieren, stieß in das schwarze Loch hinein, für ein paar endlos lange Sekunden hing der Peugeot auf zwei Rädern, krachte dann hinunter, hüpfte auf allen Reifen weiter, kam schließlich in einer Furche zum Stehen.

Zuerst saß ich nur so da, bis mir auffiel, dass mein Knie schmerzte. Ich schaltete den Motor ab. Die Scheinwerfer erloschen, und augenblicklich war um mich herum schneeschimmrige Dunkelheit und Stille.

Ich dachte an Knud, an Gerrit und an Mike. *An deiner Stelle würde ich aufpassen, dass dir nicht dasselbe passiert wie deinen beschissenen Elchen!* Das hatte er also damit gemeint.

Ich stieg aus, und der Wind klatschte mir den Schnee ins Gesicht. Auf den ersten Blick hatte der Peugeot nicht viel abbekommen. Ein Kotflügel war eingedrückt, das Rücklicht zerbrochen. Allerdings stand der linke hintere Reifen schräg, als sei er nur angelehnt an die Achse.

Von der Landstraße dröhnte ein Lastwagen. Sein Licht bohrte sich in die dicht an dicht fallenden Flocken. Ich rief und winkte. Aber der Laster verringerte sein Tempo nicht und verschwand hinter dem Vorhang aus Regen und Schnee.

Ich machte ein paar Schritte, sofort schmerzte das Knie grell auf, und der Lehm und der Schneematsch klebten schwer unter meinen Schuhen. Zu Fuß würde es nicht gehen. Ich setzte mich wieder in den Wagen, und als die Innenbeleuchtung aufleuchtete, sah ich im Spiegel das Blut auf den Lippen. Es war schon getrocknet, schmeckte salzig.

Das hier beherrschte ich nicht. Ich war nie ein Kämpfer gewesen, hatte mich nie geprügelt. Anders als Mike, Knud oder Gerrit. Immer hatten Jungs wie sie sofort zugeschlagen, wenn ihnen jemand in die Quere gekommen war.

Ich rauchte eine Zigarette, und dann wählte ich die Nummer der Tankstelle. Beinahe hätte mich der Mut verlassen, und ich wollte schon auflegen, als Knuds Frau ans Telefon ging. Sie klang heiter, fast erfreut, als sie mich erkannte.

»Sind Sie verletzt?«, fragte sie.

»Nein«, antwortete ich, »ich brauche nur einen Abschlepp-wagen!«

Ich wartete, rauchte und überlegte, was ich Knud sagen sollte. Damit es so aussähe, als hielte ich das hier für einen ganz normalen Unfall. Damit er begriff, dass ich keine Angst vor ihnen hatte. Aber als Knuds Abschleppwagen endlich über den Acker rumpelte, fielen mir die Worte, die ich mir zurechtgelegt hatte, nicht mehr ein.

Zuerst sprang Bengt aus dem Wagen. Ich ging ihm ein paar Schritte entgegen, er nahm mich in die Arme, drückte mich sanft an sich.

»Ist schon gut Bengt«, sagte Knud. »Es ist ja keiner tot!«

Knud sagte das so, als sei er beinahe enttäuscht darüber.

»Vielen lieben herzlichen Dank«, sagte Bengt und wollte meine zerquetschte Oberlippe berühren.

»Lass das«, sagte Knud, »mach lieber Licht!«

Sofort verschwand Bengt in dem Fahrerhaus, dann tauchte ein Scheinwerfer den Peugeot in ein künstliches Licht. Knud fragte nicht, wie der Unfall passiert war. Er beugte sich unter den Wagen, rüttelte an dem Gestänge in dem Radkasten.

»Kriegt man das wieder hin?«, fragte ich.

»Wenn man will. Eigentlich ist die Karre schrottreif«, sag-te Knud.

»Ich hänge an dem Wagen«, sagte ich, »fast so wie an mei-nem Leben!«

»Dann solltest du vorsichtiger fahren«, sagte Knud und spuckte aus, »hier passiert schnell mal was.«

Bengt klatschte begeistert in die Hände, als die Motor-winde den Peugeot auf den Abschleppwagen zerrte.

41 Montag,
6. Oktober 1975

Gerrit schlug hart mit der Faust gegen die Tür. Sofort rollte Astrid sich auf dem Bett zusammen. Er hörte, wie ihre Zähne klapperten.

»Hast du Durst?«, sagte er.

Natürlich würde sie ihm nicht antworten. Er behielt sie im Auge, während er Wasser neben das Bett stellte und das Geschirr abräumte. Dann zog er die Tür hinter sich zu, nahm die Stiege nach oben mit langen Schritten.

Die Zeitung lag schon seit ein paar Tagen wie eine Drohung auf dem Küchentisch. Vielleicht wäre es besser, wenn sie es wüsste, dachte Gerrit wieder. Vielleicht wäre sie dann weniger verrückt. Sie war doch vor ihrem Vater davongelaufen, sie hatte sich doch vor ihm gefürchtet. Vielleicht wäre sie ja sogar erleichtert, wenn sie erführe, was passiert war.

Oder sie dreht noch mehr durch, hatte Knud gesagt. Aber Knud wusste ja immer alles besser, dachte Gerrit.

Da war ihm Mike schon lieber. Der auf dem Sofa schlief. Sie hatten getrunken und erst damit aufgehört, als es schon wieder hell geworden war. Mike hatte sich schlafen gelegt, und Gerrit war mit den Hunden durch den Wald gezogen.

Er war sehr betrunken gewesen, hatte sich kaum auf den Beinen halten können. Aber dann plötzlich waren da diese Gedanken: *Er sollte verschwinden, irgendwo noch einmal ganz von vorn anfangen.*

Er war dann immer weitergegangen, tiefer hinein in den Forst. Die Hunde waren hinter ihm hergelaufen, und irgendwann, ohne dass er das gewollt hatte, war Gerrit bei den Gleisen gewesen. Dann sollte eben der nächstbeste Zug entscheiden, wo sein Leben weiterginge.

Die Hunde waren ganz unruhig geworden. Waren über die Schienen gelaufen, immer hin und her.

Dann dröhnte das Signalhorn der Lokomotive durch den Wald, sehr nahe schon. Und wenig später kroch ein endlos langer Zug die Steigung hinauf. Langsam genug, um aufzuspringen.

Gerrit hatte sich noch gefragt, was sie bloß in all diesen Waggons von Osten nach Westen transportierten. Dann hatte er ein paar Mal Anlauf genommen, aber die Beine waren ihm noch schwer gewesen.

Außerdem waren die Hunde an ihm hochgesprungen, hatten ihn mit den Zähnen an Jacke und Hose zurückgehalten. Und dann war es auch schon zu spät gewesen, und der Zug war durch. Die Hunde hatten ihm die Hände geleckt und gejault.

Gerrit trank den Kaffee und betrachtete das Foto in der Zeitung. Ein Gewinner, dachte er. Auch wenn Astrids Vater jetzt nur noch ein toter Gewinner war. Der offene weiße Kragen, das Bierglas in der Hand, das Siegerlächeln, die lachenden Arbeiter.

Gerrit nahm ein Brot, belegte es mit Schinken, kochte Tee. Er stellte die Sachen auf ein Tablett, legte die Zeitung dazu.

Er stampfte laut die Stufen nach unten, damit sie ihn hörte. Er schaltete das Licht ein. Sie richtete sich vom Bett auf, hielt sich die Hände vor die Augen als blendete sie das Licht.

»Ich habe dir die Zeitung mitgebracht«, sagte Gerrit.

Astrid sah ihn nie an. Manchmal war es die Decke, der Schrank oder das Waschbecken, immer starrte sie irgendetwas an, wenn er den Raum betrat. Diesmal war es das Klavier.

Gerrit sah später noch einmal nach ihr. Die Zeitung lag auf dem Boden. Astrid saß zusammengekrümmt auf dem Bett, nur manchmal war da ein Wimmern. Gerrit wusste nicht, was er davon halten sollte. Vielleicht hatte Knud ja doch recht gehabt. *Oder sie dreht noch mehr durch.*

Gerrit ging nach oben und dachte, dass Mike dumm aussah im Schlaf. Gerrit setzte sich nach draußen. Es war wieder warm geworden, vierundzwanzig Grad, viel zu warm für den Oktober. Das Zwitschern der Vögel, das Gluckern des Bachlaufs und die Hunde, die sich an seinen Beinen rieben, machten ihn müde.

Er döste weg, wachte erst davon auf, dass das Telefon schellte. Gerrit bildete sich ein, dass er sie schon am Läuten erkannte. Ein forderndes schrilles Schellen. Ingrid war betrunken, Gerrit konnte sie kaum verstehen, als sie sagte:

»Deine kleine Witwe möchte getröstet werden!«

Donnerstag, 42
9. Dezember 1975

»Ich bin doch erst achtzehn!«, dachte Astrid. Auch wenn sie wusste, dass es nichts mit dem Alter zu tun hatte.

Wie sehr sie hoffte, dass Gerrit sie freiließe, hing davon ab, welchen Klang seine Stimme hatte. Manchmal hörte Astrid hinter all seinen herrischen Kommandos eine Verlegenheit. Vielleicht sogar Mitleid. Wenn Gerrits Stimme so klang, dann bekam Astrid gleich wieder Hoffnung.

Gerrit redete jeden Tag mit ihr. Es schien ihm nichts auszumachen, dass sie ihm nie antwortete. Wenn sie etwas von ihm wollte, dann schrieb sie es auf einen Zettel.

»Hamster, Schildkröte oder Hund!«, hatte sie geschrieben, als sich Gerrits Stimme einmal nach Mitleid anhörte.

Aber da hatte sie den Klang seiner Stimme falsch gedeutet. Gerrit hatte sie nur angesehen, hatte den Kopf geschüttelt und den Zettel in der Hand zerknüllt.

»Das wäre Tierquälerei hier unten!«, hatte er noch gesagt und dabei sogar böse gegrinst.

Sieben Schritte waren es zu dem Bad, sieben Schritte zurück zu ihrem Bett. Wenn sie zum Klavier ging, waren es nur vier Schritte. Astrid bewegte ihre Finger, um sie geschmeidig zu machen. Dann spreizte sie die Finger über der Tastatur zu einem ersten Akkord.

Manchmal malte sie sich aus, drei Leben zu haben. Das erste, das schon hinter ihr lag, das sie in der Villa ihrer Eltern verlebt hatte. Das zweite Leben verbrachte sie in diesem Gefängnis. Und danach begänne ihr zukünftiges drittes Leben. Und sie zählte die Länder auf, die sie in diesem zukünftigen Leben bereiste.

Sie erwachte aus ihren Träumereien, weil etwas auf die Abdeckung über dem Schacht fiel und wegrollte. Vielleicht eine Kastanie, dachte sie. Aber sie sah nicht danach. Sie stand auf, ging die vier Schritte zum Bett, legte sich auf das Laken.

Dieses furchtbare Durcheinander in ihrem Kopf, das mit jedem Tag nur noch größer wurde. Ihre Einbildungen und Träume, ihre Erinnerungen und Pläne gerieten Astrid mehr und mehr durcheinander. Vater. Warum hatte er das getan? Sie hatte schon so oft darüber nachgedacht. Aber nie fand sie eine Antwort. Warum hatte er sie alleingelassen? Allein auf dieser Welt, allein in diesem Keller.

Fünfzehnter Tag, **43** abends

Auf dem Weinregal war nichts Genießbares, nur süßes Zeug. Und Eierlikör, aber nicht angebrochen, allerdings dreieinhalb Jahre über der Zeit. Meine Eltern waren nicht auf Besuch eingestellt.

Knud hatte mir erst gar nicht angeboten, in dem Abschleppwagen mitzufahren. Ich rief ein Taxi und verbrachte die Fahrt damit, meine Nerven zu beruhigen.

»Es gibt einen Orkan«, hatte der Fahrer gesagt und war beleidigt, als ich nicht darauf einging. Er lachte hämisch, als ich beim Aussteigen kaum die Wagentür aufdrücken konnte, so stark blies der Wind.

Im Wohnzimmer tänzelten die Gardinen über der Heizung. Der Fernseher zeigte alles verschneit. Wahrscheinlich hatte der Wind die Antenne auf dem Dach verdreht. Im Radio verlasen sie eine Orkanwarnung und machten Witze, dass andauernd Durchzug war, seit es die Mauer nicht mehr gab.

Ich duschte, und plötzlich flackerte das Licht, und die Dusche spuckte nur noch eiskaltes Wasser aus. Später, als der Strom wieder da war, versuchte ich es noch einmal mit dem Fernseher, aber an dem Schneetreiben auf allen Kanälen hatte sich nichts geändert. Sogar das Telefon war tot. Nicht mal das Handy hatte Empfang. Wenigstens funktionierte das Radio. Ich blieb bei einem Symphoniekonzert hängen.

Ich wollte nicht einschlafen und ging im Zimmer auf und ab. Irgendwann sah ich mein Spiegelbild in der Wohnzimmerscheibe, ging näher ran, tastete die zerquetschte Lippe ab. Genau in diesem Augenblick verloschen alle Lichter, und es war vollständig dunkel. Das Radio spielte noch ein paar Sekunden weiter, bis es verstummte.

Irgendwo würden ein paar Kerzen sein, dachte ich, und machte mich auf die Suche. Aber ich stieß nur gegen die Möbel. Kerzen fand ich keine.

Draußen war es stockdunkel. Die Laternen waren erloschen. In einigen Häusern flackerten Kerzen oder kreisten nervös umherfahrende Lichtkegel von Taschenlampen.

Der Sturm fegte mit beträchtlicher Kraft übers Land. Er rüttelte an den Tannen, zerrte an den Sträuchern, knickte armdicke Äste von den Bäumen. Mutters Vogelhaus, in das sie jeden Morgen frisches Futter löffelte, kippte um und wurde von dem Sturm über die Straße getrieben. Nur Vaters Stein, der vom Regen schwarz glänzte, stand unverrückbar an seinem Platz im Garten.

Die beiden Tannen neben dem Haus legten sich weit zurück, wenn der Wind gegen sie drängte. Das ging ein paar Mal so, dann verlor eine der Tannen den Halt. Ich zog sogar den Kopf ein, während die Wurzel in einer Fontaine aus Dreck und Steinen aus dem Boden schoss und die Rückwand des Geräteschuppens wegriss. Der umstürzende Baum kam mit seiner Spitze nicht ganz bis an das Haus heran.

Einmal hatte ich in Portland eine ganze Nacht mit Kathleen und dem Baby im Auto verbracht, als wir darauf warteten, dass der Orkan namens *Bruce* endlich abzöge und das Kind auf der Rückbank aufhörte zu schreien. In dieser Nacht hatten wir uns furchtbar gestritten.

Mit ausgestreckten Armen und Trippelschritten, um in der Finsternis nicht gegen die Möbel zu stoßen, tappte ich durchs Haus, überprüfte die Verriegelung der Fenster und der Türen. Später saß ich in Vaters Fernsehsessel, und dann plötzlich flackerte das Licht wieder auf, und das Radio ging an. Jetzt waren sie bei Jazzmusik.

Das Haus war rasch ausgekühlt. Die Heizung hing am Strom und war ausgefallen. Ich bekam den Brenner nicht wieder in Gang und suchte nach dem Heizlüfter. Wir hatten immer ein solches Ding im Keller gehabt, hinter der Tür der Waschküche. Aber dort fand ich nur noch ein paar Gartengeräte. Vater hatte sogar einen zerbrochenen Spatenstil mit einem Holz geschient.

Überhaupt roch es überall im Haus nach alten Leuten. Die kauzig geworden waren und sich von nichts trennen wollten, nicht mal von einem kaputten Spaten.

Ich öffnete einen der süßen Weine, aber er schmeckte noch widerlicher, als ich angenommen hatte, und ich spuckte den ersten Schluck gleich wieder aus.

Ich war auf der Treppe, als plötzlich etwas von draußen gegen die Kellertür polterte. Ich blieb stehen, lauschte. Aber es wollte nicht still werden. Der Orkan gab noch keine Ruhe, auch wenn er schwächer wurde. Immer noch raschelte, klingelte und schepperte etwas.

Noch einmal klopfte es an der Tür zum Garten. Ein rhythmisches Klopfen, mit Nachdruck, mit Absicht. Der Wind würde so nicht klopfen, nicht so regelmäßig, dachte ich. Es hörte sich an, als schlüge jemand mit einem Holzhammer oder einem Stock gegen die Tür.

Sogleich war ich wieder das Kind, das mit angezogenen Beinen im Bett lag, hellwach, und sich ängstigte, weil die Eltern ausgegangen waren. Mit deren Abwesenheit das Haus Geräusche bekam, die es zuvor nicht hatte. Überall hatte es

215

plötzlich geknarrt und geflüstert, als seien da Stimmen oder als würden Fingernägel über das Parkett ratschen; als sei das Haus ein Segelschiff und kämpfte gegen die hohen Wellen.

Es schlug wieder gegen die Tür. Noch lauter. Natürlich kannte Mike diesen Weg, der durch die hintere Gartentür an dem Schuppen vorbei zum Eingang der Waschküche führte. Er war diesen Weg ja oft genug gegangen. Wir waren immer durch die Gärten gelaufen. Nie über die Straße.

Ich hastete nach oben, nahm das Brotmesser. Eine schwere Klinge mit einer geriffelten Schneide. Damit fühlte ich mich besser.

So wie jetzt hatte ich auch auf Mike gewartet, als wir elf waren. Er kam rein, und ich war vorgesprungen und hatte irgendwas gebrüllt, nur um ihn zu erschrecken. Einfach so. Mike hatte aufgeschrien und sofort nach mir getreten. Aber diese Tritte waren es mir wert gewesen. Einmal wenigstens wollte ich seine Angst sehen.

Ich zuckte zusammen, als da plötzlich ein Poltern war. Es hörte sich an, als würde eine Fuhre Rüben gegen die Tür geschüttet. Dann wurde aus dem Poltern wieder das anfängliche Schaben. Es schabte und schleifte, als sägte jemand das Schloss aus.

So plötzlich, wie es angefangen hatte, hörten das Klopfen und Schaben und Sägen auf. Der Sturm war weitergezogen. Ich blieb noch so sitzen, mit dem Messer in der Hand, aber als das Klopfen nicht mehr zurückkehrte, ging ich nach oben.

Das Brotmesser legte ich in Reichweite, als ich mich auf dem Sofa zum Schlafen legte. Und schreckte erst wieder hoch, als die Klingel schnarrte. Ich kam nicht schnell genug auf die Beine, und sie rasselte ein zweites Mal.

Durch das geriffelte Glas der Haustür sah ich zwei Gestalten. Ich wusste nicht, was ich davon halten sollte, ging ins Obergeschoss und rief herunter:

216

»Was gibt es?«

Die beiden Männer waren jünger als ich, einer trug einen grünen Overall, der andere eine Lederschürze.

»Ich bin der Nachbar Ihrer Mutter«, sagte der mit der Schürze und sah mich an, als gehörte ich nicht hierher, »sollen wir den Baum da wegmachen?«

44 Freitag,
17. Dezember 1975

Noch nie hatte Astrid auf dem Klavier auch nur einen einzigen Ton gespielt. Sie wusste gar nicht, wie es klingt. Wenn sie Mahler und Beethoven spielte, ließ sie bloß die Finger über die Tastatur gleiten, berührte leise die Beschichtung. Auf diese Weise spielte sie Mahler und Beethoven. Gerrit, Knud oder Mike sollten ihre Musik nicht hören.

Aber diesmal war Astrid nicht bei der Sache. Sie schloss die Abdeckung der Tastatur. Sie musste nachdenken. Sie hatte nur diesen einen Versuch.

Sie waren nachlässiger geworden mit der Zeit. Vor allem Mike. Vielleicht, weil er der Dümmste war. Dümmer als Gerrit und Knud. Mike hatte ihr das Frühstück gebracht und die Tür weit offen stehen lassen. Er hatte ihr sogar den Rücken zugewandt, als er das Geschirr abräumte. Aber Astrid hatte nichts damit anfangen können. Es war zu plötzlich gewesen, sie hatte gar nicht mit Mike gerechnet. So leichtsinnig wäre Gerrit nie.

Es war ein guter Zeitpunkt, es zu versuchen, dachte sie. Bevor sie noch schwächer würde oder völlig durchdrehte. Sie war auf dem besten Weg durchzudrehen.

Sie machte ihre zwanzig Beugen nach vorn, mit ausgestreckten Armen, bis sie mit den Fingerspitzen den Boden berührte. Dann streckte sie sich gegen die dunkle Decke. Wieder zwanzig Beugen.

Astrid war schnell erschöpft. Lieber hätte sie sich auf das Bett gelegt und geschlafen. Aber dann hätte sie gar keine Chance, dachte sie. Ihre Beine wurden zusehends schwächer, ihr Rücken schmerzte, und ihre Arme hatten schon an Kraft verloren.

Sie nippte an dem Wasser. Dann drehte sie ihre Runden. Sie schritt an den Wänden ihres Gefängnisses entlang, die Fingerkuppen glitten über die Tapete, über die Schränke, die Heizkörper. *Zwei, drei, vier, fünf,* zählte sie stumm die Runden, *sechs, sieben, acht,* als die Treppe knarrte. So bald hatte sie nicht mit ihm gerechnet.

Von der Tür wehte ein Luftzug. Und ein mattes Licht drang herein. Astrid setzte sich auf das Bett, so wie immer, wenn sie ihr das Essen brachten.

»Das Essen!«, sagte Mike.

Wieder ließ er die Tür offen stehen. Auch wenn Astrid in diesem Augenblick eine furchtbare Angst hatte, sprang sie doch auf. Sie kam nicht gut weg; trat auf etwas, was nachgab. Sie wollte noch nach dem Türrahmen greifen, berührte ihn aber nur mit den Fingerspitzen. Und dann, wie aus dem Nichts, wurde sie zurückgerissen, etwas schlug gegen ihre Gurgel, dass ihr die Luft wegblieb.

Doch bekam sie eine Hand an die Türkante. Aber die Tür gab nach, drohte ins Schloss zu fallen. Astrid schob einen Fuß zwischen Tür und Rahmen, da hörte sie etwas zerbrechen, und im nächsten Augenblick ergoss sich etwas glühend Heißes über ihren Rücken, breitete sich über ihre Beine aus.

Sie fiel nach hinten weg, stürzte in die Dunkelheit, prallte mit dem Kopf gegen eine Kante. Noch ein furchtbarer Schmerz. Und als sie auf dem Boden aufschlug, griff ihre Hand in das Heiße.

Mike stieß mit dem Fuß gegen sie, bevor er die Tür hinter sich ins Schloss warf.

Zuerst lag sie nur da und weinte. Aber es kamen keine Tränen. Vielleicht waren da keine Tränen mehr. Sie leckte sich die Finger und schmeckte das Blut. Sie kroch über den Boden, griff in die Scherben des Tellers. Sie fuhr mit den Fingerkuppen über die Bruchstellen. Sie musste nur tief genug schneiden.

Astrid presste die Scherbe gegen die Haut, schnitt sich tief ins Fleisch. Sie war verblüfft, wie leicht es ging. Es brannte nur. Sie fasste in die Wunde, das Blut pulste warm aus dem Schnitt.

Astrid legte sich aufs Bett. Sie machte die Augen ganz weit auf und starrte in das Dunkle. Sie dachte an Vater, und sie dachte an Märtha. Zuletzt hörte sie noch Schritte und das Knarren der Treppe.

Sechzehnter Tag, **45**
morgens

Der Orkan hatte Dutzende Bäume abgeknickt, überall ragten nur noch zerfetzte Stümpfe aus dem Waldboden. Selbst
in der Stadt waren Bäume entwurzelt.

Ich war zu spät, beeilte mich, verpasste die erste Stufe
zum Eingang des Präsidiums und fiel hart auf den Arm und
auf das Knie. Ich spürte Blut in meinem Mund, als ich hoch-
kam. Die Lippe war wieder aufgesprungen.

Die beiden Kommissare waren nicht da. Ein Beamter in
einer dunkelgrünen Strickjacke mit Wappen auf der Brust
musterte mich. Schweigend stempelte er das Papier ab, mit
dem ich mich alle zwei Tage melden musste.

Ich nahm einen Mietwagen. Fuhr ein bisschen herum, weil
es noch zu hell war. Mit Einbruch der Dämmerung parkte
ich den Wagen.

Durch das Teleobjektiv sah ich zuerst nur ihre Hände.
Sie legten Papiere zusammen, um sie dann in einem Ordner
abzuheften. Schließlich hatte ich ihr mürrisches Gesicht im
Sucher.

Gleichmütig fertigte Knuds Frau die Kunden ab. Nie war
da ein Lächeln, nicht einmal die Andeutung davon. Sie sah
die Leute missmutig, manche sogar abschätzig an. Trotzdem

war ich davon überzeugt, dass Irina ein schönes Lächeln hat.

Ein Fernfahrer stellte sich mit einem Bier zu ihr, redete etwas, was zumindest ihn selbst belustigte. Irina schüttelte nur ein paar Mal den Kopf, bis der Trucker davonging und die Bierdose über die Garagen warf.

Im Radio spielten sie *Behind blue eyes*. Eine Coverversion. Das Original war auch auf den Special-Love-Mix-Kassetten gewesen, die ich für die Fahrten mit Astrid in dem Renault 4 aufgenommen hatte.

Danach hatte ich diese Songs nie wieder gehört. Und wenn einmal einer davon im Radio lief, schaltete ich auf einen anderen Sender. Diesmal hörte ich das Lied zu Ende und ließ dabei Knuds mürrische Frau nicht aus dem Sucher.

Dann schleppte Knud Getränkekisten. Nachdem er sie eingeräumt hatte, baute er sich vor seiner Frau auf, die ihn aber nicht ansah und ihm auch nicht zuzuhören schien. Knud trippelte mit den Füßen, riss ein Päckchen Kaugummi auf, ging auf und ab, als ein alter Mann in das Kassenhaus schlurfte, um seine Tankrechnung zu bezahlen.

Knud sah dem Alten hinterher, bis er draußen bei seinem Wagen war. Dann plötzlich packte Knud seine Frau am Hinterkopf, zog ihren Kopf an den Haaren in den Nacken. Sie riss den Mund auf. Vielleicht schrie sie. Knud schüttelte sie, bis sie sich losreißen konnte, ihn anbrüllte und nach ihm trat. Knud sah sie mit einem breiten Grinsen an. Ich drückte auf den Auslöser, nur, um überhaupt irgendetwas zu tun. Immer noch grinsend griff Knud nach einer Colaflasche, schleuderte sie in den Stand mit dem Salzgebäck, wo die Flasche platzte und ihren Inhalt mit einem bis an die Decke zischenden Strahl verspritzte. Knud fegte auch noch das Salzgebäck von dem Regal, erst dann lief er auf den Garagenhof und trat gegen Vaters Peugeot.

222

Ich wartete, bis Knud im Haus verschwunden war. Dann wählte ich die Nummer der Tankstelle.

Knuds Frau wischte die Cola vom Boden und ließ das Telefon klingeln. Nach ein paar Minuten versuchte ich es noch einmal.

»Was wollen Sie?«, sagte sie. »Es ist besser, wenn Sie hier nicht mehr anrufen.«

»Ich würde gerne mit Ihnen sprechen!«

»Das geht nicht. Auf keinen Fall!«, sagte sie.

»Warum nicht?«

»Alle sind furchtbar aufgeregt, seit Sie hier herumschnüffeln. Deshalb.«

Sie sagte es leise und hielt die Hand über den Hörer.

»Ich sehe Sie«, sagte ich. »Ich bin hier draußen in dem weißen Ford.«

Knuds Frau sah auf, blickte durch das Schaufenster. Und als sie den Wagen entdeckte, sah ich durch den Sucher, dass sie für einen Moment lächelte.

»Sie müssen verschwinden! Sofort!«, flüsterte sie.

»Ich kann Ihnen helfen«, sagte ich, »und vielleicht können Sie mir auch helfen! Es sind nur ein paar Fragen«.

»Ich kann Ihnen nichts sagen!«

»Doch, das können Sie!«

»Ich muss jetzt Schluss machen. Auf Wiedersehen!«

»Rufen Sie mich an?«

»Weiß nicht. Ich lege jetzt –«

Sie verstummte, und ihr Kopf verschwand aus dem Blickfeld meines Suchers. Ich schwenkte die Kamera, dann plötzlich sah ich das Gesicht von Knud. Für ein paar Augenblicke standen die beiden sich regungslos gegenüber, als warteten sie auf eine Regieanweisung.

Dann schlug Knud seiner Frau ins Gesicht. Sie torkelte zurück, stieß mit dem Rücken gegen das Zigarettenregal.

223

Ich sprang aus dem Wagen, ohne zu wissen, was ich tun sollte. Aber noch bevor ich das Kassenhaus erreichte, schoss ein Geländewagen an mir vorbei.

Der Kerl, der aus dem Auto sprang, hatte breite Schultern und lange graue Haare. Gerrit Steins schob die Tür des Kassenhauses auf, wo Knuds Frau auf dem Boden hockte und Zigarettenpäckchen aufklaubte. Gerrit und Knud begrüßten sich, indem sie die Hände gegeneinanderschlugen.

Sechzehnter Tag, **46**
nachmittags

Gerrit sah den Wischern dabei zu, wie sie mühelos die Schneeschicht von der Scheibe schoben. Ohne Schlieren zu machen oder gar etwas von dem Schnee auf der Scheibe zu belassen. Gerrit mochte das. Wenn etwas so funktionierte, wie es sollte. Er ließ den Wagen von der Tankstelle der Keizicks rollen.

Knud, den noch nie etwas aus der Fassung gebracht hatte, war also auch nervös. Von Mike hatte Gerrit gar nichts anderes erwartet als dieses hysterische Gejammer. Aber Knud? So hatte er ihn noch nie gesehen. So unruhig. Und das alles nur, weil dieser durchgeknallte Fotograf mit diesem verfluchten Foto herumlief und alle verrückt machte.

Es war doch nur ein Schnappschuss von ein paar Leuten, die sich zufällig begegnet waren. Mehr nicht. Weiter war doch auf dem Foto nichts zu sehen. Was sollte das schon beweisen? *Es beweist doch nichts*, hatte er gesagt. Aber Knud hatte ihm gar nicht zugehört.

Sondern war wütend gewesen, wegen Irina. Andauernd hatten die beiden in letzter Zeit Streit. Wegen irgendwelcher Kleinigkeiten. Dabei tat sie doch, was er wollte. Seit sie Knud zugelaufen war, aus dem Osten, ohne Papiere und wegen irgendwas, worüber sie nicht redete, kümmerte Irina sich um Bengt, machte die ganze Drecksarbeit auf der Tankstelle.

Knud hatte sich furchtbar aufgeregt, dass Irina den Fotografen zu Bengt gelassen hatte. Er hatte ihr doch verboten, überhaupt mit dem Kerl zu reden. Und vielleicht war es ja tatsächlich Blum gewesen, mit dem Irina heute am Telefon herumgeflüstert hatte. Wenn schon. Es war noch lange kein Grund, so die Nerven zu verlieren.

Gerrit musste hart bremsen, weil irgendein Idiot über die Straße lief. Das fehlte ihm noch, jemanden unter den Reifen zu haben. Wer unter diese Reifen kam, der war auf der Stelle tot. Es waren die besten Reifen, die man bekommen konnte. Knud hatte sie ihm besorgt. Spezialreifen fürs Gelände. Aus Frankreich.

Warum regte Knud sich bloß so auf? Der Fotograf hatte doch nicht die leiseste Ahnung. Blum hatte doch nur dieses Foto. Woher sollte er denn wissen, dass Astrid die tote Norwegerin nach dem Konzert noch einmal gesehen hatte? Blum wusste ja noch nicht einmal, dass Astrid überhaupt auf der Party bei den Keizicks gewesen war.

Damals hatten sie sich gefühlt wie Rockstars. Mit dem Shit, den Pillen, dem harten Zeug und all diesen Mädchen. Es war doch nichts Schlimmes dabei. Kein Mensch hatte ahnen können, dass die Norwegerin am nächsten Morgen tot hinter dem Sofa lag. Niemand hatte was davon mitbekommen, so benebelt waren alle gewesen. Alle bis auf Astrid ter Möhlen.

Gerrits Handy fiepte. Er erschrak. Auf dem Display sah er, dass es Knud war. Gerrit ließ es klingeln. Jetzt nicht, dachte er. Irgendwann, als das Gebimmel des Handys ihn doch nervös machte, hörte es endlich auf. Gerrit fuhr jetzt langsamer als erlaubt. Hinter ihm wurde schon gehupt.

Nichts wusste Blum. Gar nichts. Und es ging ihn auch überhaupt nichts an. Astrid gehörte dem Fotografen doch damals schon nicht, dachte Gerrit. Er hätte doch nur mit den Fingern schnippen müssen, und sie hätte Blum den Laufpass gegeben. Und wäre zu ihm gekommen. Weil Astrid ihm gehörte. Damals schon.

Gerrit fuhr schneller, setzte zum Überholen an, zog an einem Bus vorbei, ordnete sich wieder ein.

Sicher würde Blum es auch noch bei ihm versuchen. Alle anderen, die auf dem Foto waren, hatte der Knipser ja schon abgeklappert. Knud, Bengt, Kessler und Mike. Dann sollte er doch kommen, dachte Gerrit. Wenn Blum sich das traute.

Gerrit sah in den Rückspiegel. Bis jetzt hatten sie es im Griff. Alle hielten dicht. Aber während er sich noch zufrieden betrachtete, wurde ihm bewusst, dass er sich gerade selbst belog. Es gab doch jemanden, der das wusste, von Astrid und ihm.

Und zum ersten Mal seit sehr langer Zeit dachte Gerrit an ihre Mutter. Ingrid ter Möhlen. Wenn das geschähe! Wenn der Fotograf zu der Alten ginge und ihr das Foto zeigte! Dann.

Gerrit schaltete das Radio ein und sofort wieder aus. Er verfluchte diesen Gedanken an Ingrid. Den Gedanken, den er lieber nie gedacht hätte. Der ihm augenblicklich das Herz bis zum Hals schlagen ließ. Gerrit schimpfte, irgendwas, irgendwelche Worte, die ihm gerade in den Sinn kamen, dann ging er, nur um an etwas anderes zu denken, die Instrumente in dem Armaturenbrett durch: Benzin, Wasser, Temperatur, Drehzahl. Alles okay.

Jetzt erst fiel ihm auf, dass er im Kreis gefahren war und sich immer noch in der Nähe von Knuds Tankstelle befand. Gerrit konzentrierte sich aufs Atmen. *Nur nicht daran denken.*

Er sog die Luft tief ein und ließ sie nur langsam, als sei sie zu kostbar, wieder entweichen. Er überlegte, nach Hause zu fahren, aber dann entschied er sich anders. Gerrit wollte lieber an den Steinbruch. Es würde ihn beruhigen, dachte er. Immer beruhigte es ihn, wenn er dort war.

Der Steinbruch war in demselben Jahr aufgegeben worden, in dem seine Mutter verunglückte. 1973. Über die Jahre war das riesige Loch, das die Bagger in den Stein gekerbt hatten, zu einem See geworden. Ein tiefdunkler See. Niemand, der es nicht wusste, vermutete, dass sich auf dem Grund des Sees eine Straße befand.

Sie war für die Kipplaster und Bagger gewesen. Eine asphaltierte Straße. Zweispurig. Gesäumt von den grob gezimmerten Hütten für die Arbeiter, den Hallen für die Maschinen, einem Kantinengebäude sowie einem Fußballfeld. Auf dem die Arbeiter, die aus Italien oder Jugoslawien stammten und manchmal monatelang in dem Steinbruch hausten, sonntags bolzten. Ein richtiges Dorf.

In die Felsen waren tiefe Gänge gebohrt worden. Ein weitverzweigtes System aus Schächten, Höhlungen und Bohrlöchern. Oft hatte es Sprengungen gegeben. Dann war aus den Löchern Rauch aufgestiegen, als sei der Fels ein Termitenhügel, den es auszuräuchern galt.

Nachdem der Steinbruch ausgebeutet war, hatte man ihn absaufen lassen. Das ganze Dorf, die unterirdischen Gänge, Höhlen und alles, was noch dort gewesen war, versanken im See. Die aus dem Wasser ragenden Felsen waren nach und nach überwuchert worden von Sträuchern, Moos, Bäumen, Gräsern.

Das gesamte Gelände war eingegittert. *Zutritt strengstens verboten. Absturzgefahr!*

228

Gerrit fuhr ohne Licht bis an die Einzäunung. Er kletterte auf das Dach seines Wagens und von dort über den Zaun. Die Lautlosigkeit, die ihn dahinter empfing, beruhigte ihn.

Der Steinbruch wurde von einem schwachen Mond beleuchtet. Hin und wieder schwebte ein Vogel durch die Dunkelheit. Gerrit sah zu der Birke hin. Der See lag so still da, als bestünde er gar nicht aus Wasser. Sondern aus dunkelgrünem Glas.

47 Sechzehnter Tag, nachmittags

Damals war an diesem Ort eine Weide gewesen, die die Form einer erstarrten Welle gehabt hatte. Wir hatten im Sommer Fußball gespielt und im Herbst die Drachen steigen lassen, während wir im Winter mit den Rodelschlitten die Abhänge hinuntergeschossen waren.

Ein Dutzend gleichförmiger, mehrgeschossiger Bauten hatte sich der Wiese bemächtigt. Die Häuser hatten Fenster wie Schießscharten und Flachdächer mit aufgewölbten Bullaugen. Die einzige Abwechslung in der Eintönigkeit der Gebäude waren die Hausnummern. Die besonders groß waren und bunt.

Ich schellte, aber sie öffnete nicht. Nach ein paar Minuten versuchte ich es wieder. Ein mürrischer Kerl kam aus dem Haus, und ich zwängte mich in die zufallende Tür.

Ich schellte an der Wohnungstür. Nichts. Dann leise Schritte, als schleiche jemand durch den Flur und kehrte auf halbem Weg wieder um. Ich klopfte.

»Monika«, rief ich, »mach auf!«

Stille. Sie war hinter der Tür. Ich war mir ganz sicher. Ich klopfte noch einmal, heftiger als zuvor. Endlich drehte sich der Schlüssel im Schloss.

230

»Ich habe meine Brille verlegt«, sagte sie.

»Ich bin's, dein Bruder.«

»So blind bin ich auch wieder nicht!«, sagte sie, und der Ansatz eines Lächelns wischte über ihr Gesicht.

»Kann ich reinkommen?«

»Es ist nicht aufgeräumt«, erwiderte sie, leise.

»Macht nichts.«

Auf dem Sofa lagen eingedrückte Kissen, zerknüllte Decken, eine Wärmflasche, Frauenzeitschriften. Auf dem Couchtisch stand ein Bild von Vater mit Trauerflor.

An den Wänden weitere Fotos. Auf einem der Bilder zwei über das ganze Gesicht lachende Kinder, die in Badehosen über einen Rasensprenkler hüpften und ausgelassen die Arme gegen das aufspritzende Wasser hielten. Vater hatte das fotografiert. Ein perfektes Bild. Sogar die einzelnen Wassertropfen waren zu erkennen.

»Ich habe es nicht geschafft«, sagte Monika leise in meinen Rücken.

»Ich bin auch nicht sehr ordentlich«, sagte ich.

»Das meine ich nicht«, sagte sie, »ich habe es nicht geschafft, aus meinem Leben etwas zu machen!«

Sie wich meinem Blick aus, schlurfte zu dem Sofa.

»Was wolltest du denn schaffen?«, sagte ich.

»Ich wollte auch weg von hier! So wie du.«

»Und warum bist du geblieben?«

Sie lachte künstlich, als sei das eine besonders törichte Frage, ließ sich auf das Sofa fallen, zog die Decke über die Beine:

»Weil du schon weg warst. Deshalb.«

»Das verstehe ich nicht«, sagte ich, obwohl ich wusste, was sie meinte.

»Du hast eben überhaupt keine Ahnung!«, antwortete sie, drehte sich um und sagte zu der Rückenlehne des Sofas: »Du weißt gar nicht, wie verzweifelt Vater war. Zuerst wusste doch keiner, wo du warst. Nicht mal, ob du überhaupt noch lebst.«

Ich schob eine Hose, eine Tasche und ein Paar Schuhe von einem Sessel und setzte mich.

»Aber was hatte das mit dir zu tun?«, sagte ich. »Deswegen musstest du doch nicht dein ganzes Leben hier verbringen.«

»Sie wollten nicht auch noch ihr zweites Kind verlieren. Ist das so schwer zu verstehen?«

War es nicht. Es passte. Zu Mutter, und zu Vater passte es auch. Der irgendwann aufgegeben hatte, sich gegen Mutter aufzulehnen, und sich lieber eine Geliebte genommen hatte.

»Vater hat mir sogar Geld gegeben, nur damit ich bleibe«, sagte Monika, »bleib bloß hier und lass mich nicht mit Mutter allein, das hat er immer gesagt. Also blieb ich, und irgendwann war es dann zu spät.«

»Das tut mir leid«, sagte ich.

»Das tut mir leid«, wiederholte Monika. Wie sie das auch schon bei unserer ersten Begegnung getan hatte.

»Wir sollten uns nicht streiten«, sagte ich.

»Nein«, erwiderte sie, »das sollten wir nicht. Aber du kannst ruhig wissen, was du angerichtet hast!«

Ein Fauchen! Ich fuhr herum, und auf den Rippen der Heizung stand eine Katze, mit gebogenem Rücken, die mich argwöhnisch beäugte.

»Chita«, sagte Monika, »das ist nur mein lieber Bruder aus Amerika!«

»Hattest du nie einen Freund?«

Monika drehte sich zu mir. Ihre Augen waren wässrig, dann wechselte der Blick ins Leere.

»Was soll diese Frage?«, sagte sie.

»Es interessiert mich.«

»Es hat dich doch nie interessiert, was aus uns hier wurde.«

Die Katze sprang von der Heizung, hastete zu dem Sofa, schnellte hoch auf dessen Rückenlehne, streckte sich.

»Rauchst du?«, sagte ich. Monika schüttelte den Kopf, und ich steckte die Zigaretten wieder ein.

»Wenn du es genau wissen willst«, sagte sie, »ich war sogar mal verheiratet. Aber nur zwei Jahre. Ich will nicht hier versauern, das hat er gesagt! Und dann ist er weg.«

»Tut mir leid«, sagte ich.

»Muss dir nicht leidtun, war ein widerlicher Kerl.«

Sie lächelte, als habe es das Schicksal ausnahmsweise einmal gut mit ihr gemeint, streichelte der Katze über das Fell und sagte:

»Nicht wahr, Chita, du mochtest ihn auch nicht! Böse, böse, böse!«

»Und Kessler?«, fragte ich. »Warst du nicht mal mit Kessler befreundet?«

»Nur kurz. Damals, als du davongelaufen bist.«

»Hast du noch Kontakt –«

»Nein! Habe ich nicht!«, sagte sie schnell.

Die Katze glitt vom Sofa, machte einen Satz und kletterte mit geübten Schritten am Regal hoch.

»Ich war in Kesslers Laden. Aber er redet nicht mit mir!«, sagte ich.

»Warum sollte er auch? Du hast ja auch nie mit ihm geredet!«

Ich hielt den Zeitpunkt für günstig und schob das Foto zu ihr hin.

»Kannst du dich an jemand von denen erinnern? Das war im Sommer 1975.«

Monika blickte auf das Foto, lächelte, als freue sie sich, die alten Gesichter wiederzusehen:

»Natürlich kenne ich die. Alle. Bis auf die da.« Sie zeigte auf Märtha. »Wer soll das sein?«

»Ein Mädchen aus Norwegen«, antwortete ich, »sie hieß Märtha. Man hat ihr Skelett gefunden. In dem Rohr an der Grenze. Es stand in der Zeitung.«

Monika schüttelte langsam den Kopf, stülpte die Lippen nach innen, schloss die Augen, als versuchte sie, sich an etwas zu erinnern, was in sehr weiter Ferne lag. Als sie aufsah, hatte sie nicht mehr diesen feindseligen Blick.

»Das Mädchen in der Zeitung sah aber ganz anders aus als auf diesem Foto«, sagte sie.

»Die Polizei hat nur ein Foto, das schon ein paar Jahre alt war, bevor sie ermordet wurde. Hast du das Mädchen vielleicht doch schon einmal gesehen?«

»Ich bin mir nicht ganz sicher«, sagte Monika, »es ist schon so lange her.«

»Versuch, dich zu erinnern«, sagte ich, »es ist wichtig!«

»Kann sein, dass sie auf dieser Tankstellenparty war. Es war eine da, die kein Deutsch konnte. Alle sind um sie herumgesprungen und haben angegeben mit ihrem Englisch.«

»Welche Party meinst du?«, fragte ich.

Auf Monikas Gesicht machte sich ein Lächeln breit. Ein hämisches, überlegenes Lächeln. Dieses Lächeln war ihr also geblieben, dachte ich.

»Ich meine die Tankstellenpartys. Bei den Keizicks. Es war nicht leicht, da reinzukommen. Kessler hat mich auch nur ein einziges Mal mitgenommen, weil er mit Knud Keizick befreundet war. Und da war eben auch dieses Mädchen, das nur Englisch konnte.«

»Hast du dich mit ihr unterhalten?«, sagte ich.

»Wo denkst du hin«, sagte Monika, »auf solchen Partys hat sich doch keiner unterhalten. Es war furchtbar laut, und alle haben gekifft oder getrunken. Oder in den Ecken gelegen.«

Wieder ihr herablassendes Lächeln, während ich mich fragte, warum ich nie von diesen Partys gehört hatte, wohl aber meine jüngere Schwester.

»Wenn du nicht so verklemmt gewesen wärest, hätten sie dich vielleicht auch mal eingeladen«, sagte sie. »Bist du das immer noch? So verklemmt?«

Ich stand auf, steckte das Foto ein und griff nach dem Mantel. Die Katze fauchte erschrocken, sprang vom Regal, machte einen Satz auf den Sessel, zog sich mit den Krallen am Stoff hoch.

»Wenn ich irgendwas für dich tun kann«, sagte ich, »dann sag Bescheid!«

»Deine Astrid war übrigens auch auf dieser Party«, sagte Monika, als ich schon fast aus dem Zimmer war.

Dass ich zusammenzuckte, war lächerlich. Aber es passierte eben.

»Deine heilige Astrid«, sagte Monika, »hat sich da mit diesem Gitarristen getroffen. Sie haben sich geküsst.«

»Bist du sicher?«, sagte ich und wollte es beiläufig klingen lassen. Aber Monika durchschaute es, legte den Kopf schief, sah mich mit einem mitleidigen Augenzwinkern an.

»Absolut sicher sogar!«

»Warum hast du mir nie etwas davon gesagt?«

»Weil du mich nie danach gefragt hast.«

»Du hättest es mir sagen müssen!«, sagte ich.

»Wärst du dann nicht weggelaufen?«

Ich zog die Tür hinter mir zu und nahm für den Weg nach unten die Treppe. Meine Schwester hatte es also auch gewusst. Wie Ingrid. Natürlich. *Mit diesem Gitarristen hat sie die Nächte verbracht.* Und natürlich war Astrid mit Gerrit auch auf die wilden Partys gegangen. Zu denen mich nie jemand eingeladen hatte. *Bist du das immer noch? So verklemmt?*

235

48 Sechzehnter Tag, abends

Mit der aufkommenden Dämmerung war immer mehr Schnee gefallen. Satte Flocken, zu einem dichten Vorhang verwoben. Gerrit drosselte das Tempo, ließ das Fenster auf der Fahrerseite einen Spalt herab, genoss das Knirschen der Reifen auf dem noch unberührten Schneeboden.

Gerrit bog in die Hofschaft ein, auf den schmalen Weg, der zu seiner Baracke führte, und da fiel ihm ein, was wirklich mit Knud los war. Knud hatte gar keine Angst, dass der Fotograf auf die alten Geschichten kommen könnte. Es ging um Irina. Knud war eifersüchtig auf Blum. Wegen Irina. Lächerlich, dachte Gerrit. Nie hatte Knud sich um Irina gekümmert. Und kaum flüsterte sie mal mit einem, drehte Knud schon durch.

Noch bevor Gerrit die Tür aufgesperrt hatte, läutete das Telefon. Wahrscheinlich Knud mit seiner lächerlichen Eifersucht. Oder Mike, der sich ausheulen wollte.

Aber als Gerrit den Hörer nahm, war da nur dieses Atmen. Und diese beiden Worte:

»Ich hier!«

Es war etwas Schwarzes, in das Gerrit sah. Eine tiefe unergründliche Schwärze.

»Ich will dich sehen. Sofort!«, sagte die Stimme.

»Wer sind Sie?«

Wieder dieses Atmen.

»Sei nicht albern, du weißt genau, wer ich bin.«

»Wenn Sie nicht sagen, wer Sie sind, lege ich auf«, sagte Gerrit.

»Was bist du doch für ein kleiner feiger Idiot!«, erwiderte sie und lachte. »Mein Name ist Ingrid ter Möhlen.«

So, wie sie es sagte, klang es wie eine Drohung.

»Ich war die reife Frau und du der ahnungslose Junge. Erinnerst du dich jetzt?«

Sie lachte wieder. So hatte sie immer mit ihm gesprochen. Es hatte zu ihrem Spiel gehört. In diesem Ton bestellte sie ihn zu dem Weiher nach Rabka, in das Hotel nach Helmstedt oder auf irgendeinen Parkplatz.

Gerrit stellte sich vor, wie sie jetzt wohl aussähe. Dass sie das seidene Kopftuch trüge, so wie damals, wenn sie den Triumph offen gefahren war. Er sah ihren üppigen Mund und diese seltsamen teuren Kleider.

»Also was ist«, sagte sie, »wann kommst du?«

»Was willst du von mir?«, sagte er.

Es hatte keinen Sinn, sich dagegen zu wehren. Es war so lange her. So sinnlos. So überflüssig. Jetzt noch. Er hatte doch nicht einmal mehr daran denken wollen. *Nur nicht daran denken.*

»Ich will mit dir über mein Kind reden!«, sagte sie.

Diese beiden Worte, *mein Kind,* machten ihn wütend. Er war plötzlich hellwach. Hellwach vor Wut. *Mein Kind.* Ingrid ter Möhlen war keine Mutter.

Ein Rascheln. Vielleicht Silberpapier. Dann ein sachtes, kaum hörbares Zischen. Eine Schlange klänge so, wenn sie ihr Gift verspritzte, dachte Gerrit.

»Worüber sollten wir reden«, sagte er, »ist sie wieder aufgetaucht?«

Wieder dieses gespenstische Schweigen, bevor sie sagte:

»Du scheinst dich nicht zu freuen, mich zu hören!«

»Ich habe keine Zeit, ich –«

»Wenn du nicht tust, was ich sage, dann –«

»Du sollst mir nicht drohen, verdammt noch mal!«, ging Gerrit dazwischen.

Wieder Stille. Dann lachte sie. Laut und verächtlich. Bis Ingrid ter Möhlen ihr Hohngelächter unvermittelt abbrach und mit einer albernen Kinderstimme flüsterte:

»Bringst du mich dann auch um? Wie das Mädchen aus Norwegen?«

Das Mädchen aus Norwegen!

»Hat es dir die Sprache verschlagen, mein Lieber?«

Sie stöhnte auf, als habe sie plötzlich unerträgliche Schmerzen bekommen. Sie ist verrückt, dachte Gerrit. Völlig verrückt. Und gefährlich. Verrückt und gefährlich.

»Ich lege jetzt auf«, sagte er.

»Die Norwegerin war ein hübsches Mädchen«, sagte Ingrid ter Möhlen, »ich habe ihr Bild in der Zeitung gesehen. Sie war fast so hübsch wie mein Engel! Hast du meinen Engel auch umgebracht?«

Niemand hatte ihm zu drohen. Niemand!

»Du solltest dir gut überlegen, was du sagst, sonst …«, sagte Gerrit leise.

»Du willst mir also drohen«, rief sie. »Du musst ja völlig verrückt sein! Dann schlag mich doch tot! Mir ist es egal. Du hast mein Kind umgebracht. Ich weiß es.«

»Nichts weißt du, ich lege jetzt auf«, sagte er, »du hast mich gar nicht angerufen, verstehst du?«

Und er legte auf, bevor sie etwas erwidern konnte.

Gerrit genoss die plötzliche Stille. In der nur noch das Ticken der Uhr und das Pochen an seiner Schläfe waren. Sonst nichts. Nichts.

Siebzehnter Tag 49

»Machen Sie auf, Bloom«, sagte der alte Kommissar, »wir haben einen Durchsuchungsbefehl!«

Sie gaben mir ein Formular, dann liefen sie ins Haus. Sie waren zu viert, ich hörte Türen schlagen, die Treppen knarren, Schranktüren quietschen, Schubladen klemmen. Manchmal riefen sie sich lachend irgendetwas zu oder fluchten auch.

»Was ist mit Ihrer Lippe?«, sagte der Alte.

»Gestürzt. Im Schnee.«

»So was passiert schnell im Winter!«, sagte er und grinste.

»Ja, auf der Treppe.«

»Mmh!«

Er hatte einen Blick, der sagen sollte, dass er das nicht glaubte.

»Sie könnten fragen, wonach wir suchen«, sagte er.

»Sie werden nichts finden.«

»Sie sind sich Ihrer Sache sehr sicher, Bloom«, sagte er leise und lächelte, als werde er mich schon noch kleinkriegen.

»Wir kommen wieder«, sagte der jüngere Polizist nach zweieinhalb Stunden und nickte zu den Kartons, die sie gefüllt hatten mit den Fotos, einem Stapel alter Briefe, Postkarten und den Negativen.

Ich schloss die Dachluke, als ich sicher war, dass die Polizisten nicht zurückkämen. Dann zog ich den Negativfilm und die Abzüge von Astrid, Märtha und den anderen aus dem Hohlraum zwischen den Dachziegeln und der Dämmwolle. Ich hatte den Polizisten ja gesagt, dass sie nichts fänden.

Sie hatte früh am Morgen angerufen, hatte nur geflüstert. Und einen Ort und den Namen eines Restaurants genannt. Dann hatte sie aufgelegt, bevor ich etwas erwidern konnte.

Der Ort befand sich im Osten, eine halbe Stunde hinter der ehemaligen Grenze. Eine mittlere unansehnliche Stadt. Die Fußgängerzone war erst vor ein paar Jahren aufgemöbelt worden. Sie führte schnurgerade, wie ein Eisenbahngleis, durch den Ort. Ich hatte noch Zeit und ging an den Drogeriemärkten, den Telefonläden, den Schnellfriseuren und den Selbstbedienungsbäckereien entlang. In einem asiatischen Geschenkeladen kaufte ich einen hässlichen, faustgroßen Buddha aus lindgrünem Stein. Vielleicht lachte sie darüber.

Meine Sohlen knirschten auf der Asche, die sich mit dem Schnee vermischt hatte. Außer mir war kaum jemand auf der Straße.

Das San Marino befand sich in einer Gasse hinter dem Bahnhof. Die Frau hatte mir lediglich den Namen des Lokals, die Uhrzeit und die Adresse genannt. Dann hatte sie aufgelegt.

Im San Marino saßen ein paar junge Leute und säbelten an Pizzen herum, die über die Teller ragten. In der Luft hing der Geruch von Tabak, Espresso und Oregano. Nun war sie schon eine halbe Stunde zu spät. Ich dachte an ihre traurigen Augen und ihre Blässe.

Die Gäste, die neu hereinkamen, schüttelten sich wie nasse Hunde, um den Schnee loszuwerden, der an ihren

Kleidern klebte. Ich fragte mich, warum Knuds Frau mich ausgerechnet in dieses Lokal bestellt hatte. *Ich habe etwas für Sie*, hatte sie gesagt.

Ich blätterte ein paar Illustrierte durch, dann wählte ich die Nummer der Tankstelle. Aber bevor ich ein Freizeichen bekam, legte ich auf. Es war zu gefährlich. Ich dachte an Knud und wie er sie geschlagen hatte.

Es ging schon auf zehn Uhr zu, und jetzt kamen die Taxifahrer, die Besatzung eines Notarztwagens und die ersten Betrunkenen.

Ich fuhr aus der Stadt, und der Mond hing blass am Himmel und gab sich Mühe, es nicht dunkel werden zu lassen, während sich die verschneite Landstraße im Licht der Scheinwerfer vor mir ausrollte wie ein glitzerndes Armband.

Ich erreichte die Tankstelle, und das Thermometer zeigte minus vierzehn Grad an. Eine grimmige, trockene Kälte, die alles erstarren ließ, sogar die Fahnen mit dem Logo der Benzinmarke hingen steif wie Bretter an den Masten. Die Tankstelle lag verlassen da, in der Wohnung über dem Kassenhaus kein Licht.

50 Achtzehnter Tag

Diesmal rief sie in der Nacht an.

»Ich konnte nicht kommen«, sagte sie.

»Hat er Sie wieder geschlagen?«

»Das spielt keine Rolle«.

»Sie müssen da weg«, sagte ich.

»Das geht nicht.«

»Warum nicht?«

»Das verstehen Sie nicht!«

Sie sagte, wo ich sie treffen sollte und legte auf.

Am Vormittag wartete sie in einer Hofeinfahrt in der Nähe der Tankstelle. Ihre Lippe war aufgeplatzt.

»Das war Knud«, sagte sie.

Wir lachten über unsere zerquetschten Lippen. Weiter fragte ich nicht. Ich schenkte ihr den hässlichen grünen Buddha, und sie lachte noch einmal.

Wir fuhren nach Osten. Ich bildete mir ein, dass uns niemand hinter die alte Grenze folgen würde.

Wir redeten nicht viel. Knuds Frau nahm sich Zeit, ein Band so lange durch ihr Haar zu ziehen, bis es richtig saß. Dann lehnte sie den Kopf zurück, als legte sie sich schlafen.

Mit nahezu geschlossenen Lidern ließ sie die Landschaft an sich vorüberflirren. Der Schnee nieselte aus einem hellgrauen Himmel. Im Radio sendeten sie ein Klavierkonzert.

»Haydn«, sagte sie beiläufig, »die Pariser Symphonien.«

Sie erzählte von Suchodolsk, von dem Bergwerk, von den endlos langen Wintern und der trotzigen Fröhlichkeit der Menschen dort.

»Meine Mutter wollte, dass ich Cellistin werde«, sagte Irina, »deshalb ging sie jede Nacht zum Melken, nur damit wir uns ein Cello leisten konnten.«

Sie blickte aus dem Fenster und weinte. Ich wollte sie trösten und griff nach ihrer Hand. Aber sie schüttelte den Kopf.

»Verzeihung«, sagte ich.

»Nicht schlimm.«

»Igor und ich waren Seelenverwandte«, sagte Irina, »wir haben uns sehr geliebt. So wie Sie das Mädchen lieben, nach dem Sie suchen.«

Ich war froh, dass ich ihr nicht antworten musste, weil aus einem Forstweg ein Jeep auf die Straße zog und ich genug damit zu tun hatte, dem anderen Wagen auszuweichen.

»Du denkst oft an sie, stimmt es? Sie muss ein wunderbares Mädchen gewesen sein«, sagte Irina.

Sie hatte mich zuvor immer gesiezt. Und diesmal war sie es, die mir über die Hand strich. Ich sagte nichts, und irgendwann zog Irina ihre Hand zurück.

»Ja«, sagte ich wieder, »sie ist mir nie aus dem Kopf gegangen.«

»Igor werde ich auch nie vergessen«, sagte Irina.

»Und Knud?«, sagte ich. »Was ist mit ihm?«

»Er hat mir einmal sehr geholfen.«

»Magst du ihn?«

»Nicht besonders.«

»Hast du Angst vor ihm?«

»Manchmal.«

Danach schwiegen wir, ließen uns von den Ortsnamen treiben. Wenn uns ein Name gefiel, fuhren wir hin.

»Bitte halt an, da vorne«, sagte Irina irgendwann.

Wir liefen über den schneebedeckten Waldboden, der unsere Schritte dämpfte. Überall lagen Bäume, die der Orkan zerbrochen oder entwurzelt hatte. Eine Stromleitung hing bis auf die Erde durch, und immer wieder mussten wir über die Baumstämme klettern, die quer über den Wegen lagen.

»Glaubst du, dass dein Mädchen noch lebt?«, sagte sie.

»Es könnte sein.«

»Und dann? Was werdet ihr tun?«

Ich wusste nicht, was ich antworten sollte. Diese Frage hatte ich mir noch nie gestellt, und ich hatte auch keine Antwort darauf.

»Ich weiß es nicht«, sagte ich, und das war die Wahrheit, »ich weiß nicht einmal, ob ich sie überhaupt erkennen würde!«

Irina nahm meine Hände und sagte:

»Wenn du sie noch liebst, dann wirst du sie auch erkennen.«

Es hatte wieder angefangen zu schneien, und wir gingen zurück zum Wagen.

»Und Gerrit?«, sagte ich. »Magst du ihn mehr als Knud?«

»Er ist freundlicher«, sagte Irina.

»Warst du schon einmal bei Gerrit? In seinem Haus?«

»Nein, nie. Knud geht manchmal hin! Warum fragst du das?«

Ich half ihr über einen Baumstamm, und sie hielt sich einen Moment länger an mir fest als nötig. Dann sah sie auf die Uhr und erschrak.

»Wir müssen uns beeilen«, sagte sie.

244

Wir fuhren zurück. Unter die herabtrudelnden Schneeflocken mischte sich ein weißlicher Dunst und ließ die Landschaft hinter einer milchigen Scheibe verschwinden.

Ich hielt in der Nähe der Tankstelle. Von den Autos, die an uns vorbeirauschten, spritzte weißgrauer Schneematsch hoch. Es war wärmer geworden, und der Schnee war nass und fand keinen Halt an den Scheiben.

»Ich habe etwas für dich«, sagte Irina und gab mir eine Papierserviette, »das habe ich bei Bengt gefunden.«

Ich faltete die Serviette auseinander. Das silberne Schmuckstück war nicht größer als eine Fliege und geformt wie ein Halbmond. An der flachen Rückseite der Stecker für das Ohrloch. Das Gegenstück fehlte.

»Ich dachte, der Ohrring gehörte vielleicht deiner Freundin«, sagte Irina, »und du möchtest ihn gerne haben, als Erinnerung.«

»Nein«, sagte ich, »er gehörte einem Mädchen aus Norwegen!«

51 Achtzehnter Tag, mittags

Gerrit stellte den Geländewagen ab und lief das letzte Stück zu Fuß. Weil er dann weniger auffalle, glaubte er.

Aber als er an den weitläufigen Gärten entlangging, wurde ihm klar, dass ein Kerl wie er in einem solchen Viertel verdächtig wirkte. Allein wegen seines Gangs. Schon in der Schule hatte er sich diesen Gang angewöhnt, der etwas Bedrohliches hatte.

Der Schnee schmatzte unter seinen Stiefeln, während die Flocken eilig zu Boden fielen, sich auf seine Schultern und Haare legten.

Gegenüber der Einfahrt ging er in die Knie. Tat so, als schnüre er die Stiefel neu. Er atmete gleichbleibend ein und aus, wie ein Läufer vor dem Start.

In diesem Augenblick dachte Gerrit zum ersten Mal daran, dass sie längst alt sein müsste. Sehr alt sogar. Siebzig bestimmt. Warum hatte er nicht früher daran gedacht? Siebzig!

Gerrit spannte die Muskeln, kam mühelos aus den Knien hoch und ging zu ihrem Haus. Der Türsummer surrte, als er noch auf halbem Weg war.

Nur allmählich traten in dem Zwielicht, das im Inneren des Hauses herrschte, die Umrisse der Möbel hervor. Von Ingrid ter Möhlen war nichts zu sehen und nichts zu hören. Sie spielte also wieder ihr Spiel mit ihm, dachte Gerrit. So, wie sie immer mit ihm gespielt hatte.

Gerrit machte kurze blinde Schritte, hielt den Atem an, als er mit der Stiefelspitze gegen etwas stieß, was, mit einer winzigen Verzögerung, metallisch klirrte. Bestimmt wartete sie darauf, dass er sie riefe. Wie ein ängstliches Kind in der Dunkelheit.

Mit den Fingerspitzen ertastete Gerrit die Übergänge von den Tapeten auf die Türen, strich über die Klinken und Lichtschalter. Dann schob er die Tür auf, hinter der ein schwaches, unstetes Licht flackerte.

In dem Halbdunkel sah er eine Gestalt, die nach vorn gebeugt auf dem Sofa saß. Es hätte auch eine Puppe sein können. Plötzlich flammten Lichter auf.

»Entweder ist es zu hell oder zu dunkel!«, seufzte sie und dimmte die Lampen mit einer Fernbedienung.

Ingrid war auf eine andere Weise alt geworden, als er angenommen hatte. Damals war sie eine richtige Schönheit gewesen, immer gepflegt. Jetzt kam es Gerrit vor, als habe sie das Interesse an sich schon vor langer Zeit verloren.

Sie rutschte von dem Sofa, kroch, als könnte sie ihre Beine nicht gebrauchen, über den Boden, zog ein Tablett mit einer zierlichen Kanne und zwei Teetassen hervor, schob es über den Teppich, stellte das Geschirr auf den Couchtisch, schenkte ein. Augenblicklich stieg der Duft von Pfefferminze auf.

»Freust du dich denn gar nicht, mich zu sehen?«, sagte sie.

Schon um nicht darauf antworten zu müssen, nahm Gerrit die feine Porzellanschale, trank in vorsichtigen Schlucken. Wenigstens wurde er den bestaubten, galligen Geschmack los, den er im Mund hatte, seit er sich im Haus befand.

»Was für ein stattlicher Mann du geworden bist«, säuselte sie, »ich hätte dich nie laufen lassen dürfen!«

»Ich habe dich laufen lassen!«, sagte Gerrit trotzig. Und war überrascht über seine Stimme, die brüchig klang.

Ingrids Augen traten hervor, sie sah ihn belustigt an. Das Leuchten in ihren Augen, das ihm so gefallen hatte, war also noch da. Dieses Leuchten war jünger und lebendiger als alles andere an ihr.

»Zu einer Dame solltest du etwas galanter sein«, hauchte sie. »Hat dir deine Mutti das nicht beigebracht? War sie nicht Raumpflegerin? Da kennt man doch die Etikette!«

Gerrit hatte mit den Unverschämtheiten gerechnet. Damit hatte Ingrid ihn immer herausgefordert. Mal im Guten, mal im Bösen.

Ingrid goss ihm Tee nach. Gerrit trank, aber als er die Tasse absetzte, fragte er sich, wieso sie nicht auch von dem Tee trank. Er fuhr sich mit der Zunge durch den Mund und über die Lippen, schmeckte die Pfefferminze nach.

Ingrid riss ihn aus seinen Gedanken:

»Wo ist mein Kind?«

»Ich weiß es nicht«, antwortete er hastig. »Das habe ich dir schon am Telefon gesagt.«

»Sie ist bei dir! Gib es zu!«

»Was soll der Unsinn? Ich habe sie nie wiedergesehen! Seit damals nicht.«

»Du lügst«, sagte sie und nahm einen Zug von der Zigarette, »als sie weggelaufen ist, wollte sie zu ihrem kleinen Fotografen. Aber er war nicht da. Und dann ist sie zu dir! Zu wem sollte sie denn sonst?«

»Du spinnst«, sagte Gerrit.

Und er dachte wieder an den Tee. Und dass er ihr alles zutraute. Sogar, dass sie ihn vergiftet.

»Möchtest du noch Tee?«, sagte sie.

Gerrit sprang auf, setzte sich wieder, strich sich sofort über die Beine, die sich auf einmal taub anfühlten.

Ingrid wartete nicht auf eine Antwort, füllte seine Tasse auf.

»Was bist du doch für ein unhöflicher, bockiger Junge, mein lieber Gerrit!«, sagte sie in einem singenden, näselnden Tonfall.

Er presste die Zähne aufeinander, bis sie knirschten, nur um zu verhindern, dass er schrie.

»Du hast mein Kind in deiner Baracke versteckt. Deshalb wolltest du mich auch nicht mehr bei dir haben! Glaubst du, ich hätte das nicht durchschaut?«

Ingrid ter Möhlen sah ihn an mit einem freundlichen, warmherzigen Lächeln, das nicht zu dem passte, was sie gesagt hatte. Dann zwinkerte sie verschwörerisch mit den Augen.

»Warum fällt dir das jetzt erst ein?«, sagte Gerrit. »Es ist über dreißig Jahre her!«

Sie lachte, als habe er etwas Amüsantes gesagt. Ihr Lächeln wich einem verspannten, übertriebenen Lachen.

»Es hat etwas mit dem norwegischen Mädchen zu tun«, sagte Ingrid plötzlich mit großem Ernst, »stimmt es? Hast du mein Kind auch umgebracht?«

»Das hast du schon am Telefon gesagt«, erwiderte Gerrit.

»Aber du hast keine Antwort gegeben!«

Für eine Verrückte war sie zu schlau, dachte Gerrit, sie war schlau und wahnsinnig zugleich. Und er wusste nicht, wovor er sich mehr fürchten sollte. Vor ihrem verrückten Gerede oder vor dem Tee, der längst in seinem Magen war.

»Hat dir das deine Mutti nicht gesagt, dass man sich am Ende eines Telefongesprächs höflich verabschiedet und nicht einfach auflegt?«

Er dachte an seine Mutter, und sofort bekam Gerrit eine unglaubliche Sehnsucht nach Stille und Einsamkeit.

»Ist dir nicht gut?«, sagte sie. »Vielleicht bekommt dir der Tee nicht!«

»Alles in Ordnung.«

Wenn das Gift bereits in seinem Körper war, dann triebe es geradewegs durch seinen Magen, breitete sich in seinen Blutbahnen aus, überschwemmte nach und nach seinen Körper. Gerrits Beine fühlten sich immer noch taub an, und als er auf seine Finger sah, waren sie starr.

»Du würdest mich am liebsten umbringen«, sagte sie.

Gerrit spannte sich, spürte seine Muskeln, knetete seine steifen Finger. Ja, Ingrid hatte recht, das würde er gerne tun. Sie umbringen. Ihr den Stiefel auf den Hals stellen. Es bedürfte keiner großen Anstrengung, und ihr Genick zerbräche unter seinem Fuß wie ein morscher Ast.

»Das musst du nicht. Ich werde sowieso bald sterben. Sehr bald sogar. Deshalb möchte ich ja auch mein Kind bei mir haben! Verstehst du das?«

»Du bist verrückt«, sagte er.

Ingrid ter Möhlen lächelte, als habe er ihr ein Kompliment gemacht.

»Manchmal denke ich das auch. Weil ich einfach nicht sterben kann. Ich möchte gerne sterben. Aber es geht nicht! Das ist doch verrückt, oder?«

»Du bist verrückt«, sagte Gerrit wieder.

»Das sagtest du schon.«

Sie drückte die Zigarette in den Aschenbecher, neigte sich zurück gegen die Lehne des Sofas, schloss die Augen, als schliefe sie.

Ich werde sowieso bald sterben. Vielleicht würde er auch bald sterben, an diesem Tee, dachte Gerrit, und wischte, da sie nicht zu ihm sah, den Schweiß von der Stirn.

250

»War der Fotograf bei dir?«, sagte er.

Er hatte gar nicht die Absicht gehabt, das zu sagen. Es war nur ein Gedanke gewesen.

Sofort wachte Ingrid auf, als habe sie nur darauf gewartet, dass er sich eine Blöße gäbe, dass er einen Fehler machte.

»Nein, war er nicht«, sagte Ingrid, »aber ich würde mich freuen, ihn zu sehen. Ein netter Junge mit guten Manieren. Mein Kind wäre besser bei ihm geblieben, als zu einem wie dir zu gehen! Obwohl …«

Die Alte sah Gerrit an, wieder mit diesem verschwörerischen Blick, der ihn anwiderte, weil er sich nicht mit ihr gemeinmachen wollte.

»… obwohl«, fuhr sie fort, »du natürlich der attraktivere Mann bist. Ich weiß ja, wovon ich rede!«

Mit einem Löffel rührte sie in dem Tee.

»Ich gehe jetzt!«, sagte Gerrit.

»Du hast zwei Tage Zeit«, sagte sie, »wenn mein Engel dann nicht hier ist, werde ich der Polizei sagen, dass ich mein Kind zuletzt mit dir gesehen habe! Und dann nie wieder.«

»Ich gehe!«

»Sie werden alles auf den Kopf stellen, deine ganze dreckige Bude! Und sie werden etwas finden. Das verspreche ich dir. Irgendwas finden sie immer. Und wenn es nur ein einzelnes Haar ist.«

Gerrit hatte nicht den leisesten Zweifel, dass es genauso sein würde. Gerrit sah eine Hundertschaft Polizisten anrücken, von beiden Seiten der Hofschaft, mit Spürhunden, mit Computern, mit Scheinwerfern, mit all diesem neumodischen Zeug.

»Und wenn sie tot ist?«, sagte er.

»Dann werden sie das auch herausfinden«, sagte Ingrid.

Gerrit wurde kalt, er bekam auch zu wenig Luft, er bekam von allem zu wenig.

251

»Das ist doch vollkommen irre!«, schrie er.

»Nicht schreien«, flüsterte sie. »Bring sie mir, und dann passiert dir nichts.«

Dann passiert dir nichts. Es war ihm schon genug passiert. Sein ganzes Leben war ihm passiert. Wegen dieser verdammten Geschichte.

»Ich gehe jetzt«, wiederholte Gerrit mechanisch. Und dabei zitterte ihm die Stimme. Er war erleichtert, dass es ihm mühelos gelang, auf die Beine zu kommen. Nur seine Finger waren steif.

»Warte«, sagte sie, »du musst mich noch eincremen. Meine Haut. Der Pfleger hat heute frei. Und meine Zugehfrau hat sich krankgemeldet.«

Zuerst dachte Gerrit, sie falsch verstanden zu haben. Aber da drehte sie sich schon auf den Bauch, zeigte ihm ihren Rücken.

»Zuerst hier«, sagte sie.

Gerrit betrachtete die alte Frau, die sich das Hemd bis zum Hals heraufgezogen hatte. Sie wollte ihn demütigen. Ihn vernichten. Was schlimmer noch war als Gift. Und anscheinend hatte sie all die Jahre darauf gewartet. Es ihm heimzuzahlen. Gerrit stiegen Tränen in die Augen.

Er tunkte drei Finger in das Gefäß mit der zähflüssigen Paste. Er kämpfte das Würgen nieder, wollte durch diesen weißlichen, von bläulichen Adern durchzogenen und von welker, schuppiger Haut umgebenen Körper hindurchsehen.

Unter Gerrits Fingern fühlte sich ihr Fleisch an wie eine unstete Masse. Ihr Körper schien sich unter seinen Händen aufzulösen, als wollte das Fleisch bei der leisesten Berührung von ihren Knochen rutschen.

»So machst du das gut«, sagte Ingrid.

Sie schnurrte wie eine Katze, der das Fell gekrault wurde.

Dann plötzlich richtete sie sich auf, zog das Hemd herunter, stieß ihn weg.

»Verschwinde!«, sagte sie. »Bring mir mein Kind!«

Sie langte nach dem Porzellan, trank ihren Tee in einem Zug aus.

Gerrit lief an den Villen vorbei, wurde immer schneller, vergaß sogar seine bedrohliche Art zu gehen. Er stieg nicht sofort ein, sondern blieb auf dem Trittbrett des Geländewagens stehen, breitete die Arme auf dem Dach aus. Dann legte Gerrit das Gesicht auf den Schnee und weinte.

52 Zwanzigster Tag

Ein paar Mal wachte ich auf in der Nacht. Mal fror, mal schwitzte ich. Und mit jedem Aufwachen bildete ich mir ein, dass da ein Poltern oder ein Trommeln gewesen war. Aber wenn ich die von schwerem Schnee bedeckte Dachluke anhob, war draußen nur klirrende Kälte und Windstille. Die Landschaft schien eingefroren zu sein.

Ich machte Licht und verglich den Ohrring, den Irina mir gegeben hatte, noch einmal unter der Lupe mit dem Foto von Märtha. Ich hatte nicht den geringsten Zweifel. Es war Märthas Ohrring.

Danach ging ich in meinem Kinderzimmer auf und ab. Wie in einem Museum. Damals, als Junge, wenn ich auch nicht schlafen konnte, so wie jetzt, und an der Dachluke stand und nach draußen sah, hatte ich oft Sehnsucht nach der Zukunft gehabt.

Später, in Amerika, war dann das Heimweh nach der Vergangenheit gekommen, die ich hier, in diesem Zimmer, zurückgelassen hatte.

Das Eishockeyspiel, das hinter dem Schrank steckte, fiel mir jetzt erst auf. Mike hatte die blau-gelben Schweden und ich die roten Russen gespielt. Ich schob die Schutzhülle zu-

254

rück und hielt den abgeschabten Puck ans Licht. Der Tor-
zähler stand auf zehn zu neun für die Schweden.

Ich ging hinunter und wartete in der Küche, dass der Tag
kam. Am Küchentisch schlief ich ein und wachte erst auf, als
es an der Tür klingelte. Es war schon nach zehn.

Der jüngere der beiden Kommissare wuchtete die Um-
zugskartons in den Flur, der Alte ging wortlos an mir vorbei
ins Wohnzimmer und ließ sich auf einen der Sessel fallen.

»Sie bekommen Ihren Pass zurück«, sagte er.

»Das ist gut«, antwortete ich. »Ich will nach Hause.«

Er sah mich an, als habe er eine andere Antwort erwartet.

»Gefällt es Ihnen nicht bei uns?«, sagte der Jüngere und
setzte ein Lächeln auf, an das er selbst nicht glaubte.

Ich antwortete nicht. Der Alte hielt die Augen geschlossen, biss sich auf die Unterlippe.

»Sie sollten sich nicht zu sicher fühlen«, sagte der Jüngere.
Sie hatten nichts gefunden in meinen Sachen, dachte ich,
und er sagte es nur so, ohne Überzeugung.

Die beiden Männer hatten die Mäntel anbehalten, schienen es aber nicht eilig zu haben, zu gehen. Vielleicht warteten sie auf irgendeine Eingebung oder sogar auf ein plötzli-
ches Geständnis.

Als nichts davon passierte, sahen sie beleidigt aus. Dann
endlich gaben sie mir den Pass und schlichen davon.

Gegen Mittag rief Knuds Monteur an und sagte, dass der
Peugeot repariert sei. An den Wagen hatte ich überhaupt
nicht mehr gedacht. Aber es wäre eine gute Gelegenheit,
nach Irina zu sehen.

»Nein, verschwinde, wenn er dich sieht!«, sagte sie, als ich
das Kassenhaus betrat, wo sie die Regale auffüllte.

»Ich will den Wagen abholen«, sagte ich.

»Er ist noch nicht fertig«, sagte Irina.

»Was ist mit dir?«

»Bitte gehen Sie!«, sagte sie. »Der Wagen ist noch nicht fertig!«

Ich ging einen Schritt zu ihr hin, wollte ihre Hand fassen. Sie wich mir aus, schüttelte den Kopf, und in diesem Moment bekam ich einen Schlag gegen die Gurgel. Der Schmerz nahm mir augenblicklich die Luft. Gleichzeitig war da ein Arm, der sich von hinten um mich legte und etwas Metallenes gegen meinen Hals quetschte.

»Du lässt die Finger von ihr, du verdammtes Schwein!«, brüllte Knud. »Sonst schlage ich dich tot!«

Meine Stimme war verschwunden, ich hatte nur noch ein Röcheln. Knud hielt mich angekippt nach hinten. Vielleicht ließe er mich auch fallen. Oder er drückte nur weiter zu, um mir die Gurgel endgültig zu zerquetschen.

»Verschwinde«, sagte Knud leise zu Irina.

Aber sie bewegte sich nicht. Sie stand einfach nur da und hielt sich an dem Regal fest. Knuds Atem ging heftig und roch nach Zigaretten.

»Wenn du ihr noch einmal zu nahe kommst«, sagte Knud in demselben leisen, drohenden Ton, mit dem er zu Irina gesprochen hatte, und drückte die Stange noch fester gegen meinen Hals, »dann …«

Seine Stimme verebbte in einem kehligen Gurgeln. Die Eisenstange zwängte sich noch enger gegen meinen Hals, für einen Moment glaubte ich sogar, ohnmächtig zu werden, so hell und schneidend war der Schmerz.

Ich verlor den Halt, fiel nach hinten, stieß mit dem Ellenbogen gegen die Kühltruhe, noch ein scharfer, brennender Schmerz, dann schlug ich auf dem Boden auf, zuerst mit der Schulter, dann mit dem Kopf.

»Bengt, Bengt«, schrie Knud.

256

Knuds Füße baumelten in der Luft, als sei er eine lebensgroße Puppe. Bengt, der seinen Bruder von hinten hielt, lachte über das ganze Gesicht. Für Bengt war es ein Spiel. Und er drehte sich wie ein Tanzbär mit Knud, auch wenn der sich mit Schlägen und Tritten dagegen wehrte.

»Du verdammter Idiot!«, schrie Knud. »Lass mich los!«

Mir lief das Blut über die Stirn. Ich musste verschwinden. So schnell wie möglich. Und Irina auch. »Komm«, rief ich, »komm mit!«

Sie sah mich an, und in diesem Augenblick schien alles offen. Gleichzeitig brüllte Knud ihren Namen, gefolgt von einem Gurgeln und einem tiefen Krächzen. Als ich mich nach ihm umdrehte, stieß Knud seinem Bruder den Ellenbogen ins Gesicht. Da erst ließ Bengt ihn los.

Ich rannte davon. Hinter mir hörte ich Knuds schwere Arbeitsschuhe auf dem Asphalt. »Ich schlage dich tot!«, brüllte er.

Ich war vor ihm bei dem Wagen. Der Motor sprang an, als Knud mit der Eisenstange auf das Dach des Wagens einschlug. Er wollte auch noch die Fahrertür aufreißen. Aber ich hatte sie verriegelt. Knud spuckte mir ins Gesicht, die Spucke blieb an dem Glas zwischen uns hängen.

Er lief noch ein paar sinnlose Schritte hinter dem Wagen her, ich sah im Rückspiegel, wie er das Eisenrohr auf den Boden schleuderte und Irina packte, die auf dem Hof stand. Knud zog sie mit, wie einen ungezogenen Hund, den es zu dressieren galt.

53 Neunzehnter Tag, abends

Es passte zu Blum, in einer solchen Straße aufgewachsen zu sein, dachte Gerrit. Reihenhäuser mit gepflegten Vorgärten, Jägerzäune, ein Weihnachtsmann aus Plastik, der scheinbar in eines der Häuser kletterte. Jetzt schon, am frühen Abend, surrten die Rollläden nach unten. Der Wind verwirbelte den Schnee. Im Licht der Scheinwerfer sah es so aus, als falle der Schnee nicht vom Himmel, sondern steige vom Boden auf. Gerrit hielt an.

Das Haus von Blum lag da in vollkommener Dunkelheit. Die Straßenlaterne verbreitete nur ein erbärmliches Licht. Gerrit erschrak, als irgendetwas eine Lichtschranke auslöste und in dem Garten ein paar kräftige Strahler aufflammten. Und einen merkwürdig geformten Stein beleuchteten, an dem der Schnee keinen Halt fand. Im Licht glänzte der Stein nass. Er sieht aus wie ein Körper, der mit sich selbst kämpft, dachte Gerrit. Die Strahler erloschen, und der Stein verschwand wieder genauso in der Dunkelheit wie alles andere.

Ein Auto kam näher, und Gerrit drehte sich um, stieß gegen die Hupe. *Verdammt noch mal!* Eine originale amerikanische Hupe. Laut genug, einen hungrigen Grizzly von der Landstraße zu treiben. Und dann ging auch schon in dem Nachbarhaus ein Rollladen nach oben, und eine Frau sah

258

auf die Straße. Auch in einem zweiten Haus wurde Licht gemacht, und Gerrit verschwand, bevor all diese Idioten in ihren Fenstern hingen und ihn anstarrten.

Er war ein paar Minuten zu früh an ihrem Treffpunkt, schaltete den Motor aus und wartete. Aber Mike, der sonst immer pünktlich unter der Laterne stand, kam nicht. Gerrit ließ noch ein paar Minuten verstreichen, zählte die Etagen des Mietshauses durch. In Mikes Wohnung war kein Licht. Gerrit fuhr noch ein paar Mal auf und ab, sah auch auf dem Parkplatz nach. Mikes Ford war nicht an seinem Platz.

Ein Streifenwagen tauchte auf, Gerrit nahm den Zubringer zur Schnellstraße und fuhr zur Tankstelle.

Irina hatte Kakao gekocht. Den sie mit vorsichtigen Schlucken tranken. Sie saßen bei dem heiß bullernden Kanonenofen in Knuds Werkstatt, warteten auf Mike und sahen auf den grob gegossenen Betonboden.

Gerrit dachte darüber nach, ob er Knud von Ingrid erzählen sollte. Aber dann hätte er Knud auch sagen müssen, was er überhaupt mit der Alten zu tun gehabt hatte. Damals. Wieso sie ihm überhaupt Angst machen konnte. Jetzt noch. Mit dem, was sie ahnte, und mit dem, was sie wusste. Und mit dem Pfefferminztee und der weißen Paste auch.

Knud brach ihr Schweigen und fing von dem Fotografen an. Dass Blum sie mitnehmen wollte.

»Dieser Idiot!«, sagte Knud. »Ich hätte ihn totschlagen sollen!«

Gerrit nickte, aber er dachte genau das Gegenteil. Es verblüffte ihn, dass Blum sich anscheinend für Irina interessierte. Dann sollte er doch mit ihr verschwinden. Am besten nach Amerika. Dann wäre endlich Ruhe.

»Ich weiß, was du denkst«, sagte Knud.

»Was denke ich denn?«

»Dass er Irina mitnehmen soll, das denkst du!«, erwiderte Knud. »Damit Ruhe ist!«

»Und wenn? Wäre es nicht gut, wenn Ruhe ist? Wenn der Arsch endlich verschwindet!«

»Du bist selbst ein Arsch!«, sagte Knud.

Eigentlich mussten sie sich gar nicht mehr unterhalten. Sie wussten auch so, was der andere dachte.

Gerrit blickte durch das vergitterte Fenster in das verwilderte Grundstück hinter der Tankstelle. Die Bäume glänzten nass von dem Schnee, die Äste ragten verloren, rötlich schimmernd, in den Abendhimmel. Der Schimmer kam von der grellroten Leuchtreklame über den Zapfsäulen. Ein paar Krähen flatterten heran und ließen sich auf den Ästen nieder.

»Blum kann uns verdammt gefährlich werden«, sagte Knud.

»Es scheint ihn wenig zu beeindrucken, dass keiner mit ihm redet!«, sagte Gerrit.

»Vielleicht braucht er noch einen Denkzettel«, sagte Knud, »vielleicht hättest du ein bisschen mehr Gas geben sollen da draußen.«

Sie stierten wieder auf den Boden und hingen ihren Gedanken nach, bis irgendwo eine Tür schlug und Knud genauso nervös hochfuhr. Aber da war nichts.

»Ruf Mike mal an«, sagte Gerrit. Knud wählte, ließ es ein Dutzend Mal schellen.

»Der Idiot geht nicht ran«, sagte Knud und schob das Handy in die Jacke, »ich hätte Bock zu spielen, verdammt noch mal!«

»Lassen wir es doch für heute!«, sagte Gerrit. »Der kommt nicht mehr.« Er stand auf.

»Warte«, sagte Knud, »da ist noch was.«

260

Er zog aus dem Werkzeugschrank eine Zigarrenkiste. Sie war mit einem braunen samtigen Stoff beklebt, der bis auf wenige Stellen abgeschabt war; als sei das Kästchen schon lange und häufig in Benutzung.

Schweigend klappte Knud das Kästchen auf. Darin befanden sich auf einem grünlichen Samt, getrennt durch Fächer, die nicht größer waren als Streichholzschachteln, glitzernde Steine, Muscheln, zwei Milchzähne, bunte Glaskugeln und ein abgegriffenes Fußballbild von Pelé.

»Was ist das?«, fragte Gerrit.

»Es ist Bengts Schatzkiste«, antwortete Knud und räusperte sich, »allerdings fehlt was.«

»Sag schon«, sagte Gerrit. Der plötzlich auf alles gefasst war. Wegen Bengt, diesem Verrückten, und weil Knud ihm nicht einmal in die Augen sah.

»Bengt hatte einen Ohrring. Von der Norwegerin!«, sagte Knud und räusperte sich wieder.

»Willst du damit sagen, dass Bengt einen Ohrring von der Norwegerin in seinem Schatzkästchen aufbewahrt hat?«, sagte Gerrit. »Seit damals oder was?«

»Tut mir leid!«, sagte Knud. »Sieht so aus!«

»Und wo ist der Ohrring jetzt? Vielleicht schon bei der Polizei?«, sagte Gerrit.

»Schlimmer«, sagte Knud tonlos, »Blum hat ihn!«

»Blum!«, wiederholte Gerrit.

Für einen Moment empfand Gerrit sogar eine seltsam verdrehte Genugtuung. Der schlaue Knud. Der immer auf alles eine Antwort hatte.

Es war das Dümmste, was Gerrit seit langer Zeit gehört hatte. Und er dachte wieder an die Hundertschaft der Polizei, die alles durchkämmen würde, seine Baracke, Mikes Wohnung, die Wohnung der Keizicks und das Schatzkästchen von Bengt auch.

»Ich weiß, was du denkst«, sagte Knud schon wieder, und in seiner Stimme war zum ersten Mal, seit sie sich kannten, so etwas wie Schwäche. Wenigstens das, dachte Gerrit.

»Und wer hat Blum den Ohrring gegeben?«, fragte er.

»Irina. Sie hat gedacht, er gehörte der kleinen ter Möhlen«, sagte Knud leise. »Sie hat sich nicht viel dabei gedacht, Irina hatte Mitleid mit Blum.« Und dann, als machte das die Sache besser, sagte er: »Ich habe es aus ihr herausgeprügelt!«

»Mitleid!«, sagte Gerrit.

»Ja, verdammt noch mal«, sagte Knud, »so sind die Weiber eben. Sie findet es romantisch, dass Blum noch immer nach seiner Kleinen sucht.«

All diese Lügen wegen der toten Norwegerin, das Rohr an der Grenze, Astrid in dem Keller, die Albträume und die Angst, die Gerrit nie ganz losgeworden war. Er spürte, wie ihm das Blut stehen blieb, wie ihn die Kraft verließ. Irina hatte Mitleid mit Blum. Warum hatte nicht mal jemand Mitleid mit ihm?, dachte Gerrit, als die Tür der Werkstatt aufflog. Eiskalte Luft strömte herein, und Mike stand da, als sei er erfroren. Und kippte langsam nach vorn.

Dann heulte Mike, jaulte und schluchzte, schlug mit den Fäusten auf den Boden, bis die Haut einriss und sich sein Blut mit dem Dreck der Werkstatt vermengte.

Gerrit raffte sich auf, trat hinter ihn, schob Mike die Hände unter, zog ihn hoch, hielt ihn umschlungen. Knud stellte sich dazu, jetzt hielten sie Mike in der Mitte.

Es musste ja irgendwann passieren. Aber Gerrit hatte immer gehofft, dass Gudrun sich mit dem Sterben noch Zeit ließe.

Zwanzigster Tag 54

Auf dem Parkplatz stand noch ein weiterer Wagen. Der Fahrer stieg aus, blinzelte in die Sonne, die immer mal wieder durch die Wolken stach. Er breitete eine Landkarte aus und sah hin und wieder zu mir. Ich blieb im Wagen und zündete mir eine Zigarette an. Schließlich ließ der Wanderer den Jagdhund von der Leine. Er grüßte, bevor er in den Waldweg bog.

Mich hätte man auch für einen Wanderer halten können. Ich trug Trekkingschuhe und wetterfeste Kleidung, hatte einen Rucksack und Vaters Stock mit den aufgenagelten Wanderabzeichen dabei.

Ich hielt mich bei den mannshohen Hecken und Zäunen, mit denen die Grundstücke eingefriedet waren. Wobei unklar war, ob die Wanderer die Gärten und die Häuser nicht einsehen sollten oder ob deren Bewohner sich den Anblick der Wanderer ersparten.

Ich konnte mich kaum noch an die Hofschaft erinnern. Außer, dass die Baracken schäbig gewesen waren. Daran hatte sich nichts geändert.

Hinter dem Schild *Privat. Betreten verboten!* ging ich über einen mit schwarzer Asche aufgeschütteten Weg, der sich durch die Hofschaft schlängelte und gerade breit genug war, dass ein Auto hindurchkam. An einigen Stellen war der Schnee liegen geblieben, und der Weg sah aus wie eine Schlange mit weißer und schwarzer Haut.

An den Teich in der Mitte der Hofschaft konnte ich mich nicht erinnern. Er war von einer brüchigen Eisschicht überzogen.

Gerrits Baracke erkannte ich sofort wieder, so wie sie neben dem alten Gutshof auf der Anhöhe thronte, als gehörte sie gar nicht dazu.

Ich ging schneller, damit man mich für einen Wanderer hielt, der zügig vorankommen wollte. Als plötzlich etwas auf mich zurannte. Ein flacher Schatten nur. Der Schäferhund bellte erst, als ich ihn schon sehen konnte, er kläffte hohl und wütend, fletschte die Zähne.

Erst als ein scharfer Pfiff über die Hofschaft hallte, bremste der Hund abrupt ab. Er schlidderte sogar noch über den Schnee, spitzte die Ohren, blieb ein paar Sekunden stehen und trottete schließlich enttäuscht davon.

Der Kerl, dem der Hund gehörte, war sicher zwanzig Jahre älter als ich. Er trug einen ausgewaschenen Jägeranzug und schlurfte in klobigen Gummistiefeln heran.

»Kannst du nicht lesen?«, sagte er. »Das ist ein Privatweg! Hier wird nicht rumgewandert!«

»Wenn mich der Text interessiert, dann kann ich sogar lesen!«, sagte ich.

Der Alte sah zu mir hin, als hätte er sich verhört.

»Ah, einen ganz Schlauen haben wir hier!«, sagte er. »Mich verarscht hier keiner, Freundchen. Ist das klar? Was hast du hier zu suchen?«

»Ich suche nichts, ich gehe nur«, sagte ich.

»Dann geh auch!«

Der Kerl stieß noch einmal diesen Pfiff aus, und der Hund kam sofort gelaufen.

264

»Arschloch!«, sagte der Alte und drehte ab.

Ich ging weiter und spürte die Blicke des Alten im Rücken. Aber dann schlug irgendwo eine Tür, und als ich nach ihm sah, war er verschwunden.

Das einzige Gebäude zwischen mir und Gerrits Baracke war jetzt nur noch der Gutshof. Er war gewiss hundert Jahre alt. Als man ihn baute, um erhaben über der Senke zu stehen, hatte sicher niemand daran gedacht, dass er einmal von schäbigen Baracken umzingelt sein würde, in denen Kriegsflüchtlinge lebten.

Aber anders als die Baracken war der Hof anscheinend aufgegeben worden. Nirgendwo brannte ein Licht, die Fenster waren nur noch schwarze Löcher, die Scheiben blind. Aus einem zerbrochenen Fensterglas im Obergeschoss wehte eine zerfetzte Gardine. Im Stall war das Dach eingebrochen.

Ich ging näher heran und sah hinter dem Fenster Geschirr auf dem Tisch, eine Kanne, ein Buch. Und eine Kerze, nur zur Hälfte heruntergebrannt. Über allem lag eine fingerdicke Staubschicht, als sei der letzte Bewohner des Hauses vor langer Zeit vom Tisch aufgestanden und einfach davongegangen.

Plötzlich war über mir ein lautes Rutschen, etwas schlidderte über die Schräge. Ein massiger Batzen Schnee traf mich im Genick, stopfte mir seine tropfnasse Ladung in den Kragen.

Ich drückte mich eng an das tote Gutshaus, als die nächste Dachlawine herunterkam und mit einem lauten Platschen zu Boden ging. Dann war es still.

Am Zaun, der das Grundstück um Gerrits Baracke umgab, steckte ein Prospekt, der für Reisen in die Karibik warb. Aus dem Kamin stieg eine schmale Fahne gelblichen Qualms auf. Die Fenster waren bis auf eines mit Stoffen verhangen.

265

Durch die Regenrinne gurgelte das Wasser, aus einem Loch tropfte es über einen Eiszapfen und von dort in ein Fass, das auch undicht war.

Neben dem Haus war ein Stellplatz für den Wagen. Die tiefen Spuren der Reifen in dem Lehmboden füllten sich mit Schnee. Ich blieb stehen und horchte. Aber da war nur das Rascheln der Sträucher.

Hier war es also geschehen, in diesem verkommenen Loch, dachte ich. *Mit diesem Gitarristen hat sie die Nächte verbracht.* Ich stellte mir vor, wie Astrid die steilen Stufen hinaufgelaufen war, wie sie gestrahlt hatte, ihn zu sehen, und wie sie sich in Gerrits Arme warf und ihn küsste. Während ich ahnungslos in meiner Dachkammer gelegen hatte und mich von ihren Fotos anlächeln ließ.

Der Wind schob das Gartentor auf. Es quietschte in den Scharnieren. Der Prospekt rutschte ab, und der Wind trieb ihn über den verschneiten Schlangenweg.

Deine heilige Astrid. Sie haben sich geküsst, verstehst du?

Wenn ich es gewusst hätte, damals schon, das mit ihr und Gerrit, vielleicht wäre mir Astrids Verschwinden mit der Zeit gleichgültig geworden. Ich hätte sie vergessen, hätte nie mehr an sie gedacht und auch keine dieser Theorien aufgestellt. Immer wieder hatte ich mir neue Theorien zurechtgelegt. Vielleicht wäre mir irgendwann sogar einmal ihr Name entfallen. Astrid. Welche Astrid?

Als ich mir eine Zigarette anzünden wollte, blies der Wind die Flamme des Feuerzeugs aus. Irgendwie schaffte ich es dann doch noch. Ich nahm ein paar tiefe Züge und dachte, dass ich das hier zu Ende bringen müsste. Wenigstens das.

Die Zigarette verglomm mit einem Zischeln im Schnee. Ich klappte den Deckel seines Briefkastens hoch. Leer. Von weit her heulte ein Hund. Wahrscheinlich wäre es besser, zu verschwinden, dachte ich.

Ich sah zu der Baracke hin und wartete auf ein Zeichen. Vielleicht bewegte sich einer der Vorhänge. Vielleicht schrie sie um Hilfe. Irgendetwas. Aber da war nichts, nichts als Stille. Dann setzte ich über den Zaun.

Nur ein einziges Mal hatte ich ein Schloss aufgebrochen. Jake hatte die Tür unseres Hauses in Bath zugeschlagen. Er konnte gerade erst laufen und hatte sich die Seele aus dem Leib geschrien, hinter der verschlossenen Tür, während Kathleen, die mit mir im Garten war, mir schon Vorwürfe machte.

Ich war verblüfft, wie einfach es ging. Ich zog das Stemmeisen aus dem Rucksack, schob es zwischen den Türrahmen und das Schloss, lehnte mich dagegen, und mit einem splittrigen Knirschen sprang die Tür auf. Gerrit hatte nicht einmal abgeschlossen.

Aus dem Haus schlug mir warme Luft entgegen. Die Heizung lief auf vollen Touren. Es roch nach Limonen, ein seltsamer Geruch für dieses Haus. Bier, Fett oder Zigarettenqualm passten besser zu ihm, dachte ich. Aber es roch nun einmal nach Limonen.

Die Haustür lehnte ich nur an. Es dauerte, bis ich etwas erkennen konnte im Inneren. In dem Halbdunkel schien es, als sei das Haus gar nicht bewohnt, so spärlich war es eingerichtet. Es gab weder Bilder noch Pflanzen. Die wenigen Möbel, ein Sofa, ein Sessel, ein Schrank und der Fernseher, waren in gleichmäßigem Abstand zueinander aufgestellt. Als stünden sie zum Verkauf.

Auf dem Küchentisch waren eine aufgeschlagene Zeitung, eine halb geleerte Wasserflasche, ein Brot, ein Marmeladenglas. Zwei Trinkgläser. Ich roch daran. Orangensaft.

Der Schlafraum erinnerte mich an ein soeben gesäubertes Hotelzimmer, wären da nicht die beiden Gitarren gewesen, die von der Decke baumelten. Auch im Bad war alles am rechten Platz. Auf einem gläsernen Regal Rasierschaum, ein paar Kämme, ein Glas mit Haarbändern, eine Zahnbürste, das Übliche halt. Aus dem Wasserhahn quoll alle paar Sekunden ein Tropfen. Ich drehte den Hahn weiter zu, aber das Tropfen hörte nicht auf.

»Ist da jemand?«, hörte ich mich rufen. »Astrid! Bist du da?«

Ich erschrak. *Astrid! Bist du da?* Es gab doch nur den Wohnraum und das Schlafzimmer. Und eine kleine Küche, das schmale Bad und den engen Flur. Wo sollte sie denn sein?

Als ich die Tür aufgebrochen hatte, war ich davon überzeugt gewesen, dass Astrid sich in dem Haus befände. Ich hatte mir sogar schon die Worte zurechtgelegt, die ich ihr sagen würde.

Ich lachte in die Stille dieser kleinlichen Baracke. Nein. Niemand war hier. Alles still und tot.

Sie hatten Astrid getötet. Natürlich. Astrid hatte von der toten Norwegerin gewusst und vielleicht sogar, wer das Mädchen umgebracht hatte. Deshalb musste auch Astrid sterben. Das war die einfache und logische Erklärung. Ich musste nicht weiter darüber nachdenken. Nie mehr.

Es gefiel mir, die einzige Vase, die auf einem Stoffdeckchen unter dem Spiegel in der Garderobe stand, gegen die Wand zu schleudern. Das Porzellan regnete auf die Fliesen.

Ich könnte die ganze Wohnung zerlegen, mit dem Wanderstock und dem Stemmeisen. Aber auch das kam mir lächerlich vor. Es würde Gerrit nicht wehtun. Seine Wohnung war zu neutral, um sie zu zerstören. Ich blickte aus dem Fenster, wo die anderen Baracken mit fahlen Lichtern der Nacht entgegendämmerten.

Dann schlug ich doch noch den Wanderstock in den Spiegel und trat gegen einen Stuhl. Der Stuhl überschlug sich und stieß an einen Vorhang. Ich hatte schon den Griff der

Haustür in der Hand, um nach draußen zu gehen, als ich mich fragte, wieso da ein Vorhang war?

Ich kehrte um und fand hinter dem Vorhang eine schwere Stahltür. Der Schlüssel steckte. Mit einem leichten Klacken, als sei das Schloss frisch geölt, fuhr der Riegel zurück.

Eine Treppe führte nach unten. Ich hatte unter der Baracke keinen Keller vermutet. Der Abgang war mit einem maserigen, grün gestrichenen Holz vertäfelt. An einem Haken hingen Handtücher, eine Tasche und eine Lederschürze. Hier roch es nicht nach Limonen, sondern nach feuchtem modrigem Holz.

»Astrid, bist du da?«, rief ich in den Keller hinein.

Aber da war nur das regelmäßige Surren eines Motors.

»Ist da jemand?«, rief ich noch einmal.

Die Treppe war steil und hatte kein Geländer. Als ich hinunterging, blieb ich auf jeder Stufe stehen und horchte. Auf der Hälfte machte die Treppe einen Knick von neunzig Grad. Ich blieb stehen, holte Luft, atmete langsam und gleichmäßig. Dann stieg ich die restlichen Stufen hinab.

Von der Treppe gingen drei Türen ab. Hinter der ersten Tür surrte die Heizung. Hinter der zweiten Tür befand sich eine Waschküche. Dort standen ein Wäscheständer ohne Wäsche, eine Waschmaschine, ein Bügelbrett, ein Paar Gummistiefel und Schuhputzzeug.

Die dritte Tür klemmte, aber verschlossen war sie nicht. Sie hatte ein gepolstertes Türblatt. Ich legte das Ohr an die Polsterung. Nichts. Kein Laut.

Der Motor der Heizung setzte aus. Jetzt war die Stille vollkommen. Ich hörte auf zu atmen. Der Schweiß stand mir auf der Stirn.

Dann stemmte ich mich gegen die Tür. In dem Raum dahinter war es vollkommen dunkel. Aber es roch darin nicht modrig, wie im restlichen Keller. Jetzt roch es nach Äpfeln.

Im Licht der Stablampe erkannte ich ein Bett, einen schmalen Schreibtisch, ein Regal mit Schallplatten und einen klobigen Schrank, der bis unter die Decke reichte. Gegenüber stand das Klavier.

Der Teppich war unterschiedlich stark abgetreten. An den Schränken und Wänden entlang bis zum Klavier und von dort quer hinüber zum Bett.

Das Bett musste sehr alt sein, es hatte ein Dutzend gedrechselter Stäbe am Kopfteil, die von den Rändern auf eine hölzerne Sonne zuliefen, von der fingerlange Strahlen ausgingen. Die Matratze war mit einer Folie aus Kunststoff bezogen. Aber nirgendwo war Staub.

Das einzige Fenster führte zu einem Schacht. Vor dem Fenster und über dem Schacht befanden sich Gitter, gesichert mit einer Kette. So kam niemand herein. Und niemand hinaus.

Das Klavier hörte sich an, als sei es vor nicht allzu langer Zeit erst gestimmt worden. Als es ausklang, war da im Keller plötzlich irgendwo ein Knistern. Ich hielt den Atem an, aber das Knistern wiederholte sich nicht.

Ich leuchtete das Zimmer noch einmal ab und entdeckte neben dem Bett das benutzte Geschirr. Ein Messer, ein Teller und ein Glas. Das Glas war zu einem Drittel gefüllt. Eine trübe Flüssigkeit, vielleicht Orangensaft. Das Fruchtfleisch hatte sich auf dem Grund des Glases abgesetzt. Und auf dem Teller lag das Gehäuse eines abgenagten Apfels. Der Apfelrest hatte eine bräunliche Farbe angenommen. Als ich ihn berührte, war er noch nicht vollständig eingetrocknet.

Das Blitzlicht gab dem Raum eine grelle hässliche Wirklichkeit. Als ich die Kamera in dem Rucksack verstaute, hörte ich wieder dieses Knistern. Und dann ein Zischen.

Vorsichtig betrat ich die Stiege. Ich erreichte die Tür, die in den Flur führte, und sie lehnte so an, wie ich sie zurückgelassen hatte. Durch das unverhangene Fenster sah ich, dass es draußen dunkel geworden war. Nur ein mattes Licht schimmerte einen Spaltbreit in den Flur. In dem Licht glitzerten die Scherben der Vase und des Spiegels. Ich richtete mich nicht völlig auf, blieb so gebückt und schlich vorsichtig zur Haustür.

Plötzlich tauchte ein Schatten vor mir auf, er war ganz nah bei mir und schmal. Ich wollte ihm ausweichen, indem ich mich weiter abduckte, doch etwas Spitzes traf mich an der Stirn. Ich stürzte auf den Boden. Der Inhalt des Rucksacks scheppterte auf die Fliesen. Die Kamera, die Lampe, das Stemmeisen, das Handy.

Ich blieb so liegen und wartete auf den nächsten Schlag. Aber er kam nicht. Blut tropfte mir ins Auge. Als ich in die Wohnung horchte, schien ich allein zu sein.

Draußen war alles von einem dichten weißen Tuch aus Schnee bedeckt. Ich nahm die Stufen zu schnell, rutschte weg, wollte mich noch halten, schlidderte in einer lächerlichen Pose über den Hang, bis ich mit dem Schienbein gegen einen Pfosten stieß.

Ich fluchte. Das Schienbein und die Wunde am Kopf schmerzten. Als ich mich an dem Zaun hochzog und den Schnee abklopfte, war da wieder das geifernde Bellen des Hundes, und der Alte brüllte:

»Fass!«

Ich nahm Vaters Wanderstock mit beiden Händen an der Spitze, während der Hund mit gefletschten Zähnen auf mich zujagte. Ich zog dem Kläffer den Knauf des Stocks so über den Schädel, dass ihm der Schnee vom Fell stob. Mit dem zweiten Schlag traf ich die Ohren, dass das Blut spritzte. Der Hund jaulte auf, während ich noch ein paar Mal zuschlug. *Mit diesem Gitarristen hat sie die Nächte verbracht.* Ich konnte

271

gar nicht aufhören zu schlagen, vielleicht sollte ich den Köter totschlagen. Vielleicht bekäme ich dann endlich Ruhe.

Das Winseln des Hundes stoppte mich. Er kam kaum noch auf die Beine, trottete humpelnd zu dem Alten. Der den heulenden Hund schweigend davontrug.

Die Baracke lag jetzt genauso unschuldig und armselig da wie die anderen Baracken der Hofschaft auch. Auf dem Weg zu meinem Wagen schlug ich ein paar Mal mit dem Stock auf die Hecken, dass der Schnee aufwirbelte. Dann fing ich mit der Zunge ein paar Schneeflocken, wie ich es als Kind getan hatte. Die Flocken schmeckten nach nichts.

Einundzwanzigster Tag **55**

Noch nie zuvor war ich von einem so jungen Arzt behandelt worden. Ich hätte sein Vater sein können. Und sofort fühlte ich mich alt. Zumal der Arzt mich nachsichtig lächelnd musterte.

»Passiert Ihnen das häufiger«, sagte er, »dass Sie gegen etwas stoßen, was man eigentlich nicht übersehen kann?«

»Wer sagt Ihnen, dass man es nicht übersehen konnte?«

»Das sagt mir Ihre Wunde!«

Er ließ mich da sitzen, rief eine Helferin, die mir ohne Rücksicht auf meine Schmerzen auf die Stirn und auf das Schienbein verschiedenfarbige Salben auftrug.

Ich kam nicht gut voran, humpelte in die Stadt und sah auf dem Screen am Gewerkschaftshaus einen Spot, der für Weihnachten in New York warb. Für einen sentimentalen Augenblick lang wünschte ich mir, dort zu sein. Jetzt, in diesem Moment. In Brooklyn vielleicht. Wo ich am Fenster eines Starbucks die Zeitung las, während die New Yorker vorbeihasteten, um die letzten Weihnachtsgeschenke zu besorgen. Das Handy brummte, und sie sagte:

»Ich hier. Ich habe etwas für dich!«

Sie legte sofort wieder auf.

Es dämmerte bereits, als ich in ihre Straße einbog. Die Lampen warfen ihr Licht auf die Sträucher und Tannen, die schwer an dem Schnee trugen. Die Villa war hell erleuchtet, beide Geschosse.

Ich blieb länger im Wagen als nötig. Als ich ausstieg, hatte ich die Verletzungen vergessen, und sofort schoss der Schmerz hoch bis in die Hüfte. Ich hinkte zur Haustür. Ein sanfter Nieselregen besprühte den Schnee, der zu schmelzen begann.

Sie hatte sich auf der Chaiselongue zurechtgesetzt, als säße sie einem Maler Modell für die Ahnengalerie der ter Möhlens. Im Hintergrund flackerte das Kaminfeuer und tauchte Ingrids Gesicht in ein gelbliches Licht.

Sie war eine gänzlich andere Person geworden. Ingrid ter Möhlen trug einen gold glänzenden Morgenmantel aus steifem Brokat. Sie hatte sich ein Tuch ins Haar gebunden. Auf ihren Wangen schimmerte Rouge, und das Make-up um ihre Augen glitzerte. Ingrid hatte sich auch die Wimpern getuscht und die Lippen mit einem rostigen Rot nachgezogen.

»Gefalle ich dir?«, sagte sie.

Sie erwartete keine Antwort. Ein Lächeln, das genau das sagte, kroch auf ihr Gesicht. Plötzlich erstarrten ihre Augen in einem fassungslosen Staunen. Ingrid stieß einen kehligen Laut aus, als sei etwas hinter mir, etwas, was dort nicht sein sollte. Ich fuhr herum, aber da war nichts. Natürlich nicht.

Dann schien Ingrid trotz des Kaminfeuers zu frösteln. Von einem Augenblick auf den anderen. Das Frieren wurde immer stärker. Ihr Körper vibrierte, Arme, Beine, Brust, Kopf. Sie schien sich nicht dagegen zu wehren, als sei das gar nicht ihr Körper, der durchgerüttelt wurde, und sie tat so lange nichts, bis das Beben so übergangslos aufhörte, wie es begonnen hatte.

Danach bewegte Ingrid nur noch bedächtig den Kopf.

»Was wollten Sie mir zeigen?«, sagte ich.

Wie in Zeitlupe wandte sie sich mir zu, rieb sich, als habe sie mich vollkommen vergessen, die Augen und verschmierte das Make-up.

»Oh«, kicherte sie albern, »die Schminke. Ich habe mich seit fünfzehn Jahren nicht mehr geschminkt. Ich habe sogar die Zähne geweißt. Sieh mal!«

Sie zog die Oberlippe hoch, entblößte eine Reihe blendend weißer Zähne. Als aus dem Flur ein Geräusch kam, als kratzte ein Spachtel über eine Tapete. Ich sah danach, aber da war immer noch nichts.

»Manchmal kratzen die Katzen an der Tür. Katzen mögen mich«, sagte Ingrid.

Sie nahm die Flasche von dem Beistelltisch, füllte den Cognacschwenker. In dem Kamin prasselte das Holz laut auf, die unteren rot glühenden Scheite gaben Funken stiebend nach, wichen dem obenauf liegenden frischen Kaminholz.

Ingrid war schon wieder anders. Als habe sie plötzlich jeglicher Mut verlassen, saß sie zusammengesunken da, das Gesicht jämmerlich verzerrt. Eine Träne bahnte sich ihren Weg durch die Schminke, teilte sich, hinterließ zwei glänzende Spuren, tropfte zuletzt an ihrem Kinn ab.

»Nie hat mich jemand geliebt. Nicht einmal mein eigenes Kind. Weißt du, wie schlimm das ist? Nein. Sag nichts! Das weißt du nicht!«

Sie wischte mit dem Handrücken die Tränen weg, verschmierte das Make-up noch mehr.

»Wenn mich nur mal jemand so geliebt hätte, wie du meinen kleinen Engel geliebt hast«, sagte sie.

»Was wollten Sie mir zeigen?«, sagte ich. Sie begann, mich anzuwidern, ich wollte ihr Gerede nicht mehr hören.

Ingrid trank den Cognac, wodurch sich ihr Gesicht augenblicklich aufhellte.

»Du hast mein Kind so geliebt, dass es nur gerecht ist, wenn du die Wahrheit erfährst«, säuselte sie in einem albernen, singenden Tonfall.

Ich bezweifelte, dass Ingrid ter Möhlen in der Lage war, die Wahrheit von den kranken Gedanken zu unterscheiden, die durch ihren Kopf wirrten. Alles, was ich von ihr wusste, war das Gegenteil von Wahrheit.

Ingrid hüstelte und röchelte, schloss die Augen.

»Weshalb haben Sie mich gerufen?«, sagte ich noch einmal.

Sie sah mich lange an, als fragte sie sich, ob sie überhaupt noch mit mir reden sollte. Dann endlich sagte sie:

»Was ich für dich habe, wird dir nicht gefallen.«

Ingrid drückte auf einen der Schalter neben dem Sofa und zeigte auf den Steinway, der sich im hinteren Teil des Raumes befand und über dem jetzt eine Lampe aufleuchtete, die das Instrument in ein warmes gelbliches Licht tauchte.

Ich wurde wütend, wegen dieser albernen Inszenierung, aber dann sah ich das Kleid, das auf dem Flügel lag. Es war dort abgelegt worden, ohne das Bemühen, den Stoff zu ordnen. Die Perlmuttknöpfe reflektierten das Licht.

In einem Rahmen steckte das Foto, das ich von Astrid gemacht hatte, als sie dieses Kleid getragen hatte. Das erste von dreihundertzweiundsiebzig Fotos.

»Du musst es umdrehen«, hörte ich Ingrid sagen.

Ich zögerte. *Was ich für dich habe, wird dir nicht gefallen.* Noch konnte ich gehen. Einfach hinausgehen und alles so lassen, wie es war.

Ich zog die Brille aus der Jacke, nahm den Rahmen in die Hand und betrachtete das Bild unter der Lampe.

Es war ein dummer Reflex, dass ich zuallererst die schlechte Beschaffenheit der Fotografie bemerkte. Das Foto war etwas unscharf und der Abzug ausgebleicht, vermutlich war das Papier nicht lange genug im Fixierbad gewesen.

Aber trotzdem war alles gut zu erkennen. Astrid lag auf dem Rücken. Sie hielt die Augen geschlossen, ihr Gesicht sah erschöpft aus, als sei sie vollkommen entkräftet. Der Mund stand ihr nur so weit offen, dass die Spitzen ihrer Zähne sichtbar wurden. Sie sah tot aus.

Zwischen dem Daumen und den Fingern ihrer rechten Hand steckte etwas Kantiges. Vielleicht eine Scherbe. Blutverschmiert. Auf dem linken Unterarm war eine breite dunkle Spur. Das Blut hatte auf dem Betttuch mehrere dunkle Lachen gebildet.

Das Bett, auf dem sie lag, hatte ich gestern erst gesehen. In Gerrits Baracke.

»Du hast mich gefragt, was meinem Engel passiert ist. Jetzt weißt du es!«, hörte ich Ingrid sagen.

»Sie müssen das hier der Polizei geben!«, sagte ich, als ich mich zu ihr drehte.

»Davon wird mein Kind auch nicht wieder lebendig!«

»Ich weiß, wo das Foto gemacht wurde, ich –«

»Sag nichts!«, fauchte Ingrid und legte den Zeigefinger über den Mund. »Sonst weckst du noch die Toten auf mit deinem dummen Gerede. Mein Engel hat sich umgebracht. Wie ihr Vater. Sie haben sich beide umgebracht. Weil sie mich gehasst haben!«

Alles widerte mich an in diesem Augenblick. Das Foto, dieses Haus, Ingrids Gerede. Ich legte den Rahmen mit der Rückseite auf das Kleid.

»Ich hätte mich nie umbringen können«, seufzte Ingrid. »Vielleicht, weil ich ein Mädchen aus der Eisenbahnersiedlung bin und wir da um unser Leben kämpfen mussten. Anstatt es einfach wegzuwerfen.«

Und dann lachte sie wieder, noch so ein albernes krankes Gelächter. Als wollte sie nie mehr aufhören damit.

Ich blickte in das prasselnde Kaminfeuer und strich über die Kaschmirwolle des Kleides, die sich unter meinen Fingern aufrichtete.

Ich hörte das Ratschen eines Feuerzeuges und wie Ingrid den Rauch ausstieß.

»Bald schon werde ich da oben bei meinem Engel sein und ihm sagen, dass du dir große Sorgen um sie machst«, flüsterte sie.

»Sie sind verrückt«, sagte ich, ohne noch einmal nach ihr zu sehen.

»Wären wir nicht verrückt, könnten wir es doch gar nicht aushalten«, sagte sie.

Das Wetter hatte sich gedreht, und mich empfing draußen frostig kalte Luft. Es schneite auch wieder.

Einundzwanzigster Tag 56

Er hob behutsam den Deckel an, zog das samtene Tuch, das die Tastatur schützte, zur Seite, um auf dem Klavier zu spielen. Er hielt den Oberkörper eingeknickt wie zum Gebet.

Gerrit fiel das Glas mit dem Rest Orangensaft und der Teller mit dem Apfelgehäuse auf. Er hatte vergessen, das Geschirr abzuräumen. Er hasste es, wenn irgendwo etwas war, was nicht dort hingehörte. Wie der Vorhang im Flur. Der vor die Kellertür gehörte. Und nicht daneben!

Gerrit war erstaunt gewesen, dass der Fotograf sich all das getraut hatte. Die Haustür aufzubrechen, den Spiegel und die Vase zu zertrümmern und auch noch hier unten im Keller herumzuschnüffeln. Blum hatte ihm sogar den Teppich mit seinem Blut versaut. Hoffentlich hatte er sich wenigstens ein ordentliches Loch in den Kopf gerammt.

Gerrit hatte gleich an Blum gedacht, schon als er das Schloss an der Haustür aufgebrochen fand. Und dann war auch schon der Alte mit dem toten Hund auf den Armen herbeigelaufen.

Gerrit streckte die Finger, ballte sie zu Fäusten, streckte, ballte, streckte, ballte.

Damals, nachdem Astrid tot war, weil dieser Idiot von Mike nicht richtig auf sie aufgepasst hatte, war Gerrit hinaus zu dem Steinbruch gefahren, um ihre Sachen zu verbrennen. Schuhe, Kleider, sogar ihre Zahnbürste. Knud hatte gesagt, er sollte auch die Möbel rausschmeißen. Und das Klavier. *Denk doch mal an die Fingerabdrücke.*

Aber Gerrit hatte das nicht gewollt. Lieber hatte er die Möbel, die Böden, die Wände, die Fliesen mit Laugen abgewaschen. Immer wieder. Er wollte das Zeug nicht hergeben. Schon gar nicht das Bett seiner Mutter.

Gerrit betrachtete es von seinem Platz am Klavier. Der Tischler hatte sich wirklich jede erdenkliche Mühe damit gegeben. Es war nicht nur ein Bett, es war ein Kunstwerk, dachte er. Und schlug das hohe C an. Dann machte Gerrit die Finger geschmeidiger. Streckte, ballte, streckte, ballte.

Das mit dem Klavier hatte sich so ergeben. Ein paar Wochen nach Astrids Tod war Gerrit aufgefallen, dass er jeden Tag in den Keller ging. Als lebte sie noch. Damals hatte es angefangen, dass er sie vermisste. Dass sie ihm fehlte.

Gerrit hatte immer geglaubt, es würde alles irgendwann wieder gut werden. Dass Astrid nach Hause ginge, als sei nichts gewesen. Aber nichts war gut geworden.

Auch wenn ihm von Knud etwas anderes aufgetragen worden war, hatte Gerrit den Raum so belassen, als sei niemandem etwas passiert. Astrid nicht und Märtha auch nicht.

Gerrit legte den Kopf schräg, fuhr sich mit der Zunge über die Lippen, fegte eine Strähne aus dem Gesicht. Und stellte sich vor, dass sie ihn hörte.

Die ersten Töne hatten etwas Besänftigendes. Vereinzelte dunkle Töne, die nach und nach ineinanderschwebten. Gerrit trat das Pedal, erzeugte lang nachhallende Tonfolgen, die in einem dunklen, rhythmischen Muster mündeten.

Er schlug die hohen Tasten an und marterte sich mit jedem einzelnen spitzen Ton. Er mochte es, sich so zu quälen. Nur langsam erlöste er sich von den schmerzenden Tönen, bis daraus eine singende, lichte, gutmütige Melodie wurde. Die Musik geriet ihm heller, fröhlicher, die Töne begannen zu schwingen, als seien jetzt alle Saiten des Klaviers zum Leben erwacht, als wollten sich alle Töne einmischen in diesen Klang. Für den Schluss hatte Gerrit sich die düsteren, von mächtigen Bässen dominierten Töne aufgespart, die er sich als schwarze Höhlen, Gewölbe, endlose Gänge und Schluchten vorstellte und die auf einen unterirdischen Dom aus Klängen zuliefen.

Den letzten Ton aber hielt Gerrit mit dem Pedal. Er fürchtete sich immer vor dem endgültigen Verklingen des letzten Tons. Danach breitete sich eine trostlose Stille aus und gab dem Raum seine Kargheit zurück.

Gerrit legte sich auf das Bett und schlief für ein paar Minuten. Den Teller mit dem Apfelgehäuse und auch das Glas mit dem angeschimmelten Rest Orangensaft nahm er später mit nach oben.

Es dauerte nicht lange, den Wagen zu beladen. Es blieb sogar noch Platz im Kofferraum. Gerrit hatte nur das Wichtigste eingepackt. Die beiden Gitarren. Seine Kleider. Ein Foto von Mutter. Und den Zeitungsausschnitt *War sofort tot, die Putzfrau Maria S.* Der schwarze Anzug lag so auf dem Rücksitz, dass er nicht verknitterte.

In den beiden Kanistern waren jeweils zwanzig Liter. Gerrit behielt nicht einen einzigen Tropfen davon zurück. Trotzdem war er überrascht, wie schnell die Flammen aus dem Keller auflöderten und sich durch die Baracke fraßen. Und wie heiß es wurde. So heiß, dass die Scheiben platzten und der Schnee von den Bäumen tropfte.

Gerrit flüchtete vor dem Getöse, mit dem die Baracke niederbrannte, weg von dem knisternden Feuer, dem Prasseln des Holzes und den erschrockenen Rufen der Nachbarn, dem bangen Gewinsel der Tiere.

Der Rauch war noch von der Landstraße zu sehen, schwebte als unheilvolle Wolke über der Hofschaft. Gerrit dachte an seinen Vater und die Ziegelsteine, die Vater in der Aktentasche herangeschafft hatte. Nichts würde davon bleiben.

Über dem See schwebten flache Nebelschwaden. Es war die Stunde vor der Dämmerung. Diesmal war der See anthrazit. Gerrit war schon zu jeder Stunde hier gewesen. Am helllichten Tag. In tiefster Nacht. Im Winter. Im Sommer. Und immer hatte der See eine andere Farbe gehabt. Jetzt also anthrazit.

Gerrit saß auf diesem Stapel Holz, gegen die Esche gelehnt. Für einen Fremden sähe es aus, als sei das Holz nach dem Schlagen dort aufgeschichtet und dann vergessen worden. Aber es war Gerrits Platz. Er selbst hatte die Scheite zusammengelegt. Weil er diese Perspektive haben wollte. Keine andere. Den immer gleichen Blick auf den See.

Die Stelle befand sich am gegenüberliegenden Ufer. Unterhalb der Birke. Der See hatte den Eingang zu der Höhle erst nach ein paar Jahren geflutet. Bis dahin war Gerrit immer angespannt gewesen. Dass jemand sie dort eines Tages fände.

Gerrit hatte sich schon oft gefragt, wo die Birke ihre Wurzeln hatte. Sie schien aus dem Stein zu wachsen. Manchmal, wenn es lange regnete und der See anschwoll, stand die Birke sogar im Wasser. Was Gerrit nicht mochte. Er wollte die Birke nicht verlieren.

Es war ein guter Platz. Damals hatte Mike gesagt, sie sollten Astrid zu der Norwegerin legen. Zu Märtha. Aber er hatte Nein gesagt. Nicht in das Rohr! Schon wegen des Getiers nicht, das dort herumkroch.

Gerrit schnüffelte an seinen Fingern, die von dem Benzin rochen. Was ihm immer noch lieber war als der Gestank der Zinkpaste. Diese widerliche Alte, dachte Gerrit. Er hatte ihr das Foto gebracht, das anzusehen er hasste. Er hatte nur einen flüchtigen Blick darauf geworfen und sich gewundert, wie bleich das Bild geworden war. Und dass ihn der Anblick des Fotos immer noch so sehr erschreckte.

Es war Knuds Idee gewesen, die Tote auf dem Bett zu fotografieren. Damals, nachdem es passiert war. *Dann können wir beweisen, dass sie sich selbst umgebracht hat.* Was Unsinn war. Das Foto bewies nur, was in der Sechzigstelsekunde seines Entstehens passiert war, mehr nicht. Es sagte nichts über das, was davor oder danach geschehen war.

Knud hatte sogar eine Dunkelkammer angeschafft. Sie konnten den Film ja nicht zum Entwickeln geben, zu Foto Lambrecht unten am Stadttor, zu all den Fotos von den Hochzeiten, den Kindergeburtstagen und den Sandburgen der braven Leute.

Natürlich war Ingrid ter Möhlen verrückt. Das war sie auch damals schon gewesen. Verrückt und gefährlich. Gerrit hatte lange darüber nachgedacht, was er tun konnte. Bis er sich irgendwann an das Foto erinnerte. Wenn sie sähe, dass Astrid sich umgebracht hatte, vielleicht gäbe Ingrid dann ja Ruhe. Vielleicht aber würde alles auch nur noch viel schlimmer. Wenn schon. Gerrit wusste schon gar nicht mehr, was er denken sollte.

Als er ihr das Foto brachte, hatte Ingrid ter Möhlen es angesehen und nur gesagt: *Da ist ja mein Engel!* Dann hatte sie sich von ihm weggedreht und war mit dem Foto in den Händen eingeschlafen.

57 Letzter Tag

Die Friedhofsarbeiter hatten die Kränze weggeschafft und Winterpflanzen gesetzt. Jemand, vielleicht Monika, hatte ein Licht auf Vaters Grab gestellt. Das längst herabgebrannt war. Der Schnee hatte das Grablicht und die Pflanzen mit einer fingerhohen Schicht überzogen. Es schneite gerade nicht, aber neue Schneewolken hingen schon wieder düster und drohend über der Stadt.

Die Familiengruft hatte noch keinen Grabstein. Es gab nur ein kleines Holzschild, auf das jemand den Namen meines Vaters geschrieben hatte. *Familie Heinz Blum.* Es klang wie eine Drohung, dachte ich, denn damit war auch ich gemeint.

Ich fragte mich, wie lange es dauerte, bis ein Sarg dem Druck der Erde nachgäbe, die auf ihm lastete, und zusammenfiel. Die Glocke der Friedhofskapelle schlug an und begann monoton zu läuten.

Ein junger Kerl in einem Trainingsanzug, der sich eine Hundeleine um die Hüfte gebunden hatte, joggte mit einem Husky jenseits des Zaunes über den Spazierweg. Der Husky blieb plötzlich stehen und lauschte der Glocke.

Der Jogger kam ins Trudeln, rutschte auf dem Schnee aus, schlidderte einem Gebüsch entgegen, verschwand zwischen den Zweigen, dass der Schnee, der auf dem Grün lag, aufwirbelte. Der Kerl riss auch noch den Husky mit, der sich mit lautem Gewinsel vergeblich dagegen stemmte, ebenfalls unter das Dickicht zu geraten. Es war albern, darüber zu lachen.

Immer noch lachend sah ich die Spitze einer Trauergemeinde in den Weg zu den Gräbern einbiegen. Die Sargträger zogen gemessenen Schrittes, mit unbeteiligten Gesichtern, den hellen, mit dunkelroten Rosen und Lilien geschmückten Sarg auf einem Fahrgestell zwischen den eingeschneiten Gräbern entlang. Die Gemeinde folgte mit gesenkten Köpfen.

Zuerst war ich nicht sicher, aber dann erkannte ich Mike. Er trug eine dunkle Sonnenbrille und eine schwarze Lederjacke. Neben ihm ging Knud und stützte ihn. Hinter den beiden war Gerrit. Er trug einen schwarzen Mantel und einen schwarzen Hut. Er hielt auch noch Bengt, an dessen Seite Irina ging.

Der Himmel riss auf, es zwängten sich sogar, für wenige Sekunden nur, ein paar Sonnenstrahlen durch das Wolkengebirge und ließen den Schnee glitzern. Die Sargträger hielten vor einer frisch ausgehobenen Gruft. Der Pfarrer bekreuzigte sich, predigte, sprach ein Gebet und segnete den Sarg, nachdem die Träger ihn in das Grab herabgelassen hatten.

Der Pfarrer trat zur Seite, und Mike stieß einen dunklen Schrei aus. Dann knickte Mike in den Knien ein. Bevor er auf dem Schneeboden aufschlagen konnte, hatten Gerrit und Knud ihn gepackt. So verharrten die drei Männer dicht nebeneinander vor dem Grab.

Einige der Trauernden scharrten irgendwann mit den Füßen, es war kalt, und sie wollten der Toten auch noch die letzte Ehre erweisen.

Erst jetzt fiel mir auf, dass neben dem Grab auf einem Podest Instrumente aufgebaut waren.

Der letzte Trauergast ließ die Erde auf Gudruns Sarg prasseln. Knud zwängte sich hinter das Schlagzeug. Gerrit half Mike, den Bass umzuschnallen. Knud ließ die Becken wirbeln, der Bass rumorte in tiefen, ineinanderfließenden Tönen, Gerrit ratschte mit dem Finger über die Saiten seiner Gitarre, erzeugte klirrende Rückkopplungen.

Ich erschrak, als aus dem Geplänkel plötzlich eine infernalische Lautstärke wurde. Die Basstöne und das Kreischen der Gitarre dröhnten über den Friedhof, angetrieben vom Schlagzeug.

Die Trauergäste standen starr, nur Bengt drehte sich lachend und immer schneller werdend um die eigene Achse. Die Trauergäste bildeten einen Halbkreis um ihn, bis Bengt das Gleichgewicht verlor und in einen Ginsterbusch stürzte.

Knud gab den anderen ein Zeichen, und sie schraubten noch ein letztes Mal die Lautstärke hoch, um in einem gewaltigen Ausbruch aus jaulenden Lauten, rauschenden Becken, wummernden Basstönen und einer schmerzhaften Rückkopplung der Gitarre auf einem allerletzten Akkord zu enden.

Nachher lagen sich die Musiker und die anderen Trauernden in den Armen. Schließlich nahmen Gerrit und Knud Mike in ihre Mitte und brachen auf. Die drei hielten sich an den Schultern. Ein paar Schritte dahinter Irina, die Bengt mitzog, der im Vorübergehen auf die Äste schlug, dass der Schnee herunterstäubte.

Ich nahm den anderen Ausgang, ging zu dem Parkplatz und fegte den Schnee, der nur locker auf den Scheiben des Wagens lag, mit dem Ärmel weg.

Ich sah auf, und Irina stand mit den Trauergästen am Tor des Friedhofs. Die Totenglocke läutete schon für die nächste Beerdigung. Irina löste sich von den anderen. Sie kam mit zögernden Schritten auf mich zu.

»Gehst du weg?«, sagte sie.

»Ja.«

»Nach Amerika?«, sagte Irina.

»Ja«, antwortete ich, »aber an einen anderen Ort.«

»Ich war noch nie in Amerika!«, erwiderte sie. »Ich wollte immer nur nach Paris.«

»Es ist kein großer Umweg über Paris«, sagte ich.

Sie nickte.

Mir spukten Bilder durch den Kopf, die ich fotografiert, aber längst vergessen hatte: die drei einsamen Stühle am Lake Winnipesaukee, die von Schnee bedeckten, auf den nächsten Sommer wartenden melancholischen Ferienhäuschen in Kennebunkport oder der bläulich getünchte Imbisswagen in Portsmouth, New Hampshire. Und auf jedem dieser Bilder sah ich Irina.

»Wann fährst du?«, sagte sie.

»Jetzt gleich.«

Sie versuchte sich an einem Lächeln.

»Ich kann dich ein Stück mitnehmen!«, sagte ich.

»Weiß nicht«, sagte sie und kerbte mit der Fußspitze eine Linie in den Schnee.

»Es muss sehr schnell gehen«, sagte ich leise, »ich wende den Wagen, und dann steigst du ein!«

»Gut«, sagte sie.

Ich gab ihr die Hand, ließ sie da stehen, winkte ihr noch einmal, als sei das ein Abschied, manövrierte den Wagen in Fahrtrichtung und brachte ihn, mit laufendem Motor, vor ihr zum Stehen.

Irina trug ein gläsernes Lächeln im Gesicht, und der Schnee legte sich federartig auf ihre Haare, auf ihre Schultern. Sie stand vollkommen starr.

Bis sie den Kopf schüttelte, kaum merklich winkte, indem sie die Hand nur bis zur Hüfte hob. Dann stapfte sie schwerfällig durch den Schnee zu den anderen. Wo Bengt ihr schon entgegenkam und Irina in seine Arme schloss.

Ich ließ die Kupplung kommen, gab behutsam Gas und reihte mich ein in den Strom der Pendler, die gerade auf dem Heimweg waren.